# SE EU VOLTAR

Editora Appris Ltda.
1.ª Edição - Copyright© 2024 da autora
Direitos de Edição Reservados à Editora Appris Ltda.

Nenhuma parte desta obra poderá ser utilizada indevidamente, sem estar de acordo com a Lei nº 9.610/98. Se incorreções forem encontradas, serão de exclusiva responsabilidade de seus organizadores. Foi realizado o Depósito Legal na Fundação Biblioteca Nacional, de acordo com as Leis nᵒˢ 10.994, de 14/12/2004, e 12.192, de 14/01/2010.

Catalogação na Fonte
Elaborado por: Dayanne Leal Souza
Bibliotecária CRB 9/2162

| | |
|---|---|
| A484s | Amâncio, Gizele<br>Se eu voltar / Gizele Amâncio. – 1. ed. – Curitiba: Appris, 2024.<br>337 p. ; 23 cm.<br><br>ISBN 978-65-250-6931-9<br><br>1. Romance. 2. Drama. 3. Cristão. I. Amâncio, Gizele. II. Título.<br><br>CDD – B869.93 |

Editora e Livraria Appris Ltda.
Av. Manoel Ribas, 2265 – Mercês
Curitiba/PR – CEP: 80810-002
Tel. (41) 3156 - 4731
www.editoraappris.com.br

Printed in Brazil
Impresso no Brasil

GIZELE AMÂNCIO

# SE EU VOLTAR

Curitiba, PR
2024

### FICHA TÉCNICA

| | |
|---|---|
| EDITORIAL | Augusto V. de A. Coelho |
| | Sara C. de Andrade Coelho |
| COMITÊ EDITORIAL | Marli Caetano |
| | Andréa Barbosa Gouveia (UFPR) |
| | Edmeire C. Pereira (UFPR) |
| | Iraneide da Silva (UFC) |
| | Jacques de Lima Ferreira (UP) |
| SUPERVISORA EDITORIAL | Renata C. Lopes |
| PRODUÇÃO EDITORIAL | Bruna Holmen |
| REVISÃO | Cristiana Leal |
| DIAGRAMAÇÃO | Amélia Lopes |
| CAPA | Eneo Lage |
| REVISÃO DE PROVA | Sabrina Costa |

# AGRADECIMENTOS

Embora Ele já saiba o quanto sou grata, quero agradecer publicamente a Deus por este trabalho que me permitiu realizar e finalizar. Agradeço com todo meu coração a minha primogênita Dafni, pelo apoio e dedicação que teve em todos os passos desta obra; ao meu esposo, Arlindo, que nunca se incomodou com o fato de eu deixar os afazeres domésticos para trás para escrever; ao meu querido genro Wendel, pelo carinho e apoio tanto de incentivo quanto financeiro.

A todos vocês que estavam ao meu lado, quero que saibam que ter seu apoio fez toda a diferença nesta obra.

*Dedico esta obra aos meus dois filhos que me ensinaram o que é o amor.*

# APRESENTAÇÃO

Quando tudo está perdido, talvez a solução possa ser sentar-se em um banco e esperar para ver o que a vida pode trazer. No frio congelante, muito distante de casa, pode haver um caminho muito mais interessante do que tudo que você sequer imaginou, até mesmo botas velhas podem te apresentar uma vida inimaginável.

Ao seguir um sonho, com as coisas não saindo como planejado e tudo parecendo desmoronar, Hella espera pela brisa certa, e a maré pode levá-la a outra direção.

Quando correr se torna a única opção, Hella não aceita apenas fugir, pois, mesmo sem perceber, deixa um rastro do seu altruísmo em casa, no trabalho ou em um lugar onde nunca imaginou estar.

Nesta obra, viajaremos pelas terras de frio cortante do Alasca e, cada vez que Hella chorar, presenciaremos um coração mergulhado na fé, mesmo em situações em que até a morte seria um caminho menos doloroso.

Adaptar-se para sobreviver é algo natural, mas não para nossa protagonista. Em vez de adaptar-se, Hella vai moldando o mundo e mentes ao seu redor, implantando sua perseverança cheia de paixão.

Vamos ver Hella e Noah passarem por situações em que a dor os colocará numa posição em que a única opção é acreditar.

*Na dor encontrei a força de lutar e amar;*
*curando-me, aprendi a necessidade da dor.*

*(Gizele Amâncio)*

# PREÂMBULO

Enfim, desci do barco, estava tão frio que senti que meu nariz poderia cair congelado. Estava com ânsias por conta do movimento do mar. Nunca havia estado em um barco antes, e a viagem foi assustadora, além de longa. Sentia um medo arrebatador me envolvendo.

Finalmente estava em terra firme, mesmo estando tão longe de casa, e em um lugar que nunca imaginei.

# HELLA

*Fairbanks/Alasca, 2014*

Se alguém me dissesse que um dia eu acabaria vindo para o Alasca, eu não acreditaria.

Albert havia me permitido acompanhá-lo na viagem; ao descermos, ele se virou para mim e nos entreolhamos de uma forma fria e distante. Ele estendeu a mão direita, me entregou uma nota de cinquenta dólares e pude ver seus olhos marejados, as lágrimas prestes a escorrerem. Ele me disse com a voz embargada:

— É aqui que nos despedimos.

— Não sei como te agradecer — respondi, também com os olhos cheios de lágrimas, e o coração apertado, estava tensa.

— Não precisa agradecer pequena, só te peço duas coisas. A primeira, é que se cuide, e a segunda, não me leve a mal, é que esqueça que um dia me conheceu.

Consenti com a cabeça, prometendo que manteria em segredo toda aquela situação. Demos um longo abraço, ele voltou ao barco e se foi mar a fora. A sensação de que nunca mais o veria foi estranha, ele foi a chave que abriu a porta da minha nova história, e eu nunca terei a chance de retribuir. Era um sentimento de gratidão e angústia, algo que provavelmente nunca mais sentiria por alguém novamente.

Eu não sabia o que fazer nem para onde ir, segui em passos lentos até a estrada principal de frente para o porto, observando tudo à minha volta, tentando encontrar inutilmente algo familiar, mas não havia nada nem ninguém, então me sentei em um banco frio, com uma leve camada de gelo que ultrapassava a calça de tecido fino que estava usando. Foi quando a ficha caiu, estava de fato no Alasca, meu Deus... sussurrei para mim mesma.

Atrás de mim havia numerosas montanhas cobertas de branco, que eram espelhadas pelas águas, as quais navegamos ainda pouco. O lugar era tão belo que eu chorei e sorri ao mesmo tempo. Tudo era admirável, o ar era gélido, mas agradável; nas ruas pessoas com grossos casacos, toucas e botas longas, apenas iam e vinham vivendo as suas vidas. E eu estava ali estagnada, sem ter nem noção para onde ir. Fiquei sentada por um bom tempo observando o local, as ruas, os comércios, para tentar me situar e em vão tentar fazer meu corpo magrelo se aquecer.

Depois de um tempo considerável, percebi uma placa com a frase "doa-se" escrita em inglês, mas estava distante, então não tinha certeza se estava lendo corretamente. Meu inglês era bem fraco, o que fazia as pessoas me corrigirem diversas vezes ao longo de uma conversa, assim percebiam que sou estrangeira. Obviamente era um pesadelo para mim. Levantei-me e fui andando até o local vagarosamente, as pessoas me olhavam de forma estranha, mas escolhi ignorá-las. Era melhor assim, chamar o mínimo de atenção possível.

Ao me aproximar da placa, pude comprovar a escrita, estava mesmo escrito "doa-se". Era uma pequena construção de madeira, de um metro quadrado mais ou menos, com apenas uma porta em cor verde bem desbotada estreita de entrada. Um homem magro, barbudo, de estatura mediana e branco como a neve saiu da construção, me olhou sério, como se quisesse me reconhecer, não fez pergunta alguma, mas fez meu coração palpitar de nervoso. Tomei coragem e o cumprimentei:

— Bom dia! O senhor sabe o que estão doando aqui? — Ele me cumprimentou apenas com a cabeça e disse coisas que não entendi bem, mas pude identificar "que ninguém quer mais".

— Eu posso dar uma olhada? — Ele deu de ombros e saiu andando. Fiquei olhando-o ir embora, com seus passos largos e preguiçosos. Não sabia o que fazer e acabei entrando na casinha de madeira.

Havia diversas coisas, como objetos de decoração, livros e revistas velhas, panelas, roupas e sapatos e um cheiro de mofo que fez arder minhas narinas ainda congeladas. Na parede tinha um cartaz que dizia: "Pegue o que precisar e, se for possível, deixe algo que não use mais".

Interessante, pensei.

Comecei a vasculhar o local e, em um canto, vi uma bota de couro amarelada surrada, parecia um modelo masculino bem maior que meu número, mas tornou-se irrelevante, porque meus pés estavam congelando em minhas sapatilhas. Peguei também um cachecol velho de cor vermelha para combinar com as botas glamourosas e dois livros infantis, que serviriam para aprimorar meu inglês. Procurei em vão um par de luvas. Saí de lá parecendo uma mendiga, porém estava mais quente do que antes, e era só o que importava.


Retornei ao banco e me sentei virada para a rua principal, não tinha mais aonde ir. Um rapaz passou por mim, olhou fixamente para as minhas botas e riu. Acho que ele percebeu que eram bem maiores que os meus pés. Não demorou muito para meu estômago começar a dar sinais de fome, mas decidi que não comeria ainda, havia comido no barco e poderia tentar suportar até o fim da tarde. Não podia gastar meu único dinheiro de uma só vez, precisava encontrar um lugar para dormir.

Depois de uma caminhada, cheguei à conclusão de que as pousadas eram caras e eu não poderia pagar. Novamente retornei para o banco, e me veio à mente que o único local acessível para pernoitar seria a casinha de doações, o que me causava calafrios.

Observei um carro de polícia avançando devagar; quanto mais se aproximava, mais nervosa eu ficava. Tentei parecer calma, mas meu coração estava disparado, senti meu rosto começar a ficar quente, e o topo da cabeça queimar. A adrenalina tomou conta do meu corpo; pensei em sair correndo, mas não fazia ideia para onde correr. A viatura passou por mim e não retornou, fiquei aliviada.

A tarde caía, e eu ainda não tinha para onde ir, sabia que logo alguém notaria uma pessoa estranha e desconhecida parada quase o dia inteiro no mesmo lugar. E estava certa. De repente, uma caminhonete azul parou do outro lado da rua, de frente para mim, pensei em mil versões de histórias para contar caso alguém me fizesse alguma pergunta, minha respiração começou a ficar acelerada. Um rapaz loiro e alto desceu da caminhonete com as mãos no bolso do casaco grosso e marrom que usava, se aproximou, e pude ver seus olhos azuis claro, aparentava ser um pouco mais velho do que eu. A barba estava definida, e seu cabelo curto tinha estilo social, ele era atraente. Sentou-se ao meu lado, e senti meu corpo estremecer, de medo.

— Posso? — Consenti com a cabeça, mas, antes mesmo de dar a resposta, ele já estava sentado. Não olhei diretamente para ele, nem ele para mim. Ficamos apenas parados vendo o movimento do porto e da avenida em silêncio. Pensei que havia sentado para observar o porto e que não estaria ali por minha causa, isso fez meu corpo começar a relaxar, quando de repente a voz dele quebrou o silêncio.

— Bonitas botas — Eu estava perdida em meus pensamentos.

— Como? — perguntei. Senti meu rosto se contorcer tentando interpretar suas palavras.

— Suas botas são bonitas — disse olhando diretamente para as botas que decidi chamar de glamourosas.

— Ah sim, peguei na casinha de doação. — Apontei o dedo em direção a casinha.

— É, eu sei, fui eu quem as deixei lá — disse ele com um sorrisinho no canto da boca.

— As botas? Você... eram suas? Eu... não sabia. — Comecei a gaguejar e automaticamente pus meus pés para baixo do banco.

SE EU VOLTAR

— Sim, eram minhas, fico feliz por ter servido em alguém. Olha só, couberam direitinho. — Senti o tom de zombaria em sua voz. Consegui sorrir.

— Óbvio que não! Estão enormes nos meus pés. — Estiquei as pernas para frente para admirarmos as botas juntos, rimos ao mesmo tempo. — Mas prefiro isso a congelar. — O sorriso desfaleceu.

— É, o importante é se aquecer. Por falar nisso, nunca te vi por aqui. Você não é americana, né? — Como previsto, meu sotaque me entregou, senti o medo subir novamente, os pés querendo apenas correr para o mais longe possível, mas me mantive calma.

— Não, mas não tive outra opção, tive que vir para o mais longe possível. — Nisso fui completamente verdadeira.

— Então você é uma imigrante ilegal? — perguntou me olhando de canto de olho.

— Não, meu visto ainda tem três meses até vencer — respondi olhando para a avenida, tentando não parecer perturbada com as perguntas. Ele olhava fixamente para o porto.

— E você pretende ficar aqui esses três meses? — Um silêncio pairou no ar.

— Ainda estou pensando nisso. — Não sabia nem onde passar aquela noite, quem dirá os próximos três meses. — Por falar nisso, sabe me dizer se tem algum albergue na cidade? Que seja próximo de preferência. — Ele me encarou.

— Albergue? Por quê? Você não tem para onde ir?

Não sabia como responder aquela pergunta e as próximas. Precisava de uma estratégia e de ajuda; depois de tudo que me aconteceura, era difícil confiar em outro ser humano novamente, mas que escolha eu tinha, havia pedido a Deus para me ajudar e tinha que confiar que o Pai tinha ouvido meu clamor. Precisava ganhar tempo.

— Qual o seu nome? — perguntei, tentando fazê-lo esquecer o albergue.

— Noah. — O tom da resposta foi frio e tenso, seu olhar mostrava que suspeitava de mim, esperava descobrir por que eu não tinha um lugar para dormir. Então fui sincera, até onde podia.

— Então Noah, sou a Hella e não tenho onde dormir, tenho apenas cinquenta dólares no bolso e estou em apuros.

— Como assim em apuros? Você cometeu algum crime? — Precisava de ajuda e senti, não sei por que, que Noah poderia me ajudar.

— Não, não sou uma criminosa, mas sou uma fugitiva. — Ele arregalou os olhos e engoliu a saliva. Não sabia o que dizer. Então continuei a falar:

— Não te conheço o suficiente para contar a minha história, mas não posso negar que estou desesperada e preciso de ajuda. — As lágrimas quentes começaram a rolar, molhando meu rosto gelado. Conforme caíam, o vento as secava. — Se eu não me explicar, vou acabar parecendo uma louca varrida. Não vou dar nomes de lugares, nem de pessoas. Se você aceitar isso, posso falar por que estou aqui e nessa situação.

Ele ainda me olhava confuso, mas consentiu concordando com meus termos, então prossegui.

— Conheci uma pessoa e acabei me envolvendo com ela no país em que eu morava. Essa pessoa me convenceu a vir para os EUA. Passei um ano e meio trabalhando para juntar dinheiro suficiente para a viagem, chegando aqui, nada do que me disseram foi verdade. Fui maltratada, sofri abusos e passei necessidades. Conheci um casal que fazia viagens de barco para o Alasca e os convenci a me darem uma carona. Depois de ouvirem minha história, embora relutantes, aceitaram. Meu visto de visitante é de seis meses, mas, se eu voltar para meu país, posso morrer. Se procurar a polícia, posso morrer. Se eu voltar ou a pessoa me encontrar, posso morrer. Então, no momento, o único lugar seguro para mim é este banco. — As lágrimas rolavam voluntariamente. Durante um tempo, não dissemos nada. As informações, que não eram totalmente falsas, mas não eram totalmente verdadeiras, estavam sendo processadas por Noah.

Ele balançou a cabeça de forma negativa. Não quis interromper seus pensamentos, até porque estava presa em meus próprios e me preparava para a cachoeira de perguntas, para as quais teria que inventar respostas. Ouvi-o suspirar profundamente.

— Você provavelmente deve estar com muita fome. Venha! Vamos a uma lanchonete. — Levantou-se enquanto falava e colocou as mãos no bolso da grossa jaqueta. — Vamos, eu pago, você é minha convidada.

Quis negar. Não gosto de me aproveitar das pessoas, mas as circunstâncias não me permitiam escolher. A fome já estava me causando tonturas, minha última refeição tinha sido por volta das seis e meia da manhã, uma xícara de café preto frio e uma fatia de pão com manteiga de amendoim. Como estava quase no fim da tarde, apenas me levantei e o segui.

Atravessamos a estrada, caminhamos um pouco em silêncio, havia poucas pessoas nas ruas. O vento estava congelante, as botas se mexiam nos meus pés conforme andava, o cachecol não era tão quente quanto esperava, mas cobria meu pescoço e, se levantasse os ombros, até cobriam minhas orelhas. Não estava com roupas exatamente apropriadas para aquele clima, minha legging preta era fina, e sentia minhas pernas formigarem, tinha certeza de que estavam todas vermelhas e começariam a coçar mais tarde pela irritação na pele do frio. Senti uma leve inveja da jaqueta grossa com pelos de Noah. Eu usava um casaco de cor creme desgastado que Albert havia me dado no barco, tinha um cheiro estranho que me lembrava creme de barbear.

Entramos em uma pequena lanchonete. Ao abrir a porta, ouvi um pequeno sino badalar, alertando os atendentes que havia novos clientes no recinto. O ar estava quente, o cheiro de café fresco e ovos mexidos fizeram meu estômago revirar; a fome tomou conta de mim naquele momento. As poucas pessoas que estavam ali cumprimentaram Noah pelo seu nome, e ele respondeu a todos, citando o nome de cada um. Não sei se ficava aliviada por tê-lo encontrado ou nervosa por ele ser conhecido demais, e eu estar ao seu lado. As pessoas me olhavam meio desconfiadas. Para quebrar o clima, apenas consenti com a cabeça e dei um sorriso.

Sentamo-nos numa mesa de ferro avermelhada com os bancos que, embora fossem estofados, não eram muito confortáveis, mas certamente, eram melhores que o banco em frente ao porto. Uma garçonete por volta dos quarenta anos de idade se aproximou com um bloco de notas nas mãos.

— Boa tarde, Noah! Como vão as coisas? Vão querer pedir algo?

— Boa tarde, Dolly! Tudo ótimo, está mais frio que o comum hoje. — Ela consentiu. — Vou querer dois cafés com panquecas com melaço de bordo e um misto quente.

Nesse momento ele me olhou, eu estava sentada de frente para ele, baixei o olhar, não sabia o que fazer.

— Quer saber, Dolly? Dois mistos quentes.

Ela anotou os pedidos e informou que era necessário aguardar. Os dois cafés chegaram logo em seguida, e a senhora se retirou da mesa.

— Parece ser muito querida — comentei, ele concordou com a cabeça e me encarou novamente, cruzando os braços em cima da mesa.

— Por que você disse que não pode procurar a polícia? — Noah parecia bem frio nas palavras. Eu tinha dificuldades em compreender o inglês, ele falava rápido, mas pude entender o que queria saber.

— Porque a pessoa que me causou tudo isso é da polícia. — Tomei um gole do café, senti o calor percorrer meu corpo, era muito bom. Meus olhos encheram de lágrimas, mas as contive, segurando a xícara grande e quente com as duas mãos na tentativa de aquecer meus dedos empedrados.

— Oh, por essa eu não esperava. Que mer... — Ele esboçou um palavrão enquanto deslizava as duas mãos no rosto, parecia estar indignado.

Mais uma vez, ficamos em silêncio. Nesse momento as panquecas e o misto chegaram. Nunca havia comido melaço de bordo, e o sabor me conquistou; as panquecas eram macias e grossas, o misto quente tinha muito queijo derretido. Conforme o mordia, esticava fios e fios de queijo. Eu não sabia bem o que dizer, e Noah parecia pensar em muita coisa antes de perguntar. Decidi não aumentar a história, apenas tirar suas dúvidas.

— De que país você é?

— Por enquanto é melhor que você não saiba, é mais seguro assim. — Ele consentiu.

— Seu nome é mesmo Hella?

— Não, mas também é melhor assim. Dou a minha palavra que não sou uma criminosa. — Tirei da bolsa meu passaporte, tampei com as mãos algumas informações, como locais e nome, e mostrei a data do meu visto. — Está vendo? Entrei no seu país em janeiro, e em julho vence meu visto, ainda tenho três. Esse sargento sabe meu endereço no meu país, conhece meus pais e irmãs, todos nós corremos perigo.

— Como você acabou nessa confusão?

— Não importa como aconteceu, o que importa é como vou sobreviver a tudo isso se nos reencontrarmos enquanto eu estiver aqui. Prometo que, se sentir que posso confiar em você, conto a história toda, mas, no momento, só peço que acredite em mim.

— Por que quer que eu acredite em você?

— Não quero, preciso que acredite. Não tenho dinheiro, estou muito longe de casa e não sei o que fazer.

Ele me olhava no fundo dos olhos, como se procurasse por algo lá dentro.

— E você espera que eu a ajude?

— Só de pagar essa refeição para mim e não contar a minha história a ninguém já está me ajudando mais que o suficiente. — Ele concordou e terminamos de comer em silêncio.

— Vamos, acho que sei onde você poderá passar a noite — disse rapidamente, limpando as mãos e a boca com um guardanapo.

Ele tinha uma voz autoritária, e isso me incomodava um pouco. Não parecia me dar uma opção. Não que naquela situação eu pudesse escolher, mas, de alguma forma, aquilo me incomodava. Permaneci sentada, e ele percebeu minha desconfiança.

— Olha, sei que é difícil acreditar nas pessoas depois de tudo que passou. Mal conheço você e me pediu para confiar em tudo que me disse, mesmo parecendo uma doideira. Agora preciso que confie em mim, tudo bem? Como disse, não tem um lugar para ficar, sem ser o banco de frente para o porto. Conheço todos na cidade, nasci e cresci aqui. Não vou, nem posso lhe fazer mal algum.

Ao ouvi-lo, percebi que ele era minha única opção. Não consegui confiar nele, tive que me agarrar à minha fé e acreditar que Deus estava cuidando de mim.

— Você está certo, para onde vamos?

Ele deixou o dinheiro na mesa, não respondeu à minha pergunta e saiu andando. Eu o segui, fomos até seu carro, e ele fez sinal para eu entrar. Ainda correndo o risco de ser redundante, eu não tinha muitas opções. O carro era relativamente velho, mas os bancos eram confortáveis, senti o calor do aquecedor que havia sido ligado anteriormente. Ele deu partida, e seguimos pela avenida. Passamos em frente à lanchonete, e os conhecidos dele nos encaravam curiosos.

— Acho que vamos virar assunto — disse ele.

— Como assim?

— O povo daqui adora uma fofoca — falou com um ar de deboche.

Ser alvo de assunto, era tudo que eu não precisava naquele momento.

— Poderia me dizer quais são seus planos? — O tom de preocupação na minha voz era evidente.

— Tenho um amigo que mora um pouco afastado da cidade, mas não se preocupe, eu confiaria a minha vida a ele. Você vai sair da vista do povo e vai poder pensar melhor no que fazer, vai ficar segura. Eu garanto que estará em boas mãos.

O medo que havia sentido vendo o carro da polícia tomou conta do meu corpo novamente, senti as mãos suando e meu corpo ficando gelado. Fiquei quieta e orando em pensamento, desejando não estar indo para um caminho com mais desgraças do que já havia vivido antes.

O fim da tarde estava próximo, e eu não conseguia aproveitar a beleza daquele lugar. As ruas rígidas do solo congelado faziam a picape trepidar constantemente; à beira da estrada havia montes de neve por todo o caminho, era diferente de tudo que eu já tinha visto. Senti uma vontade quase que incontrolável de fazer bonecos de neve, mas me contive em partilhar esse pensamento. Era um momento bem confuso. Nos três meses anteriores àquele dia, todos os meus sentidos estavam disparados. Para minha autoproteção, meu cérebro não desligava nem por um minuto. Naquele momento dentro do carro, esses sentidos estavam dormentes, sentia minha guarda totalmente abaixada, estava sem proteção, e isso me preocupava. Quando chegamos à casa do tal amigo de Noah, a noite já estava caindo. Ele não havia mentido, de fato era bem retirado, seguindo o relógio do carro levamos 32 minutos para chegar ali, e não se via nenhuma movimentação. O frio era cortante, e meu medo era quase que palpável.

Vi um portão grande, feito com grades, fechado por correntes grossas e enferrujadas, novamente a adrenalina percorreu meu corpo. Minha respiração falhou, meu coração acelerou. Não poderia passar por tudo aquilo novamente.

— Por que esse portão está com essas correntes? — Minha voz saiu bem mais trêmula do que esperava. Meu medo foi tanto que tive que perguntar.

— É por causa dos ursos, temos bastante nesta região. Tem medo de ursos? — disse baixinho. — Não se preocupe, meu amigo sabe lidar com eles.

Noah levantou os olhos em direção ao portão, apontando o homem que se aproximava.

— Que bom. — Sorri. Ao menos, se eu sair correndo, vou acabar sendo devorada por um deles. Pensei.

Ele buzinou, e um homem se aproximou do portão. Era grande, com roupas de lenhador e uma barba preta de uns quinze centímetros de comprimento. Tirou as correntes, e os barulhos me deram calafrios. Ao passarmos pelo portão, ele o fechou atrás de nós. A escuridão não me permitiu ver bem as coisas ao meu redor, mas havia um trailer bastante iluminado e pilhas e pilhas de coisas velhas ao redor. Era aterrorizante; literalmente uma cena de filme de terror. Noah desceu do carro e o cumprimentou, conversaram um pouco e, se direcionando a mim, me convidou a descer.

— Essa é a Hella, acabamos de nos conhecer e ela precisa muito da nossa ajuda, depois te explicarei tudo com calma. Tentarei explicar. — Virando-se para mim, apontou. — Esse é o Tim, meu melhor amigo.

Apertei a mão dele que já estava estendida na minha direção. Sem fazer perguntas, Tim nos convidou para entrar.

Eu os segui até o interior do trailer minúsculo. O calor era aconchegante, a entrada era diretamente na cozinha, muito pequena, mas parecia ter tudo que era necessário, um frigobar, pia, fogão, armários suspensos, logo já se via o quarto, uma cama de casal, uma televisão pendurada na parede, um armário com roupas desorganizadas. Era um conceito bem masculino, por assim dizer.

Estava tentando parecer confortável com aquela situação. Olhando melhor, percebi que o homem era bem mais novo do que tinha aparentado lá fora, deveria ter mais ou menos a idade de Noah e, apesar da barba, parecia simpático e jovial.

— Como posso ajudar a garota? — Tim perguntou com um ar de indiferença.

— Ela precisa de um lugar para passar a noite.

— Como é que é? — Perguntou Tim, cético.

· — Isso mesmo. Ela só precisa de um lugar para dormir, e pensei em você. No caminho te explico

— Que mal tem em ligar? Mandar um e-mail, SMS, sinal de fumaça? Como que ela vai ficar aqui e que caminho é esse?

— Não tive tempo para entrar em contato, e o caminho é o da minha casa. Vamos deixá-la aqui protegida e quentinha e você vai dormir lá em casa e me ajudar com um plano — disse Noah.

— Olha, eu não quero dar trabalho nenhum. — Interpus, porque não tinha como não perceber a cara de indignação de Tim.

— Não se preocupe, Hella! — Noah respondeu, balançando a mão.

— Pelo que percebi, não tenho escolha. Você já decidiu tudo, não é? — O tom que Tim usou era realmente de alguém que faria tudo que o amigo pedisse, só não entendi bem o porquê.

— É, você não tem opção — respondeu Noah sorrindo. — Ela precisa descansar, e esse é o lugar mais seguro que conheço. Por ser um desconhecido, ela não se sentirá segura de dormir com você, por isso dorme lá em casa e ela aqui, tranquilamente. Fácil.

Tim não respondeu, nem fez expressão alguma, creio que compreendeu perfeitamente o que Noah queria dizer.

— Então, novata, seguinte… tem comida no freezer, o banheiro é ali fora. Banho, somente de dia, água quente dura pouco, mas tem água quente no fogão caso queira se limpar um pouco. Tem lenha suficiente para se manter aquecida.

Depois de alguns minutos, se despediram prometendo voltar pela manhã. Tim retirou uma coberta de um armário e me disse para ficar à vontade. Consenti com a cabeça e agradeci aos dois em tom baixo. Eles saíram e me entregaram as chaves da porta para trancá-la por dentro. Quando ouvi o portão fechando e a caminhonete se afastando, foi a primeira vez em meses que me senti segura. Sabia que até ajeitar toda a minha vida levaria um bom tempo, mas naquele momento podia me desligar de todos os meus medos.

Simplesmente me fugiu da mente tudo que Tim disse sobre a lenha, comida ou sobre o banheiro. Apenas fui até a cama, tirei as botas glamourosas e deitei, senti todo o meu corpo relaxar e apaguei.

Acordei com alguém batendo à porta e chamando por Hella, várias vezes. Lembrei onde estava e que os rapazes voltariam pela manhã bem cedo. Para acalmá-los gritei que já estava indo; quando abri a porta, ouvi Noah agradecer baixinho.

— Caramba! O que houve? Estamos batendo há mais de cinco minutos, achamos que estava morta aí dentro. — Noah parecia de fato preocupado.

— Desculpe, sinto muito. Estava tão cansada que apaguei. — Olhei para fora, vi um breu. — Mas ainda é noite, por que já estão aqui?

— Já são sete da manhã, aqui demora para clarear o dia. — Tim respondeu entrando.

— Vou pegar as minhas coisas. Obrigada, Tim, foi muito gentil da sua parte, eu não mexi em nada, só dormi, só vou arrumar a cama. Noah você me dá uma carona até a cidade?

— Hella, nós precisamos conversar. — A voz de Noah soava grave, ele queria respostas, não poderia ajudar uma estranha sem saber totalmente seus problemas.

— Claro! O que aconteceu? — perguntei preocupada, tinha medo do que estava por vir.

— Sente-se. — pediu. Eu sentei no único banco que havia no trailer, e os dois ficaram de pé na minha frente. Nada de bom poderia sair daquela conversa. Tim me olhava com pena e desconfiança, minha perna direita tremia sem parar.

— Hella, não vamos te forçar a nada e sabemos que você não está pronta para nos contar o que houve. Seu visto é de turista e não pode trabalhar no nosso país, então chegamos à conclusão de que você mal vai conseguir se sustentar aqui.

Todo o meu corpo começou a tremer, Tim foi colocar lenha no fogão para aquecer o trailer, acho que pensou que eu estava tremendo de frio, mas era medo de que eles sugerissem minha deportação. Então Noah continuou:

— Em alguns dias, Tim vai voltar ao trabalho, ele passará duas semanas em alto-mar. Se confiar em nós, podemos te ajudar. Não te faremos nenhum mal, mas deverá confiar o suficiente para conviver com o Tim por uma semana. — A conversa estava tomando um rumo completamente diferente do que imaginei, de repente comecei a chorar.

Noah colocou a mão no meu ombro e disse que tudo ficaria bem, que eu poderia confiar neles.

— Não tenho como pagar pela ajuda de vocês, mas sei fazer muitas coisas, cozinhar, lavar, cortar lenha, sou boa em construir coisas e...

— Construir o quê? — Tim perguntou olhando seriamente para mim.

— Ah, sei construir casebres, casas, fazer reformas, um pouco de tudo! No meu país, eu trabalhava como manicure, mas antes disso trabalhei com meu pai, ele era artista plástico e fazia inúmeras coisas, eu sempre o ajudava. Gostaria de estudar artes plásticas, mas os acontecimentos recentes não me permitiram.

— Interessante, pode ser útil. — respondeu Tim com tom de admiração. Noah me olhava com um leve sorriso, parecia que estava tentando ler meus pensamentos.

— Vou confiar em vocês e fazer tudo que me disserem. Preciso dar um jeito de arrumar tudo isso e tenho três meses para voltar em segurança para casa. Mas, por enquanto, o que vamos fazer hoje? — perguntei aos dois. Noah olhou para mim e se prontificou em responder.

— Você e eu vamos à minha casa. Meu pai saiu para um trabalho longe e só volta no fim do dia. Você poderá tomar um banho quente, e tentaremos arrumar umas coisas... de mulher.

— Coisas de mulher? — perguntei, olhando com a cabeça levemente inclinada. — O que seriam coisas de mulher para você?

— Ah sei lá! Coisas que vocês usam e não podem ficar sem. — Noah ficou vermelho. Tim olhou para mim enquanto ria de Noah, que ficou ainda mais envergonhado. — Engraçadinhos, vocês sabem que coisas são, inclusive roupas, você precisa de roupas. — Concordamos com a cabeça e fomos todos em direção à porta do trailer.

Quando saímos, percebi a quantia de sucatas e as pilhas de lixo, quase tudo reutilizável. Quanto mais olhava, via que o quintal era enorme.

— Que lugar é esse? — perguntei me virando para Tim.

— Bom, digamos que é meu lance. Junto sucata e, quando alguém precisa de alguma coisa, posso vender ou trocar por algo do meu interesse. Está uma bagunça, eu sei. Organização nunca foi meu forte.

Um sorriso logo se formou no meu rosto, havia um mar de oportunidades ali, poderia construir muitas coisas, mas não tive coragem de falar para eles. Seguimos em direção ao carro, o dia estava clareando, as montanhas ao nosso redor eram imensas com seus cumes brancos cobertos pela neve, respirei aquele gélido ar e entrei na caminhonete de Noah. Seguimos em direção à cidade. Tim disse que ficaria preparando as coisas para minha estalagem.

Durante a viagem de volta para a cidade, observei Noah dirigindo, suas mãos eram grandes e bonitas, seu perfume era amadeirado, sua pele suave, seu sorriso era lindo e sua concentração, notável. Com o clarear do dia, pude ver melhor a beleza natural do lugar onde estava, era encantador. Vi pássaros voando aqui e ali e placas de animais selvagens por todo o caminho, muita mata densa, era um lugar isolado certamente. Enquanto admirava a beleza natural, não parei de me perguntar por que Noah estava fazendo tudo aquilo por mim. Sua voz interrompeu meus pensamentos.

— Hella, quero que saiba que tudo que me falou sobre você contei para o Tim, acho importante ele saber com o que está lidando.

— Imaginei que faria isso, tudo bem. Fico feliz e muito grata por tudo que estão fazendo por mim, mesmo sendo uma total desconhecida. — Ele apenas sorriu e voltou sua atenção para a estrada. Não pude deixar de notar sua beleza, estava com a mesma jaqueta do dia anterior, eu queria uma assim, estava um frio congelante.

— Noah? — Chamei-o por impulso.

— Sim!

— Nada... deixa para lá — falei abanando a mão.

— Diga, saiba que pode me dizer qualquer coisa.

— Você pode me levar ao supermercado? Preciso comprar umas coisas de mulher — falei com um pouco de receio e um sorriso envergonhado. Ele sorriu lembrando do momento no trailer de Tim.

— Posso sim, claro.

Seguimos a viagem, comentei como achava linda a paisagem que era diferente de tudo que tinha visto na vida. Pela minha admiração, ele deve ter notado que eu nunca havia visto neve, pelo menos não tanta como havia no Alasca, mas não comentou nada sobre isso. Falava sobre o trabalho de pesca no porto e que gostava muito de ir para o alto-mar, embora tenha parado com a pesca por conta dos estudos. Eu ouvia e concordava com a cabeça, mas não parava de pensar nas coisas que estava fazendo por mim e em como eu deveria contar toda a verdade para ele.

Alguns instantes depois, chegamos à cidade, e Noah estacionou a caminhonete em frente a um mercado da região, informei que já voltaria. Descendo, senti uma rajada de vento gelado no meu corpo, não havia notado como estava quentinho dentro do carro. Segui até a entrada do mercado com minhas botas amarelas, eram terríveis. Busquei tudo que precisava e fui ao caixa, um senhor me atendeu, não compreendi praticamente nada do que falou, apenas concordava com cabeça e sorria. Na saída pude vê-lo observando minhas roupas e as botas. Voltei correndo para a caminhonete, o vento parecia cortar minha pele. Entrei no carro, Noah se ajeitou e guardou o livro que lia no porta-luvas.

— Achou tudo que precisava?

— Sim, e trouxe um presentinho para você.

— Para mim, por quê?

— Apenas uma lembrança para não me esquecer quando eu for embora. — Estendi a mão e entreguei a ele um pequeno chaveiro. Uma cruz de latão prateada, ele a pegou, e seus dedos encostaram suavemente nos meus, o suficiente para eu sentir um arrepio passar por todo o meu corpo. Na cruz tinha uma frase gravada, e ele fez questão de ler em voz alta: "Não é sacrifício, se for por amor".

— Eu amei, muito obrigado! Muito atencioso da sua parte — falou com um sorriso suave. Retirou a chave da ignição e a pendurou no chaveiro.

Retribui seu sorriso. Aquele simples chaveiro o deixou mais contente do que havia imaginado. Seguimos viagem em silêncio.

# NOAH

*Fairbanks/Alasca, 2014*

Eu a vi quando desceu do barco, achei estranho porque nunca tinha visto aquele barco atracado no porto de Fairbanks, o nome me chamou atenção: Genevieve. Nunca vi um nome assim, o barco atracou somente para ela descer e partiu. Estava com um casaco creme muito maior que ela, uma calça preta muito fina para alguém que vive no Alasca, andava de cabeça baixa e não parecia muito bem.

Saí do porto ao meio-dia e fiquei observando-a de longe. Desde que chegou, não se alimentou, levantou apenas para ir ao barraco de doações e saiu de lá com minhas antigas botas. Depois foi até alguns hotéis em frente ao porto e retornou para o banco. A situação era suspeita, passei por ela, encarando-a e não me contive em rir com as botas amarelas. Tive vontade de parar e conversar, mas não sabia o que dizer. Fui para casa, tomei um banho, um café e resolvi passar por lá novamente. Ela ainda estava lá.

Parei o carro do outro lado da rua. Tinha inúmeras dúvidas e preocupações, a principal era se ela tinha algum lugar para ir. Quando a noite chegar, será impossível ficar naquele banco, talvez o barco que a deixou voltasse para buscá-la, talvez tivesse acontecido algo, e não conseguiu retornar; eu não poderia ficar apenas assistindo àquela situação, então desci do carro. Fui em direção a ela e me sentei ao seu lado, ela evitou olhar para mim, e eu fiz o mesmo. Não sabia o que dizer para iniciar a investigação daquela situação curiosa.

— Bonitas botas. — Ela se virou e finalmente pude ver o seu rosto, era redondamente lindo, com lábios carnudos, olhos grandes castanhos esverdeados. Sua pele era de uma cor caramelizada, algo que não se vê de maneira nenhuma aqui. Seus cabelos eram grandes, castanhos, volumosos e estavam presos em um lindo rabo de cavalo. Começamos um diálogo, e logo percebi que ela não era americana, o que nos levou a uma conversa que jamais imaginaria, mas eu estava certo, ela não tinha onde ficar. Eu não podia deixá-la ali, naquele banco. Quando me contou sua história, que eu não sabia se era verdade ou não, confesso que tive vontade de obrigá-la a ir à polícia, mas antes disso queria ter certeza se era a decisão certa a tomar. Percebi que ela abraçava a barriga, notei que não havia comido nada o dia todo e a convidei para um café. Só aceitou porque realmente estava com muita fome, pois não parecia ter confiança nenhuma em mim.

Na lanchonete da Dolly, perguntei a ela por que não podia ir à polícia e, quando me respondeu que estava naquela situação por causa de um policial, consegui entender o motivo da fuga e do medo, mas o que mais me fez ajudá-la foi a sua sinceridade. Ela poderia ter criado uma história e tentado me fazer acreditar nela, mas, em vez disso, deixou claro que em partes falava a verdade e em partes mentia. Sei muito bem que criminosos não falam assim. Além da sinceridade, tinha seu olhar, que gritava desespero e pânico. Cada vez que ouvia um barulho um pouco mais alto ou repentino, ela tomava um susto. Parecia um cervo na floresta que, para sobreviver, fica atento ao menor ruído. Eu precisava ajudá-la. Era linda, e isso seria um problema muito grande, muitos homens podiam se aproximar com outras intenções. Ela estava correndo muitos riscos. Planejei levá-la à casa de Tim. Ele e eu nos conhecemos há mais de oito anos, arrumei trabalho para ele no meu barco de pesca a pedido do meu pai e nunca mais nos separamos. Confio minha vida a Tim.

Após deixá-la no trailer de Tim e levá-lo para minha casa naquela noite, fiquei aliviado em saber que estaria segura. Durante o caminho, contei a Tim tudo o que sabia.

— Você me tirou do meu trailer para deixar uma estranha lá sozinha? Mesmo sabendo que provavelmente tudo pode ser mentira?

— Mas não é.

— Como sabe? — Ela é imigrante, pode contar qualquer coisa para ficar no país. Deve estar fugindo da imigração.

— Não, eu sei que não é isso, e acho que ela vai me contar assim que puder, sinto que, sei lá, tem muita coisa por trás dessa história. Por enquanto vou deixá-la com você, ela precisa confiar em nós e se sentir à vontade e protegida. Não deixa nada acontecer com ela, a garota já está bem traumatizada. Lembra que eu e meu pai fizemos por você depois que veio da prisão do Oregon? Então, ela também merece uma chance. Promete que vai cuidar bem dela?

— Você sabe que sim, eu nunca te deixaria na mão. Vou arrumar meu quarto para que ela possa dormir lá.

Sabia que podia contar com Tim. Hella ficaria no trailer, e eu a visitaria todos os dias.

— Ela é muito linda, você viu? — disse Tim com um ar sarcástico.

— Cala a boca! — Tim ficou quieto.

No dia seguinte, levei-a até minha casa para tomar banho, fui à casa da minha prima Darly e consegui umas roupas.

# HELLA

*Fairbanks/Alasca, 2014*

Enfim chegamos à casa de Noah. Era um pouco longe da cidade, mas não como a casa de Tim. Havia poucos vizinhos, e as ruas estavam vazias, a não ser pelos muitos latidos de cachorros e pelas árvores à beira da estrada cobertas de neves. A casa era grande, toda de madeira, bem reforçada; nas paredes as madeiras se sobrepunham para não acumular neve, o caimento do telhado era suficiente para que a neve não parasse em cima da casa. Havia uma varanda receptiva na entrada. Não tinha muitas flores ou plantas, mas vi um pequeno jardim abandonado.

Ele estacionou a caminhonete perto da entrada e me convidou a descer. Fiquei envergonhada de alguém me ver entrando na casa com ele. O vento estava extremamente cortante, e minha roupa não estava nas melhores condições para aquele clima. Ele abriu a grade que ficava em frente a porta e a destravou exatamente quando um carro passava por nós. Eu escondi meu rosto para não me reconhecerem. Noah percebeu minha vergonha e apenas riu da situação. Na entrada havia uma minissala que impedia o ar quente de sair da casa, Noah retirou seu casaco e me convidou a fazer o mesmo enquanto fechava a porta, mas recusei com educação. Tiramos os sapatos, ele abriu a terceira porta, que estava destrancada e dava entrada para sala da casa.

— Certeza que não quer tirar o casaco? O aquecedor já está ligado.

— Estou bem, obrigada. — Sorri. Meu corpo estava sujo, podia sentir o odor exalando, tomei apenas três banhos nas últimas semanas, todos de baldes. Meu cabelo estava oleoso, e minha pele coçava.

Noah me apontou o banheiro e explicou como usar a água quente; ao contrário do trailer do Tim, sua casa tinha aquecedor para a água da caixa não congelar. Por isso, ele havia me levado para lá. Disse que daria uma saída, mas que em dez minutos estaria de volta, concordei e fui para o banheiro. Fechei a porta, esperei e, assim que ele saiu, pude usar o banheiro tranquilamente.

Entrei no chuveiro, a água estava quente e extremamente satisfatória. Aos poucos deixei que a água escorresse cada centímetro do meu corpo. Noah havia me mostrado onde estava o xampu e o condicionador, lavei meus cabelos e os penteei; havia tantos nós que o couro cabeludo doía ao passar a escova, me ensaboei bem e enxaguei todo meu corpo. Uma das coisas que comprei no mercado com meu único dinheiro foi uma escova de dentes, finalmente pude tirar o gosto ruim que estava em minha boca. A sensação de estar limpa era impagável.

Quando estava terminando de enxugar os cabelos, ouvi alguém bater à porta. Fiquei imóvel para ter certeza de que era Noah, e não seu pai.

— Hella, tudo bem? — Meu corpo aliviou e fiquei feliz por ter saído do banho a tempo, não queria que pensasse que eu estava me aproveitando da sua bondade.

— Oi! Tudo sim, já estou saindo, só vou me vestir. — Peguei minhas roupas, o cheiro era horrível, estavam extremamente sujas, com marcas de lama de onde estava antes, cheiro de peixe do barco que vim, mas era o que eu tinha. As únicas coisas limpas eram uma calcinha e um sutiã de péssima qualidade que tinha conseguido comprar na ala de roupas do mercado.

— Você pode abrir e pegar uma coisa que trouxe para você? Prometo que não vou olhar. — Ouvi sua voz abafada pela porta, incrivelmente não duvidei dele. Abri um pouco a porta, e ele me entregou umas sacolas bem pesadas.

— Peguei algumas roupas femininas com uma amiga. São mais quentes que as que você estava antes.

— Nossa, muito obrigada! — Havia calças, algumas blusas e meias, cerca de quatro mudas de roupas.

— Espero que sirvam em você, ela é um pouco mais alta. — Eram roupas quentes e boas, acabei derramando lágrimas de felicidade.

— Serviram?

— Serviram sim, já estou saindo. — Pus uma calça jeans de pelúcia por dentro, uma blusa fina preta de manga comprida e uma regata branca. Agradeci imensamente por ter mandado meias quentes e vesti a jaqueta preta. Olhei-me no espelho, estava aceitavelmente bonita novamente, apesar das olheiras e da magreza. Meu cabelo não estava hidratado, mas o volume voltou com as ondas depois do secador. Saí do banheiro, e Noah me encarou sorrindo.

— O que foi? Por que está me olhando assim?

— Você é uma garota! — disse rindo.

— Nossa! Que bom que notou! — Rimos juntos.

Noah me convidou para tomar um café, percebi que estava com muita fome. Senti o cheiro de café fresco e torrada sendo preparadas, a mesa já estava posta, com duas xícaras, manteiga, pasta de amendoim e geleia.

— Hella, trouxe outra coisa para você. — Ele me entregou outra sacola, com um par de tênis e um de galochas, ambos pretos e um número maior que o meu. — Consegui com minha amiga também, ela disse que pode ficar com as roupas e os sapatos, havia feito uma limpeza nos armários. Melhor devolver as botas amarelas de volta para a casinha de doação.

— Noah, não sei como agradecer, muito obrigada mesmo, agradeça ela por mim também. — Senti uma pontada de culpa por não contar a verdade para ele, mas ainda não era o momento. Fora a culpa e minhas inúmeras preocupações, depois de ter ido ao banheiro, tomado um banho e me alimentado, estava me sentindo ótima.

— Por nada!

Terminamos de comer. Enquanto ele organizava a cozinha, recolhi minhas coisas do banheiro e coloquei tudo em uma sacola para pôr no lixo. Pus os tênis nos pés, fomos para a caminhonete e retornamos ao Ferro Velho de Tim. Noah me deixou lá e disse que retornaria para cidade, ele disse que tinha um compromisso importante e que voltaria apenas no dia seguinte. Não perguntei o que era para não parecer enxerida, apenas consenti com a cabeça, e Noah se foi.

Segundo Tim, Noah tinha um compromisso inadiável, mais uma vez não quis ser intrometida e não perguntei do que se tratava, mas ele explicou que Noah ficaria fora o dia todo e talvez viesse no dia seguinte. Dependeria se ele concluísse os afazeres a tempo, eu não disse nada.

— Não se preocupe, cuidarei bem de você. Havia algo que eles não estavam me contando, mas já não sabia mais distinguir o que era paranoia minha causada pelo medo e o que era instintivo.

Fiquei sozinha com Tim, e isso me deixou um pouco desconfortável. Porém, fomos nos conhecendo melhor; ele se mostrou mais falastrão do que poderia imaginar. Contou como tinha conseguido aquelas terras quando não tinha dinheiro nem para um cafezinho, acabou ganhando o trailer do xerife da cidade. Iniciou a busca por sucatas e logo conseguiu um emprego no barco de pesca com o Noah, desde então nunca mais se largaram, a amizade já durava oito anos. Conforme trabalhava, falava ainda mais, alimentava os dois cães grandes e jogava sucata em cima de sucata, criando mais e mais pilhas. Eu estava ajudando a separar algumas coisas, como cobre, fios e metais diferentes. Volta e meia Tim gritava para eu tomar cuidado e não me machucar.

— Se acontecer algo com você, o Noah me mata — disse ele atrás de uma pilha gigante de sucatas. Fiquei intrigada com o comentário, mas permaneci em silêncio.

Segundo Tim, o terreno tinha mil metros quadrados. Enquanto ajudava na limpeza, ou na bagunça não sabia bem o que estávamos fazendo direito, observei um velho trailer abandonado com a lataria acabada, estofamento terrível, extremamente arruinado.

— Tim, aquele trailer lá trás tem algo de especial?

— Ah, eu aceitei em troca de algumas telhas de zinco um tempo atrás. Queria ter feito uma reforma nele, mas fiquei procrastinando.

— Tenho uma ideia que poderíamos fa... — Antes que eu terminasse a frase, ele me interrompeu:

— Não, não, não! Não me venha com ideias e... — Também não o deixei terminar.

— Sou muito boa com reformas, ok? Muito boa mesmo, e posso arrumar sozinha usando as coisas que você tem aqui. Lembra que tenho que ir embora daqui a uns meses depois você pode reutilizá-lo, vender ou aumentar o espaço do seu trailer! — Ele ficou me encarando, e fiz o mesmo. Tim percebeu que eu não desistiria da ideia.

— Consegue mesmo reformar?

— Se eu puder usar suas ferramentas.

— Não me parece boa ideia.

— Olha, o que vou ficar fazendo aqui trancada todos esses dias? Ao menos assim posso me ocupar! — Coloquei as mãos juntas uma da outra e comecei a suplicar: "por favor, por favor".

— Caramba, está bem. Vou pegar a caminhonete, e você pega a corda. — Ele apontou na direção do depósito. — Vamos trazer aquele trambolho para mais perto, para você poder usar a energia.

Não pude conter a alegria e fiz a minha dancinha da vitória, ele apenas balançou a cabeça de forma negativa, riu e foi para a caminhonete.

Quase uma hora depois, o trailer, com os pneus furados, estava no lugar, Tim cortou seis troncos de árvores com a motosserra, e usamos para nivelá-lo, já que o terreno não era uniforme. Gastamos muita energia, mas finalmente estava no lugar, tomamos um chá quente enquanto ele explicava as coisas que eu podia usar, basicamente quase tudo que ele tinha.

Fui tomar um banho. Tim me disse que estava saindo para a cidade, que não tinha hora para voltar e que Noah havia mandado uma mensagem, talvez não iria até o ferro velho naquela noite, assenti para ele. Estava tranquila. Assim que o Tim saiu, fechei o trailer, fiz omelete e comi com pão. Peguei um livro e fui me deitar na cama improvisada que tínhamos elaborado; era uma poltrona que virava cama, a colocamos praticamente aos pés da cama de Tim. O dia tinha sido produtivo, e minha mente não parava de pensar em tudo que poderia fazer no velho trailer. No dia anterior, eu não tinha nem onde dormir, e agora tinha um trailer caindo aos pedaços; era uma evolução, mesmo que precária.

Enquanto lia o livro infantil que havia pegado na casinha de doação, percebi que os meninos falavam lentamente comigo para que eu conseguisse acompanhar o inglês deles, por isso senti tanta dificuldade em entender o que o caixa do mercado havia falado. Mais uma coisa para agradecer a eles. De repente ouvi um barulho no portão, pulei da poltrona com o coração acelerado. Fiquei olhando pela pequena janela e vi uma caminhonete entrando, era noite e não consegui identificar direito, mas pensei que fosse o Tim chegando de sabe Deus onde, mas, quando ouvi as batidas, antes mesmo de ele falar, já sabia que era o Noah. Quando ele me chamou, senti meu coração acelerar, mas não era de medo.

Ignorei o nervosismo. Noah era um homem atraente e gentil, e toda vez que sorria, me derretia por dentro, mas sabia que ele só tinha pena de mim. Provavelmente tinha alguma garota na vida dele, embora ainda não houvéssemos tocado nesse assunto. Eu tive vontade de perguntar várias vezes, mas não quis parecer oferecida ou curiosa; não seria justo perguntar coisas sobre ele, e não falar nada sobre mim. Fui correndo até a porta, mas não queria demonstrar minha alegria, então a abri com um ar de indiferença.

— Ah! Oi, é você, pensei que fosse o Tim.

— Desculpa pela decepção!

— Fico feliz que seja você. — Ele me olhou sentido com minha recepção.

— Não pareceu, preferia que fosse o Tim…

— Estou feliz em ver você sim. Tim havia dito que não sabia se você poderia vir hoje. Aliás, você tem a chave do portão?

— Agora tenho, fiz duas cópias porque está aqui e, sei lá, pode precisar de mim, já que o Tim vai para alto-mar. — Ele se explicava demais. Só o deixei falar, para não se complicar mais.

— Entendi, muito obrigada! O que você veio fazer aqui a essas horas?

— Quero te levar a um lugar. — Ele sorriu, e foi complicado lidar com meus sentimentos naquele momento.

— Aonde vamos?

— Coloque uma roupa bem quente — disse sorrindo, e eu sorri de volta. Minha situação estava ficando complicada, ele me tratava muito bem. Nunca havia recebido tanta atenção de alguém assim, a não ser quando havia segundas intenções, mas Noah era claro, expressava facilmente que me tinha como uma nova amiga a e nada mais. Fui trocar de roupa enquanto ele me esperava na caminhonete.

Dentro do carro, Noah, volta e meia, me olhava e dava um sorriso com os lábios cerrados, eu não fazia ideia do que significava. Subimos uma estrada íngreme e consegui ver um brilho no céu, me assustei.

— Meu Deus! O que é aquilo?

— Calma! Você já vai ver — falou como fosse a coisa mais comum do mundo. Noah não sabia que eu era de um país tropical, mas acho que desconfiava. Continuamos estrada acima e enfim paramos em uma clareira, não estávamos tão longe da casa de Tim. Olhando para o céu, fiquei estagnada, eu estava vendo a Aurora Boreal. Foi a coisa mais incrível do mundo natural que já vi. Noah desligou a caminhonete e descemos.

— Achei que você gostaria de ver. — Olhei para ele com lágrimas nos olhos, completamente encantada. — Queria fazer uma surpresa — continuou. Então puxou uma pistola e a engatilhou. Dei um passo para trás.

— O que você está fazendo? — Ele estava próximo. Meu coração acelerou. Senti meu corpo inteiro congelar. Mais um passo para trás. Meus olhos estavam arregalados, e minhas mãos protegiam meu peito.

— Desculpa, desculpa! Eu não queria te assustar. Aqui tem muitos ursos, e temos que estar preparados. Hella, me desculpe! — Ele pareceu de fato arrependido.

Mais um passo para trás. Eu não consegui dizer nada, minha voz simplesmente não saiu, fechei os olhos. Foi quando senti a mão dele em volta de mim, me puxando contra o seu corpo, me envolvendo em um forte abraço.

— Você passou por coisas que nem imagino. Desculpe-me por favor! Aqui estamos tão acostumados com armas, por conta da caça e proteção, que não pensei que poderia te assustar. — Eu consenti e pude assimilar o que estava acontecendo, percebi que nossos corpos estavam colados e que aquilo não era correto. Afastei-me e disse que estava tudo bem, que o susto já tinha passado.

— Olha, te trouxe aqui para se sentir bem e feliz, e quase acabei te matando do coração. — Ele esboçou um leve sorriso, mas percebi que se sentia culpado.

— O que você acha que uma garota pensaria em estar no meio do nada com um desconhecido e ele saca uma arma? — Minha voz ainda estava trêmula.

— Sou mesmo um babaca, perdoe-me!

— Você não é um babaca, disso tenho certeza.

— É mesmo?

— Espero que não, já que estou confiando minha vida a você. — Sorrimos.

Voltei a fitar o céu e fiquei calada por algum tempo. Noah perguntou se eu me sentia bem.

— Me sinto grata — respondi.

— Grata por quê?

— Por poder admirar essa obra perfeita de Deus, por te conhecer e por Tim. Por me trazer até aqui e pelo trailer que o Tim me deixou reformar. Dias atrás essas coisas pareceriam impossíveis na minha vida. Eu era feliz no meu país, amava minha vida e larguei tudo por ambição, mas, de uma forma torta, aqui e agora, estou vivendo um momento muito feliz, quero aproveitar.

— Gosto da maneira que pensa e acredito que você ainda pode ser feliz. Você disse que vai reformar o trailer do Tim?

— Não, vou reformar um trailer velho que estava jogado lá no quintal — respondi com um largo sorriso.

— Aquela quinquilharia comida pela ferrugem?! Sabe que pode pegar tétano daquilo, né? — falou num tom bem sério.

— Não se preocupe, sou muito boa com essas coisas e sei o que estou fazendo, vou ter um cantinho só para mim e estou contente por isso.

— Acha que vai ter tempo de reformá-lo?

— Ao menos é algo para me manter ocupada.

— Ok, se isso te faz se sentir melhor. — Ele olhava para mim, e desviei meus olhos do céu para olhar para ele, nos encaramos por um tempo, nem a beleza da aurora boreal superava a beleza dos olhos de Noah. Eu sorri.

— Faz sim.

— Mas, o que te deixaria mais feliz agora, Hella? Mais feliz do que qualquer outra coisa?

— Poder te contar a minha história. — Ele ainda me encarava.

— Mas você ainda não pode, não é?

— Ainda não, para sua segurança. Para nossa segurança. — Ficamos em silêncio novamente.

— E você, o que te deixaria feliz? — Ele olhou para mim, suspirava.

— Te ajudar com todos seus problemas.

— Por que isso importa para você?

— Não sei, apenas importa.

— Obrigada por tudo, Noah! Por todos esses dias. — O clima estava tenso e confuso, era melhor parar de criar possibilidades na minha mente, então apenas olhei para o céu novamente e comecei a fazer perguntas sobre a Aurora Boreal. Depois de muitas explicações científicas, uma pior que a outra, Noah mudou de assunto abruptamente.

— Hella, você deixou alguém na sua cidade?

— Como? — Me fiz de desentendida.

— Além da sua família, você deixou alguém, de quem gostava? — Parecia buscar informações.

— Tinha uma pessoa sim.

— Sério? — Ele pareceu decepcionado, ou eu queria que parecesse.

— Eu namorei um rapaz durante três anos, mas ele gostava demais de futebol, tipo fanático, sabe? Eu acabei me cansando. Antes de vir para cá, estava começando um relacionamento, nada sério.

Era um rapaz gentil e bonito, mas acabei tudo antes de viajar, ele ficou um pouco chateado, confesso que eu também, mas priorizei a viagem. — Ele ficou balançando a cabeça, concordando com o que eu dizia, mas não falou nada sobre o assunto. Fiquei um pouco frustrada com a indiferença dele. — E você?

— Hummm — Foi o som que fez.

— Fala sério, é só isso que vai dizer? Hummm?

— É complicado.

— Meu Deus, quer dizer que você tem namorada e está aqui comigo? — Meu tom de desespero acabou saindo mais intenso do que eu esperava.

— Não! Não tenho namorada, não no momento.

— O que quer dizer com isso?

— Namorei durante um ano, mas ela era muito ciumenta. Eu gostava dela, mas não suportava o ciúme exagerado, brigávamos o tempo todo. Há quase dois meses, terminamos, mas ela não é daqui, é de uma cidade próxima.

— Você ainda gosta dela, afinal, faz pouco tempo, né?

— Na verdade não sei, não ultimamente.

— O que quer dizer com isso?

— Deixa para lá, também tenho meus segredos, sabia? — disse sorrindo.

— Ela deve ser bem bonita. — Sorri, deixando a frase escapar sem querer.

— Por que acha isso?

— Bom, você é um rapaz de presença.

— Me acha bonito? — Ele cruzou os braços e me olhou de canto de olho.

— Sim, mas não fica se achando — falei rindo. O momento estava ficando constrangedor.

— Vem, vamos para outro lugar.

— Para onde?

— Você verá.

Ele saiu em direção à porta do caroneiro da caminhonete e abriu para mim. Ao fechar a porta, ele se virou para mim e disse: — Você também é muito bonita.

Fiquei sem chão, sempre fui boa em flertar e já ouvira inúmeras vezes que era bonita, mas vindo dele parecia diferente, mais importante. Provavelmente estava carente, era a única explicação. Senti uma tremenda vontade de beijá-lo debaixo daquelas lindas luzes, mas não sentia que ele desejava o mesmo.

— Obrigada, Noah! — Fiquei naquele banco com meu coração palpitando forte, ele ligou a caminhonete e seguimos caminho. — Para onde estamos indo?

— Vamos nos divertir um pouco — disse sorrindo.

Depois de uns cinco minutos, finalmente parei de tremer. Provavelmente foi por esse motivo que ele resolveu sair de onde estávamos. Passávamos muito tempo dentro do carro e ficávamos mais próximos. Paramos em frente a um bar intitulado Bar do Dom. Percebi que estávamos próximos ao banco de frente ao porto. Única coisa familiar para mim.

— Chegamos! — Eu o encarei sem saber o que dizer, não queria entrar em um lugar público, preferia ficar longe das vistas das pessoas, e bar com certeza não era a minha praia, mas vi que Noah estava se esforçando para me agradar, então não tive coragem de falar para ele como me sentia.

Ele percebeu que eu não estava empolgada para entrar. Desci devagar da caminhonete enquanto juntava os braços no corpo para tentar me aquecer.

— Venha, você vai gostar. O pessoal sempre vem aqui, e não vou te deixar sozinha. — Ele estendeu a mão para mim, sua mão era grande, estava quente e aconchegante, as minhas ainda estavam frias. Após alguns instantes, soltei sua mão, mesmo contra minha vontade, não queria passar uma informação errada.

Ao entrarmos, fiquei surpresa com a quantidade de gente lá dentro, o lugar era aconchegante e quentinho. Noah tirou seu casaco e o pendurou, em seguida foi para trás de mim e tirou meu casaco educadamente. Colocou a mão no meu braço me confortando. Avistamos Tim em uma mesa e fomos em sua direção, ele estava jogando Vinte e Um com outros três rapazes. Ao me ver, Tim arregalou os olhos, incrédulo por Noah ter me levado ali, isso ficou bem óbvio.

— Boa noite, pessoal! Essa é Hella, prima do Tim. Ela é do Oregon e veio passar um tempinho aqui. — Senti meu rosto pegar fogo e a vergonha tomar conta do meu corpo. Era perceptível pelo meu inglês que eu não era do Oregon.

— Boa noite — disse entre os dentes, tão baixo que creio que ninguém tenha ouvido. Começaram as perguntas. Todas sem respostas minhas. Meu corpo fervia e tremia.

Não sabia bem o que dizer, e Noah tinha ido buscar uma cerveja. Fiquei paralisada olhando para a mesa evitando contato visual. Graças a Deus, Tim tomou a frente da situação e começou a responder por mim, dizendo que eu estava a pouco tempo nos Estados Unidos, que havia sido criada no México e não falava muito bem inglês. Explicou que sua tia havia se casado com um mexicano e tinha ido morar para lá e que eu estava nos Estados Unidos para trabalhar, já que possuía dupla cidadania. Foi a mentira mais bem elaborada e complexa que tinha ouvido; eu apenas concordava. Ele havia percebido que eu era latina, assim como Noah.

Observei que Noah havia parado em outra mesa e conversava com outros rapazes. Meu corpo ainda tremia de nervoso, fiquei com vontade de chorar. Tim percebeu meu nervosismo e me convidou para sentar com eles, já que Noah tinha me deixado plantada sem saber o que fazer. Sentei-me junto de Tim, ele voltou sua atenção às cartas e retomaram o jogo.

Passei a observar as coisas ao meu redor, vi diversas garotas e rapazes bebendo muito. Uma garota estava sentada no colo de um rapaz bem à vontade, sem nenhum pudor, em várias mesas a jogatina predominava. A música do ambiente era de um gosto questionável, tudo me incomodava. O ambiente me lembrou onde havia passado tanto tempo. Não gostava dessas lembranças.

Noah, assim como todos ali, parecia à vontade. Não queria atrapalhar a diversão deles, então resolvi ficar quietinha ao lado de Tim. Um homem de cerca de trinta anos se aproximou de mim, senti um cheiro de álcool e peixe fortíssimo, era insuportável.

— Boa noite, princesa! Está sozinha? — Senti o cheiro do hálito no meu rosto. Pedi licença e me retirei o mais rápido que pude, tirei meu casaco dos cabides perto da porta e fui em direção à saída. Segui caminhando para um lugar que considerava seguro, o banco a alguns metros do bar. Estava frio, o vento passava por baixo do casaco, sentia a dor do frio em cada vértebra da coluna, mas não voltaria para lá.

Alguns instantes depois, ouvi a voz de Noah soar em meio ao ar gélido, ele gritou meu nome, então parei, agradecendo a Deus por ele ter vindo atrás de mim. Veio correndo em minha direção, parecia preocupado.

— O que veio fazer aqui fora? Está congelando. — Ele me olhava confuso.

— Desculpa, não estava me sentindo bem no meio de tantas pessoas. — Sei que não entendia, mas não sabia o que dizer. Ele balançou a cabeça indignado.

— Só queria fazer algo legal. Quer saber, vou te levar a outro lugar, venha. — Seguiu segurando a minha mão em direção ao píer. O frio queimava o meu rosto. Paramos em frente a um grande barco. — Suba devagar.

Compreendi que aquele barco era o que Noah havia falado no carro, quando fui tomar banho na sua casa. Era lindo, a cor de madeira predominava mesmo no escuro, tinha muitas gaiolas gigantes para pesca de caranguejos, deduzi depois de Noah me explicar que pescava, principalmente, caranguejos das neves.

Ele ligou a lanterna do celular e me levou em direção à cabine, estava um pouco mais quente, diferente do vento ainda mais gelado que vinha do grande lago. Observei o mastro, todos os sistemas de controle, as telas, os meios de comunicação, eram interessantes. Ele tirou o molho de chaves e, ao girar a chave, todas as luzes se acenderam, ligou o aquecedor.

— Sente-se — disse apontando um sofá cinza escuro pouco surrado na parede do lado direito da pequena sala da cabine. Ele puxou uma cadeira velha marrom com o tecido rasgado e se sentou na minha frente. Colocou as suas duas mãos quentes em cima da minha mão fria e disse:

— Hella, sinto que estou pisando em ovos com você. Eu tento descobrir o que você gosta em vez de simplesmente perguntar. Não queria ter feito você passar por situações incômodas. — Era nítido que ele estava sendo sincero. A culpa era toda minha. Ele não sabia nem meu nome verdadeiro, como poderia saber do que gosto ou não?

— Eu sou cristã — falei olhando em seus olhos, não podia dizer a ele muito sobre mim, mas podia dizer de onde vinha a minha essência. Ele ficou paralisado, retirou as mãos de cima da minha, se encostou na cadeira e ergueu as sobrancelhas, com um ar de curiosidade.

— Não sei bem o que isso quer dizer — murmurou.

— Olha, sou igual a qualquer outra pessoa. Não sou uma cristã fanática, porém não gosto de jogatinas e de beber a ponto de não ter capacidade de controlar meus atos. Também não aprecio estar em companhias de quem costuma fazer estas coisas. Gosto de ambientes mais familiares. Nossa, como sinto falta da minha família! Não sou do tipo de garota que se sentaria no colo de alguém cercada de homens.

Era notável que Noah havia ficado incomodado com minha revelação, tirei mais algumas dúvidas sobre o assunto, mas deixei bem claro que aquele momento vendo a aurora boreal foi perfeito. O clima após minha confissão, ficou tenso.

— Noah, você poderia me levar para casa? — disse baixinho. Ele consentiu com a cabeça.

— O clima estava pesado e desconfortável. Estar naquele cômodo apertado e quente a sós me fazia sentir coisas que não deveria. Noah era encantador, compreensivo, e seu sorriso cativante mexia com minhas emoções. Eu precisava me controlar, afinal sou cristã. Fomos até o carro, o frio fazia minha coluna doer.

— Você não está confortável com esse clima frio, não é?

— Está sendo bem difícil para mim, confesso.

— Já, já vai ficar bem quentinho aqui, não se preocupe. — Agradeci, e fomos para casa de Tim, não conversamos no caminho. Noah parecia pensar em muitas coisas, e eu não o queria deixar mais desconfortável. Chegamos e, ao parar a caminhonete em frente ao trailer, o silêncio era palpável.

— Desculpa por hoje! — Saí com a cabeça baixa, sem encará-lo.

— Eu é quem deveria pedir desculpa, não queria te deixar desconfortável. — Sentia ele me olhando, mas não conseguia fazer o mesmo.

— Não foi culpa sua — respondi. — Obrigada!

Desci do carro, fui até o trailer, abri a porta e, antes de entrar, acenei com a mão. Ele acenou com a cabeça, entrei e fechei a porta, mas ele não ligou o carro, fiquei encostada na porta, esperando-o vir até mim, mas isso não aconteceu. Pouco tempo depois, ouvi o barulho do motor roncar, e Noah se foi.

# NOAH

Levei Hella para o trailer, como havia me pedido, mas não por vontade própria. Por mim aquela noite duraria para sempre, fazia menos de uma semana que a conhecia, mas não queria ficar nenhum segundo longe dela.

Senti uma vontade imensa de beijá-la quando entramos no carro, mas não o fiz, ela deve ter passado por essa situação inúmeras vezes. Qual homem não ficaria tentado a beijá-la? Eu não queria parecer um desesperado, queria respeitá-la e ter sua total confiança.

Chegando à casa de Tim, ela desceu da caminhonete, e nos despedimos, sem abraço ou beijo no rosto. Fiquei observando-a andar até o trailer, abrir a porta, adentrar e fechar a porta vagarosamente olhando em minha direção. Vi seus olhos tristes e cansados, ela me deu um leve sorriso com os lábios cerrados, fez um aceno preguiçoso e fechou a porta.

Por um instante fiquei indeciso se deveria bater à porta ou não. Segurando a chave do carro, li a frase do chaveiro que Hella havia me dado de presente e lembrei que ela era cristã. Provavelmente não gostaria que eu fosse atrás dela, então liguei o carro e fui embora.

Voltei até o bar do Dom, pois era caminho de casa, e lá estava Tim bêbado.

— Onde está Hella?

— Deixei-a em casa. Por quê?

— Ótimo! Agora explique para eles por que você a trouxe e a levou embora de uma hora para outra? Querem saber. — Vi Rolf, irmão da Emily, minha ex-namorada, me encarando. Antes mesmo de eu responder, Jack, um pescador da região, perguntou se a garota bonita era solteira, pois adoraria ter uma chance. Aquilo me feriu na alma, nesse momento Tim se levantou e veio em minha direção, encostou a mão no meu ombro e, com um bafo horrível, sussurrou:

— Diga que é sua namorada ou as coisas vão ficar difíceis. Suspirei profundamente.

— É minha namorada! Minha namorada! — Minha voz saiu esganiçada e mais alta do que imaginei. — Nós nos conhecemos on-line, e ela veio me conhecer. Não está acostumada com o clima daqui e não estava se sentindo bem, por isso quis ir para casa mais cedo.

Eles se olharam decepcionados. No dia seguinte Emily provavelmente saberia de tudo. Tim e eu saímos do bar, e o acompanhei até o carro, pedi para que contasse a Hella que inventamos essa história para seu próprio bem. Se fosse vista como minha namorada, ninguém encostaria um dedo nela. Fui para casa.

Tomei um banho quente, troquei de roupa e fui me deitar. Foi difícil dormir, não conseguia parar de pensar no que Hella acharia dessa história, poderia ficar ofendida em se passar por minha namorada ou pelo fato de eu falar que era minha namorada, mas não saber quem era meu pai. Minha cabeça já estava latejando quando finalmente caí no sono.

# HELLA

Ao ouvir Noah sair, encostei na porta e sentei-me no chão. Não queria parecer rude, mas não estava pronta para ser apresentada a um monte de desconhecidos. Acendi o fogão a lenha para aquecer o trailer. Coloquei o pijama que Tim havia encontrado em um atacado de roupas e me dado de presente. Estava ansiosa para começar a restauração do meu trailer e fiquei planejando tudo o que poderia fazer. Isso me fez não pensar tanto em meus problemas e em Noah. Adormeci.

Acordei cedo e percebi que Tim não havia dormido em casa, então tinha carta branca para fazer o que eu quisesse. Fiz um café fresco e preparei ovos mexidos com torradas para comer; após pôr roupas mais quentes, sentei-me à mesa que tinha fora do trailer e tomei meu café. Podia ver o sol refletindo nas gotas de gelo, pareciam pequenos prismas, era contagiante de belo. Alonguei meu corpo, lavei a louça e resolvi começar a reforma no trailer.

Tim tinha inúmeras coisas com as quais eu poderia criar outras inúmeras coisas. O que mais me chamou atenção foram algumas tintas velhas, de várias cores. Eu não tinha dinheiro e não podia trabalhar, mas uma coisa que eu sabia fazer bem era pintar. Segundo Tim, as pessoas no Alasca gostavam de trocar as coisas e basicamente tudo ali tinha valor, até mesmo o lixo. Eu havia ido em alguns hotéis locais e visto algumas decorações interessantes, pensei que poderia criar algo para vender.

Dei uma procurada ao redor, buscando algo que pudesse transformar em um quadro exclusivo. Encontrei um para-brisa de carro, não sei qual a marca, mas daria um quadro legal.

.      Como fazer o quadro iria requerer tempo, decidi começar por ele, à tarde mexeria no trailer. Para minha surpresa, em menos de duas horas, o quadro estava pronto. Havia lavado bem o vidro, na parte interna desenhei o mapa-múndi em formatos geométricos com a tinta preta, ao redor trabalhei com um pedaço velho de esponja e salpiquei por todo o restante do vidro com cores variadas de azul, verde e branco. Algo que criou um efeito das cores da aurora boreal; ao virar o para-brisa do lado da frente, o desenho ficou na parte de dentro, criando o efeito de um quadro único. Fiquei observando todos os detalhes no quadro, confesso que não senti vontade de vendê-lo, jamais conseguiria recriar aquele feito novamente. Coloquei-o onde a tinta pudesse secar, lavei minhas mãos e fiz uma pausa para comer algo.

Depois fui desmontar o trailer, o que levou o dia todo. Tim chegou no fim do dia, seguido por Noah. Eu estava bem cansada, mas louca para mostrar minha obra de arte para os dois, talvez eles não tivessem o mesmo apreço pela arte como eu, mas gostaria de mostrá-lo para alguém. Eles estacionaram as caminhonetes e olhavam curiosos a pilha de entulhos que tinha tirado de dentro do trailer. Eu tinha desmontado a parte de dentro por completo e lavado tudo.

— Você trabalhou duro, não é? — indagou Tim se aproximando.

Eu estava sentada na porta do trailer vazio. Noah se aproximou sem dizer nada.

— Sobrou alguma coisa aí dentro? — perguntou Tim.

— Na verdade, só o banheiro — respondi com um sorriso.

Noah se aproximou e esticou seu braço por cima da minha cabeça fazendo esforço para observar o interior do trailer, chegando com seu corpo perto de mais de mim, um súbito calafrio passou pela minha espinha.

— Você caprichou na limpeza, nem parece mais o mesmo — disse ele rindo.

— Obrigada, mas ainda tem muito trabalho.

— Isso é verdade, para deixar esse trailer habitável falta muito — disse Tim soltando uma gargalhada.

— Deixa comigo, vou mostrar do que sou capaz — falei zombando e dei uma piscadinha para Noah, que me olhou impressionado.

— Quero mostrar uma coisa para vocês, vão até a oficina, por favor. — Fiquei sentada porque queria ter certeza do que achavam. Noah foi na frente e parecia bem curioso; Tim ficou temeroso, pensando que eu tinha feito alguma coisa errada.

— Uau! — Noah gritou. — Você que fez isso?

Tim ficou cético me olhando.

— Vai lá! — falei com voz autoritária. Ele foi se aproximando.

— Olha cara, é lindo. — Ouvi Noah falando.

— Hella, quando fez isso? — perguntou Tim.

— Hoje pela manhã.

— Com as tintas velhas?

— Óbvio, não tenho dinheiro para comprar tintas.

— Você é mesmo uma artista — disse Noah com um tom de admiração.

— Vocês gostaram mesmo? — Os dois rasgaram elogios. Achei que pudessem gostar, mas não tanto.

— Acham que consigo vender? Sei lá, por qualquer quantia?

— Você quer vender? — perguntou Tim. — Por que não fica para pôr no seu trailer?

— Eu preciso de dinheiro e vi umas artes locais na cidade e nos hotéis que fui. Parece que tem um público-alvo para esse tipo de arte aqui.

— Eu compro! — disse Noah

— Você?! — respondi, olhando confusa para ele.

— Cara, se eu tivesse um dinheiro, eu compraria — retrucou Tim.

— Gente, não posso vender para vocês, depois de tudo que fizeram por mim. Preciso de dinheiro e, se eu vender um, talvez possa vender outros trabalhos meus.

— Consegue fazer outro desse? — Tim quis saber.

— Idêntico, creio que não consigo.

— Então pronto, é meu, porque, se eu visse essa arte para vender, compraria e, se vender para outra pessoa, nunca vou tê-la — retrucou Noah. — Então é minha. Quantos você quer?

— Faz um preço bom, esse homem tem dinheiro, é dono de um barco pesqueiro e logo vai virar policial, aproveita — disse Tim rindo. Na empolgação deixou escapar esse detalhe da vida de Noah.

Eu fiquei parada como uma estátua. Noah olhou para baixo, e ouvi a boca de Tim fazendo som de reprovação, enquanto passava os dedos entre os cabelos. Eu queria gritar com ele, xingá-lo e chamá-lo de mentiroso, mas me calei completamente, um vazio tomou conta da minha mente, meus pensamentos não se encaixavam. De longe ouvir Noah pedir pra Tim sair e nos deixar a sós. Tim foi se afastando lentamente. Noah ergueu a cabeça e ficou olhando para mim ali parada na sua frente.

— Vamos conversar. Você está bem, Hella?

— Você o conhece?

— Quem?

— Você sabe quem! Sargento Jefferson. Você o conhece!

— Não, nem imagino quem seja.

— Ele mandou você cuidar de mim, não foi? É por isso que você está sempre por perto sendo tão gentil, não é?

— Hella, não… — Eu sei que escondi de você esse detalhe, mas não conheço nenhum sargento Jefferson nem me aproximei de você porque alguém mandou. Só te vi naquela situação, e meus instintos me disseram que precisava de ajuda

— Por que não me disse de cara que era policial?

— Primeiro, ainda não sou policial, segundo achei que você era uma imigrante ilegal. Eu levaria você para a delegacia, mas vi seu medo, seu passaporte e você me contou que estava aqui porque quem fez tudo aquilo com você era um policial, achei que não confiaria em mim.

— Talvez, talvez eu confiasse, tudo que queria era poder procurar a polícia, mas não posso confiar em ninguém. Estou a milhares de quilômetros de casa, preciso vender esse quadro para comprar um celular pré-pago para poder ligar para minha família. — Comecei a chorar incontrolavelmente. — Estou com medo e com raiva, não sei se posso confiar em vocês ou se estou sendo totalmente injusta no meu julgamento, não posso sair correndo, porque ursos me comeriam viva. Se não for atacada por um urso, também não tenho um centavo para sair desta cidade. — Eu já estava gritando nesse momento, desesperada, achando que aquilo era a gota d'água, que acabaria ficando louca, quando senti Noah agarrar meus braços, baixá-los e me abraçar muito forte.

— Calma, Hella, calma! Vai ficar tudo bem, pode contar comigo, pode confiar em mim. Se quiser sair daqui, posso te levar a qualquer lugar que queira.

Eu queria odiá-lo, mas como? Ele cuidava de mim mesmo durante um surto. Noah me afastou, me segurou pelos ombros, me mandou olhar nos olhos dele e disse:

— Quero que saiba de outra coisa, mas, antes de contar, quero que saiba que eu cuidarei de você e só farei o que você permitir. Nenhum passo a mais. — Novamente voltei a quando nos conhecemos, não tinha escolha. O pior que poderia me acontecer era a morte.

— Eu não tenho outra escolha, não é? Estou de mãos atadas e as únicas pessoas que conheço são vocês dois. O que tem para me contar? — Estava chorando novamente; por mais que tentasse me controlar, sentia as lágrimas rolando pelas minhas bochechas.

— Não chora, por favor! Me dói demais ver você chorar — disse enquanto passava a manga da blusa que usava para secar meu rosto delicadamente. Tim estava sentado na porta de seu trailer nos observando.

— Quero que saiba que meu pai é o xerife da cidade.

Minhas pernas ficaram bambas e abruptamente levei a mão esquerda no coração. Senti minha respiração falhar e olhava assustada.

— Calma! Ele não sabe de nada, de nada. — Tentando voltar a respirar normalmente.

— Mas você vai contar para ele, não vai? — perguntei. Ele ficou me olhando e puxou uma cadeira velha.

— Sente, vamos conversar — disse fazendo sinal para Tim se aproximar. Assim que sentei, ele abraçou Tim e disse que cuidariam de mim.

O que eu poderia fazer? Não havia mais ninguém na cidade que pudesse me ajudar, eu não podia trabalhar e sair do Alasca seria minha sentença de morte naquele momento. Quanto tempo eu conseguiria sobreviver sozinha? Foi então que tomei uma decisão difícil, mas era a única coisa que podia fazer naquele momento. Já havia passado da hora, tomando coragem, disse aos dois:

— Sentem, vou contar toda história para vocês. — Um nó se formou na minha garganta, as lágrimas pararam de rolar, as sentia secando com o vento gelado. Tim puxou um tronco de madeira e se sentou diante de mim, Noah puxou um caixote de engradado de cerveja e fez o mesmo.

— Com condições. Não façam perguntas e não me julguem, já faço isso o suficiente. Querem que eu confie em vocês, têm que confiar no que vou contar.

# NOAH

*Fairbanks/Alasca, 2014*

Quando acordei, tudo que queria era ir correndo contar para Hella que inventamos a história de ela ser minha namorada. Achei que Tim já teria falado e estava curioso para saber como ela tinha reagido. Eu tinha um treinamento durante o dia e não poderia ir até o ferro velho antes do fim da tarde. Ansiedade e preocupação me corroíam.

Levantei-me da cama, abri a cortina da janela, e os poucos raios de sol que já haviam aparecido no céu inundaram o quarto com um tom alaranjado. A manhã estava linda. Coloquei a calça preta e a blusa branca que já havia deixado separado e passado anteriormente, o sapato devidamente limpo e lustrado, calcei com meias grossas; para finalizar coloquei um moletom preto pesado por cima da blusa branca simples.

Preparei um café da manhã reforçado para aguentar todo o treinamento. Enquanto o café passava, preparei ovos mexidos, panquecas com xarope de bordo e torradas. Separei minha xícara e me sentei na mesa para comer. Aparentemente meu pai já havia saído para trabalhar, se é que havia voltado para casa na noite anterior.

Após terminar o café, guardei tudo em seu devido lugar, lavei as louças usadas, peguei a chave do carro e saí. O sol já estava se mostrando; embora estivesse frio, parecia poder sentir o calor dele em meu rosto. Passando pelo porto, para minha surpresa, encontrei Tim.

— Caramba, Tim, o que está fazendo aqui?

— Noah, bom dia! Bebi demais e imaginei que não conseguiria chegar em casa, dormi aqui no barco mesmo. Olhei-o com indignação, ele me encarou e lembrou-se. — Caramba, esqueci da Hella! Era para eu contar, né?

— Era sim, mas vamos juntos no fim da tarde, assim posso explicar tudo para ela corretamente.

— Melhor ainda, tenho que trabalhar e não dá tempo de ir em casa.

Deixei Tim para trás e fui para meu treinamento. Levaria o dia inteiro e seria bem puxado, mas era o que eu mais amava fazer na vida. Sentia falta dela, desde que a deixei no dia anterior no ferro velho, ela não saía um instante da minha cabeça, e eu voltava no pensamento vendo-a admirando a Aurora Boreal como uma criança, queria tê-la beijado naquele lugar, queria muito tê-la beijado.

Chegamos no fim da tarde ao Ferro Velho e a vi sentada na porta do seu trailer; estava descabelada, e linda. Observei também um monte de entulho, que aparentemente estava dentro do trailer. Ela parecia cansada, fiquei surpreso com o trabalho dela.

Na noite anterior, lembrei que ela me disse como sentia falta da sua família e do ambiente familiar. Cheguei à conclusão de que ainda não tinha ligado para eles por ter medo de ser rastreada. Como não tinha renda, não conseguiria comprar um celular pré-pago, então passei no armazém do Paul e comprei um celular, assim poderia ligar para casa, seja onde for.

Descemos dos carros, vimos o trailer que ela havia limpado magnificamente bem e na hora que pensei em entregar o telefone, ela nos disse para irmos até a oficina de Tim. Como sou bastante curioso, fui imediatamente e fiquei muito surpreso quando vi o quadro feito por ela, me apaixonei. Algumas horas antes era apenas um para-brisa velho, agora era uma obra de arte. Não queria que ninguém mais no mundo possuísse aquele quadro, tinha que ser meu. Durante a conversa sobre se o quadro seria meu ou não, Tim deixou escapar meu segredo.

Quando soube que me tornaria um policial, a decepção em seu rosto e a expressão de pavor em seus olhos doeram até meus ossos. Por um momento fiquei completamente imóvel, eu não conseguia olhar para ela, achei que poderia pular em mim e me daria uns tapas como Emily tinha o hábito de fazer. Esperava ser xingando ou que algo fosse jogado em mim e ela saísse com raiva e não falasse mais comigo.

As reações de Hella sempre eram diferentes do esperado, eu não sabia exatamente pelo que ela havia passado, mas sempre demonstrava ser mais madura e centrada do que imaginava. Era mais um motivo para a admiração que vinha aumentando em mim.

Ela me olhou nos olhos e chorou. Pude ver que estava apavorada de medo, insinuou que eu poderia estar mancomunado com quem a fez tanto mal, e era exatamente o que eu estava evitando que ela pensasse. Ainda supôs que tudo que eu tinha feito até ali tinha sido por interesse em entregá-la.

Eu não sabia que a magoaria assim. Seria menos doloroso se ela tivesse gritado ou jogado algo em cima de mim. Seus olhos estavam repletos de medo e desespero, porém ela não baixava sua postura, sua guarda era sempre firme. Não tinha como saber o que falaria ou como agiria, era um total mistério para mim.

Expliquei minhas intenções, mas Hella ainda estava decepcionada, acho que começou a me odiar naquele momento. Eu só queria protegê-la e fazê-la entender que estava ali para ela, mas era difícil fazer tudo isso sem saber sua história, até mesmo seu nome. Por fim, ela se acalmou, mas eu ainda não tinha contado que meu pai era o Xerife.

Meu peito tremia, mas precisava dizer, então pedi para que se sentasse. Ela ficou pálida. Era terrível ter que assisti-la passar por tudo aquilo, mas garanti que Tim e eu cuidaríamos dela e, se fosse preciso, a esconderíamos até do meu pai, foi quando Hella decidiu contar sua história. Tim e eu nos entreolhamos, tínhamos nossas próprias teorias, mas agora finalmente os mistérios acabariam.

# HELLA?

Nasci no Brasil, na cidade de Cabo Frio, no estado do Rio de Janeiro, um lugar com praias exuberantes e clima quente e agradável. O completo oposto daqui. Eu amava os verões do Rio, lembro das brincadeiras com meus primos na rua, descalça jogando bola, tive uma infância incrível no quesito de diversão.

Aos oito anos, meus pais se tornaram evangélicos, e eu participava do grupo das crianças e gostava muito. Porém, logo em seguida, minha mãe ficou grávida de minha irmã Gislaine, e, quando ela tinha dois anos, nos mudamos para cidade do Rio de Janeiro. A necessidade da mudança se deu porque minha mãe precisava fazer tratamento para osteoporose, uma doença degenerativa dos ossos, que a fazia sentir fraqueza e muitas dores.

Meu pai é artista plástico. Meu sonho era me formar em Artes Plásticas e ser como ele. Aos doze anos, já pintava com ele e aproveitava quando havia algum trabalho de artes para fazer, deixava-me pintar o fundo de algumas telas e fazer flores e folhas aleatórias. Sentia-me uma artista. Mesmo com meu pai fazendo painéis imensos, eu só tinha olhos para minha pequena florzinha insignificante no cantinho da parede, era muito empolgante fazer parte de um pouco do trabalho que ele realizava.

Quando estava prestes a terminar o ensino médio e entrar na faculdade, a doença de minha mãe se agravou, e ela não conseguia mais fazer coisas simples sozinha. Assim que ficou grávida das gêmeas Bruna e Bianca, tudo ficou mais complicado, acabei passando um ano sem estudar e comecei a trabalhar meio período, para ter tempo de ajudá-la com as meninas e as coisas da casa. Meu dinheiro ajudava nas despesas.

Desde que nos mudamos para o Rio de Janeiro, mesmo sendo um lugar bonito e com praias lindas, nossa vida ficou um pouco mais difícil. A cidade grande sufoca um pouco, logo minha vida se tornou só trabalho. Aos dezessete anos, comecei a trabalhar em um salão de beleza perto de casa como manicure e me tornei muito boa no que fazia. Meu pai costumava dizer que tudo que eu me dedicava a fazer fazia bem-feito, não sei se ele falava isso porque era verdade ou porque queria me empolgar a caprichar no que estava fazendo, mas amava quando dizia isso na frente das pessoas. Sempre que tinha um tempo livre, o ajudava com os projetos que estavam com prazos apertados, até que ele começou a me dar projetos para trabalhar sozinha. Lembro como se fosse ontem o primeiro trabalho que realizei, a pintura das esculturas que meu pai tinha esculpido em isopor da turma do filme de animação A Era do Gelo para uma casa de festas. Levei três dias, as esculturas e pintura ficaram tão realistas, que me lembro do nosso cachorro latindo bravamente para os dois mamutes ainda sem cabeça.

Eu queria fazer faculdade de artes plásticas e prometi a mim mesma que logo a faria. Com o passar do tempo, fiquei reconhecida pelas artes que fazia nas unhas das minhas clientes e fui convidada por uma irmã da nossa congregação para trabalhar no shopping da cidade, tinha acabado de completar dezoito anos. Identifiquei-me tanto com meu trabalho que me tornei uma das manicures mais procuradas na região. Minha mãe havia se recuperado bem de todos os tratamentos, e acabei deixando de lado as artes plásticas.

Durante os três anos em que trabalhei no shopping, fazia o horário das duas da tarde até às dez da noite. Conheci diversos tipos de pessoas. Havia uma cliente da Irlanda que sempre que ia para o Brasil, fazia as unhas comigo e dizia que minhas artes faziam sucesso no país dela. Também tinha um cliente gay, brasileiro que morava nos Estados Unidos e, sempre que voltava, corria para fazer as unhas comigo; de acordo com ele, eu não feria suas cutículas. Ele sempre me levava lembrancinhas.

Tudo começou a mudar quando uma mulher alta e loura, de cabelos chanel, com 45 anos de idade, entrou no salão, olhou para as manicures dispostas, éramos quatro, duas estavam sentadas no sofá na área de espera desocupadas, enquanto eu e a outra estávamos atendendo. Apontou para mim e perguntou se eu poderia atendê-la depois.

— A senhora tem que dar uma olhada com a moça da recepção, ela tem nossas agendas — falei, ela agradeceu e se virou.

Eu não tinha horário. Depois da cliente que estava atendendo, tinha um senhor que insistia em fazer as sobrancelhas comigo. Ele dizia: "você não deixa minhas sobrancelhas femininas, gosto disso". Ela notoriamente ficou decepcionada e acabou sendo atendida pela Júlia, uma das meninas que estavam sentadas nos sofás de espera. Sentaram-se bem próximo de onde eu estava, e a cliente não parava de falar dos Estados Unidos, de onde tinha acabado de voltar e tinha passado seis meses maravilhosos. Não havia percebido na hora, mas ela estava chamando a minha atenção de propósito, ela fez somente os pés, e voltou no outro dia para fazer a mão e conseguiu uma vaga comigo.

No começo foi a mesma conversa do outro dia, falando dos EUA enquanto se exibia, e eu fazia as perguntas curiosas que todos têm. Lembro-me dela me dar uma gorda gorjeta e ter ido à recepcionista marcar dois horários para outra semana comigo novamente. Chegou contando sobre o esquema que possuía com sua cunhada que também viajava para o país, passou a comentar sobre o trabalho que realizavam e que faziam muito dinheiro.

O esquema era o seguinte, elas tinham uma empresa que contratava babás para trabalhar para famílias ricas. Ela viajava por seis meses, cuidando da empresa, e voltava para o Brasil por seis meses, intercalava com a cunhada, enquanto uma estava aqui, a outra estava lá. No dia em que estava fazendo sua unha, ela me contou que sua cunhada viajaria no dia seguinte e que ela ficaria no Brasil. Durante todo esse período, Fátima fez as unhas comigo todas as semanas, mas nenhuma vez me convidou para ir com ela. Ela conversava sobre tudo, era muito simpática, lembro-me dela saber que eu era cristã e certo dia me pedir uma oração, pois sentia muitas dores de cabeça. Então ela voltou para os Estados Unidos. Duas semanas depois, Cintia, a cunhada de Fátima, apareceu no salão, tinha horário marcado comigo.

Conversou sobre Fátima e a empresa delas, disse que a cunhada elogiava meu trabalho imensamente. Cintia começou a falar sobre o desfalque de meninas para trabalhar, pois, de acordo com ela, as mulheres que as contratavam queriam meninas mais sérias, e a maioria ficava interessada apenas em homens e festas. "Você não teria interesse em trabalhar para nós? Ou melhor, conosco?", ela disse olhando nos meus olhos. Eu ri e respondi que nunca teria dinheiro para viajar.

"Para com isso, nós bancamos a viagem e todo o resto necessário, não há com o que se preocupar. Assim que começar a trabalhar, ganhará tanto dinheiro que poderá nos pagar e ainda vai sobrar", ela respondeu. Eu prestava atenção em tudo que falava, e ela aproveitou para apimentar a oferta. Disse que a empresa não era tão simples, a família era avisada sobre tudo, ficavam com endereços, telefones, todo o necessário para se comunicar com a pessoa. Falou também que, com dinheiro bem investido, eu poderia até pagar uma faculdade. Então me mostrou fotos e áudio das meninas que estavam lá e parecia tudo muito bom. Disse para eu pensar, que ainda teria tempo para fazer o passaporte e todo o resto. Ela me chamou de "small girl". A semente foi plantada na minha cabeça.

Contei para minha mãe, que ficou preocupada, mas um pouco interessada também. Como não pude fazer faculdade porque ela estava doente, sentia culpa por ter atrasado a minha vida. Ela sempre me apoiava e tentava me ajudar o máximo que podia, mas tinha suas preocupações, e com razão. Cíntia virou minha cliente e, durante aqueles seis meses, plantava ideias na minha mente sempre que tinha a oportunidade, mas não era chata ou cansativa no assunto, na verdade era bom conversar com ela. Fátima voltou, e contei o que Cíntia tinha proposto, ela achou uma ideia ótima, disse que, por eu ser mais recatada, ganharia muito bem. Tinha uma menina que estava louca para trazer de volta para o Brasil, que só dava problemas. Aí tudo começou.

Ela foi à minha casa, conheceu minha família e mostrou inúmeras fotos e artigos de quão era ótimo morar e trabalhar nos Estados Unidos. Acabamos concordando. Informei que iria com Cíntia quando ela voltasse, Fátima não ficou muito feliz porque levaria cerca um ano. Usei o tempo para me preparar, guardei o máximo de dinheiro que pude e comecei a estudar inglês, entrei em dois cursos com bolsa, pagava só uma parte e fazia aulas on-line e presencial. Elas disseram que eu precisaria das passagens de ida e volta pagas e que, em seis meses, eu decidiria se voltaria ou não, no próximo semestre.

Eu tinha dúvidas sobre a viagem. Na época estava de rolo com Marcos e, quando contei, ele ficou chateado. Próximo do dia de embarcar, ele me procurou e disse que era uma pena eu decidir ir, pois queria me pedir em namoro, respondi que, se fosse para ser mesmo, eu voltaria em seis meses e poderíamos ficar juntos; se não, seguiríamos em frente.

Passei a maior parte do meu tempo antes da viagem conversando com minha mãe, ela sempre comentava sobre tráfico humano. Embora não usasse essas palavras, pedia que eu ficasse alerta e sempre repetia a mesma frase: "filha se tentarem fazer algo, finja de morta. Se te oferecerem bebidas ou drogas, finge que tomou ou usou. Mesmo em uma balada, não aceite bebidas ou balas de qualquer tipo, e de ninguém, pode ter algo". Ironicamente, foi a chave para suportar tudo isso. Aquelas palavras não saíram da minha cabeça.

Chegou o dia da viagem, e Cintia foi me buscar em casa, me despedi da minha família, todos choraram e me abraçaram. As gêmeas apertavam tanto seus bracinhos em minha perna, tentando impedir minha partida, lembro-me de Gislaine dizendo que eu não podia ficar lá para sempre e que precisava voltar. Ela só têm onze anos e eu a amo demais. No carro acenei para todos pela janela.

No aeroporto avistei Fátima com outras três meninas, todas extremamente bonitas, e fiquei me perguntando se beleza era um requisito para ser babá nos Estados Unidos. Quanto mais o tempo passava, mais nervosa eu ficava; comecei a conversar com as outras garotas, uma delas disse que era a terceira vez que estava indo para lá para trabalhar, que estava ansiosa e que o Brasil não tinha mais graça para ela. Perguntei à Fátima porque não estava nos Estados Unidos, e ela disse que tinha acabado de chegar ao Brasil. Não lembro o nome de duas das garotas, mas a que falou que era a terceira vez se chamava Patrícia.

Fiquei surpresa ao descobrir, em cima da hora, que Cíntia não viajaria conosco, iria dois dias depois, disse que tinha algumas coisas para fazer antes de viajar, mas que logo nos encontraria lá. A única coisa que me tranquilizava era a certeza que todos os meus documentos estavam corretos, fomos à receita federal, tiramos o visto de turista. Não tinha como dar errado. Tirando o medo de viajar pela primeira vez, realmente ocorreu tudo certo. Cintia disse que Patrícia nos ajudaria no que precisássemos. "Ótimo, as únicas duas pessoas que conheço não vão estar comigo", pensei. Passamos pelos portões de embarque e seguimos viagem. Horas depois, o avião pousou, e eu acordei de uma longa soneca. Esperamos mais de uma hora no aeroporto, quando Patrícia recebeu uma ligação informando que estavam no estacionamento, a única coisa que eu sabia era que estávamos no aeroporto de Nova Iorque, nada mais. Pegamos nossas malas e andamos cerca de dez minutos até o estacionamento do lado de fora do aeroporto; vi uma van branca estacionada. Havia algo escrito em inglês na lateral, consegui identificar apenas "clean". Não gosto de vans, e sabia que *clean* não significava "babá".

Um senhor de idade desceu e nos recebeu, falava a língua inglesa em uma velocidade frenética, e eu não compreendia muito bem, mas ele pediu desculpas pela distância, as garotas que estavam com a gente falavam apenas "Ok" para tudo, acho que não sabiam falar inglês. Obviamente Patrícia era muito fluente e sempre me corrigia tentando me ajudar com o sotaque. Entramos na van, bem limpa por sinal, e Patrícia falou que íamos trabalhar em outra cidade; por causa do alto custo das passagens, iríamos de van. Cíntia havia comentado algo sobre isso. Andamos tanto que dormi novamente, acordei quando o motorista estacionava.

"Pegar os outros aqui", foi o que entendi. Os outros eram dois homens, ambos louros, um de altura mediana, com barba malfeita e fedendo a cigarro, o outro um pouco acima do peso e barbeado. Mal falavam português. Perguntei à Patrícia quem eram, e ela me disse que fariam nossa segurança, seriam responsáveis por nos levar e buscar nas casas das patroas. Um se sentou ao meu lado, o outro do lado da menina baixinha e loira. Patrícia estava sentada ao lado da garota com sotaque nordestino. No caminho, ela ofereceu um comprimido da sua bolsa para mim, para as meninas e para os dois rapazes, disse que a viagem seria longa e assim não teríamos enjoos, todos aceitamos com muita facilidade. Assim que coloquei na boca, lembrei-me da frase da minha mãe e, disfarçadamente, joguei pela janela com um movimento.

Não sabiam que eu tinha visto Patrícia colocar um comprimido na boca e, logo em seguida, dar o mesmo para os dois rapazes, mas, quando ofereceu para nós, tirou outro frasco da bolsa. Suponho que o que tomaram não era a mesma coisa que havia naquele frasco. Poucos minutos depois, vi umas da menina apagar em um sono profundo, um dos homens olhou para o outro e deu uma risadinha. Seguindo o exemplo das meninas, informei que estava com sono, eles se entreolharam novamente, ajeitei-me para dormir e fechei os olhos, quando ouvi: "As três já estão apagadas". Meu inglês era melhor do que deixei saberem. Era meu meio de defesa. "Ok", disse o outro, e começaram a conversar, algumas coisas eu entendia, outras não. Pelo que compreendi, estávamos indo encontrar um policial, fiquei em dúvida nessa parte, ouvi sobre amarras, Seattle, que éramos bonitas, que tudo daria certo e que era necessário calma. *Meu Deus, o que eu fiz?*

Disfarçadamente, entreabria os olhos às vezes, principalmente à noite. Seguimos viagem o dia inteiro, e teve momentos em que dormi de verdade, acho que meu corpo não aguentou. Os três comiam e bebiam dentro do carro, mas não nos ofereceram nada, a fome era tanta que queria parar com a farsa, mas resisti. Quase fui pega porque não estava suportando ficar na mesma posição por muito tempo; quando mexi o corpo de um lado para o outro, eles levaram um susto. Percebi que as outras meninas não se mexiam, os rapazes levantavam nossos braços e largavam no ar para ter ciência se estávamos mesmo apagadas. Um dos homens começou a falar com mais raiva, e ouvi Patrícia dizer que deveriam ser espasmos musculares. Foi muito difícil ficar quieta, com fome e com vontade de ir ao banheiro, mas aparentemente minha vida dependia disso.

Paramos em algum lugar, e ouvi eles descendo e tirando as garotas do interior da van, pedindo silêncio. "Meu Deus, vão nos matar e tirar nossos órgãos, por que mais nos trariam até aqui?", pensei. Abri os olhos e dois deles carregavam uma das garotas. Meu coração palpitava forte, mesmo me esforçando para acalmar as batidas no meu peito.

Depois voltaram e levaram a outra, eu apenas espiava, em partes para ter noção do que estava acontecendo e em partes para copiar as garotas e não deixar eles notarem que eu estava acordada. Logo em seguida, ouvi que caminhavam em minha direção, estava suando frio, mas não podia fazer nada. Os dois me carregaram no colo, eram tão fracos que mal aguentavam o meu peso, abri um pouco os olhos e percebi que estava dentro de um grande galpão mal iluminado. "Com essa força toda de vocês, poderia ter tentado fugir", pensei.

Abriram uma porta, e senti a claridade da luz passando pelas minhas pálpebras, de repente fui solta em cima de um colchão relativamente macio; minhas costas agradeceram, não podia negar. Novamente abri um pouco os olhos e vi Patrícia com um pano no nariz de uma das meninas, que começou a tossir, acordando, depois ouvi a outra tossindo e, por fim, ela veio até mim. O cheiro era insuportável, algo parecido com a creolina que meu pai usava para curar feridas dos cachorros. Foi impossível não tossir, fiquei tonta e com vontade de vomitar, abri os olhos devagar e vi as outras meio confusas de olhos abertos, então fiz igual. Finalmente podia me mexer, meu corpo estava todo dolorido.

Os homens nos entregaram garrafas de água e ordenaram que bebêssemos. Eles não eram grotescos, muito menos amáveis; o tom de voz e o comportamento eram moderados. Tomei rapidamente a água, não havia percebido como estava seca minha garganta. Observei as meninas com suas garrafas em mãos, sem beber um único gole. "Onde nós estamos?", perguntou uma delas com a voz baixa e assustada. Patrícia apenas retrucou informando que não havia necessidade de sabermos, que deveríamos nos calar e obedecer. Eu estava disposta a atuar o melhor possível. "Preciso fazer xixi", disse quase gaguejando. Um dos homens me levantou pelo braço, e fingi estar com as pernas levemente bambas. Ele me sacudiu e ordenou que andasse. Quando me levantei, vi várias outras garotas em colchões e camas de solteiro. Todas com o mesmo olhar de desespero. Evitei encará-las.

Fui ao banheiro, o homem ficou na porta de costas, pude me aliviar, algo que estava segurando há muito tempo. A vontade era tanta que não conseguia focar mais nada. Lavei as mãos na pia simples, o banheiro era limpo, havia papel higiênico reserva, toalhas e uma ducha na parede oposta ao vaso. Saí com a mente mais aberta e receptiva a novas informações.

"Sente-se lá", o homem falou apontando para o colchão em que eu estava antes. Observei que as meninas que vieram comigo tinham potes descartáveis de fast food em suas frentes e, assim que sentei, recebi o meu. Mandaram-nos comer e não arrumar confusão, ou estaríamos mortas. Os três saíram do quarto e trancaram a porta. Ficamos em silêncio por um tempo.

"Onde estamos?", uma das meninas perguntou a mim, dei de ombros e comecei a comer. A comida era simples e gordurosa, o que me satisfez rápido, havia frango frito com batatas, alguns tipos de molhos e um hambúrguer. Quando a comida caiu em meu estômago, comecei a me sentir melhor; ao pegar meu refrigerante, comecei a observar as coisas ao meu redor.

Havia várias meninas ali, estavam com semblantes cansados, mas nenhuma tinha marcas de maus-tratos, todas estavam arrumadas, não apresentavam sinais de agressão ou abuso. Vi que não estavam magras demais, isso era bom. O lugar era um pouco sujo, havia roupas e embalagens descartáveis de comidas por toda parte. A única janela era pintada de preto, tinha uma grade e era bem alta. Eu sabia que estávamos no segundo andar porque subiram um lance de escada quando me trouxeram. Virei para trás e vi uma menina.

— Você é de onde? — perguntei em inglês. Ela não soube responder, repeti em português.

— Somos todas do Brasil.

— Você não fala inglês?

— Quase ninguém aqui fala ou entende.

— Vamos morrer — disse uma das meninas que tinha vindo comigo.

— Não sabemos se vamos morrer, mas estamos aqui para ser garotas de programa. É isso que fazem conosco. Se negarmos a atender, apanhamos e somos drogadas. Preferia a morte.

Engoli minha saliva, estava acontecendo exatamente o que minha mãe temia, foi tudo um truque. Comecei a chorar muito. Pensava em minhas irmãs e nos meus pais. A única coisa que me confortava era saber que estariam orando por mim.

— Olha, é melhor obedecer. Não falar muito alto ou brigar umas com as outras. A maioria aqui já está viciada em drogas e não são boas companhias. Sinto muito por estarem aqui, mas não temos muitas escolhas.

Nunca fui de fazer amizades facilmente, fiquei o tempo todo na minha. Notei que as garotas, quatorze comigo, eram todas muito bonitas, cada uma com uma beleza exótica. Meu instinto foi vigiar o tempo todo tudo que eles faziam e entender o que falavam.

Quando a noite caiu, elas começaram a tomar banho e se arrumar. Em um dos cantos do quarto, havia uma arara gigante com diversas peças de roupas, uma mais provocativa que a outra. Patrícia entrou e separou as roupas para as garotas, parou e olhou para nós.

"Já entenderam o que está acontecendo aqui?", perguntou, e concordamos com a cabeça. A menina com sotaque nordestino não parava de chorar. "Ótimo! Vocês não vão para o salão hoje porque precisam se recuperar, porém amanhã terão que ir. Precisam estar lindas, cheirosas, pele hidratada, do jeitinho que os clientes gostam. Eles amam brasileiras fortes, divertidas e, claro, bonitas. Caso contrário, não serão úteis, e teremos que usar o corpo de vocês para ganhar dinheiro de outra forma, mas não queremos isso, não é mesmo?". Meu sangue ferveu de ódio e medo ao ouvir isso, mas todas consentimos novamente. E assim começou o meu inferno.

Todas as noites, o mesmo processo, tomávamos banho, nos mantendo limpas e lisas, abusávamos de óleos corporais que nos entregavam. Havia penteadeiras com diversas maquiagens que eram repostas conforme terminavam ou eram substituídas caso não aguentasse a noite toda com as danças e o suor. As roupas eram sempre lavadas, limpas e secas. Éramos bem alimentadas, para não ficarmos fracas. O salão enchia-se de homens ricos, políticos, empresários e policiais de alta patente. Tínhamos que dançar e nos sujeitar a qualquer coisa. As garotas, depois do primeiro copo de bebida, fechavam qualquer negócio, soube mais tarde que a bebida era batizada. Consegui evitar beber algumas vezes, mas a maioria era obrigada. Não me recordo de algumas noites, somente do suor e de sair dos quartos para o chuveiro. Com o passar dos dias, fiquei craque em fingir que tomava a bebida.

Observando e ouvindo, comecei a entender melhor como tudo funcionava. Tinha o Jefferson, que era o chefe e sargento da polícia da cidade. A esposa dele, Brenda, era a gerente da boate e atendia no caixa. Havia os barmans, que cuidavam de nós e nos vigiavam durante todo o dia. Patrícia era quem falava melhor o português e liderava as meninas e os homens. Por fim, havia uma quadrilha no Brasil que selecionava as meninas, que julguei ser Cíntia e Fátima, entre outras. A única exigência era que as meninas fossem bonitas e com corpo de chamar atenção.

Caso fôssemos desobedientes, nos davam comprimidos para dormir. Não podíamos negar clientes de forma alguma, tudo era dinheiro, a maioria era rica, outros eram homens comuns que tinham a foto com a esposa e filhos no fundo de tela do celular. Família e casamento de fachada. Seguindo as regras, eles nos deixavam em paz. Não tinha como sair. Sair, aliás, era o maior medo das garotas que estavam ali antes de nós, pois, de acordo com elas, a última a tentar foi espancada até a morte. Eles ameaçavam nossas famílias, que conheciam terrivelmente bem, acho que devia ser parte do trabalho da quadrilha que estava no Brasil.

Eu chorei várias vezes perguntando para Deus o porquê eu estava ali. A resposta era óbvia, a escolha foi minha, eu tinha uma vida boa, um lar bom e saudável, mas, ao me ser oferecida outra vida, aceitei. Não fui forçada e, por várias vezes, questionei. Assim como Jonas, que acabou dentro daquela baleia, por sua escolha, eu estava ali dentro e precisava saber como sair. Toda noite eu orava pedindo perdão por parar ali e pedindo uma estratégia para sair. Noite após noite, pensava, mas nada me ocorria.

Em uma noite, eu comi uma sobremesa e, cerca de duas horas depois, senti uma forte dor de barriga. Quando estava no salão, tive que utilizar o banheiro, a sobremesa provavelmente estava estragada, e fiquei lá por um bom tempo.

A noite estava fria e senti uma corrente de ar gélida na minha nuca, atrás de mim havia uma pequena janelinha; não estava aberta, mas o vento ainda sim passava pelas pequenas frestas, o vidro também estava pintado de preto.

Subi no vaso, com meu salto alto ridículo de oncinha e totalmente desconfortável, e vi que dava para abrir a janela um pouco. Meu corpo não passava pelo vão, mas pude espiar lá fora, o chão não estava tão distante. Ao ver que a janela não estava chumbada na parede, apenas parafusada, senti uma felicidade pela primeira vez em semanas. Sacudi a janela um pouco para constar se realmente não era chumbada, eram dois parafusos em cada lado, mais dois em cima e dois embaixo, oito parafusos não eram difíceis de tirar. O difícil era ter tempo e conseguir alguma ferramenta. Voltei para o salão.

Nossas noites sempre acabavam por volta das três ou quatro da manhã, depois disso éramos trancadas no quarto e só saíamos no dia seguinte, diretamente para o salão. Naquela madrugada e manhã, não consegui pegar no sono, não parava de pensar naquela janela. Meu corpo passaria com certeza. Consegui medir a janela com a palma da mão e, levando em conta que minha palma mede vinte centímetros de largura, a janela tinha setenta centímetros de largura e sessenta de altura, eu conseguiria passar. Nós não tínhamos acesso a facas, pois todos os talheres eram descartáveis, então seria difícil conseguir uma ferramenta. Não poderia contar com as meninas, elas não gostavam de mim, pois ficava distante, mas precisava evitá-las, até mesmo porque eu evitava as drogas que os clientes lhes davam e bebidas batizadas que usavam todos os momentos. A maioria já estava trocando sexo por drogas com os homens que nos vigiavam, principalmente êxtase. Eu pensava em diversas formas para sair dali, pensava em filmes que já havia assistido, mas não sabia o que fazer.

Recebíamos semanalmente itens de higiene. No dia em que Patrícia entrou para fazer o levantamento das coisas que compraria, pedi uma escova de dentes, fio dental e um desodorante. Ironicamente, eles cuidavam muito bem de nós, mesmo nos explorando todos os dias, pois sabiam que os clientes não pagariam por garotas feias ou mal cuidadas. Quando uma de nós apanhava por ser desobediente ou algum cliente com fetiches sexuais ridículos nos machucava, não íamos para o salão até estar completamente recuperadas e sem marcas. Muitas vezes depois de sair com algum cliente do quarto, eu me beliscava e me batia o mais forte que pudesse, assim ganhava dois ou três dias longe daquele maldito salão.

Volta e meia, o policial Jefferson aparecia durante o dia e nos tratava com carinho nojento. Eu o odiava com todo meu coração. Fui para o salão numa noite mais cedo e fiquei conversando com a Brenda em português; ela entendia um pouco, então dava para conversar. Eu precisava descobrir onde estavam meu passaporte e meu celular, fugir sem essas coisas não adiantaria de nada. Observava cada reação dela, quando o Sargento entrou.

— Tu és linda, não é? — Olhou para mim e colocou a mão no meu queijo. Ele falou em inglês, e eu quase o respondi, mas mudei a frase no meio do caminho.

— Desculpa, pode falar em português? — Ele só balançou a cabeça de forma negativa e saiu. Foi um alívio, não queria que eles soubessem que eu entendia praticamente tudo o que falavam, assim conversavam livremente perto de mim.

Então tive uma ideia genial. Depois de mais uma noite insuportável, levantei-me perto do meio-dia e vi que todas as garotas estavam capotadas nas suas camas. Fui até o banheiro, peguei o xampu e lavei meus olhos com abundância, arderam tanto, eu mal conseguia abri-los; começaram a lacrimejar, mas suportei a dor. Peguei cola de cílios postiços e passei ao redor de um olho só, ficou com uma cara bem nojenta. Os homens que cuidavam de nós revezavam, dormindo no sofá do lado de fora do quarto. Bati à porta vária vezes até o brutamonte acordar, ele ficou bravo, abriu resmungando; quando ele viu meu olho, ficou assustado:

— Credo, o que é isso?

— Acho que peguei conjuntivite de algum porco ontem no salão. — Ele imediatamente ligou para a Patrícia que me mandou para o quarto de repouso. O quarto de repouso era bem menor que o quarto onde ficávamos, havia uma cama de solteiro, duas mesas de cabeceira , algumas roupas. Sempre que uma de nós estava com alguma doença que poderia ser contagiosa, como gripe, virose, ficávamos naquele quartinho isolado até melhorarmos. Perguntei se eu poderia levar a maleta de manicure, para fazer as unhas porque não conseguia dormir, e ele liberou. Assim que me trancou, avisou que logo me traria o café, eu agradeci.

Como tinha imaginado, havia a mesma janela pintada de preto, pensei em ver imediatamente o que havia depois, mas era arriscado, eu tinha que dar um jeito de subir no alto para espiar, então deixei para fazer isso à noite, quando o segundo andar ficaria todo vazio. Fiz as unhas como tinha dito, Patrícia trouxe meu almoço e me olhou de longe.

"Que coisa horrível e nojenta isso". Havia posto um batom vermelho na mala de manicure e consegui deixar o olho esquerdo pior que o direito. "Se precisar de algo, toque a campainha, mas não encoste em ninguém, uma pessoa só com isso é nojenta o suficiente."

A noite chegou finalmente, e conseguia ouvir as garotas agitadas se arrumando, ninguém perguntou por mim. Do quarto onde estava, conseguia ouvir tudo o que falavam. Logo um silêncio tomou conta do segundo andar, a paz reinava na minha vida, e a primeira coisa que fiz foi levantar a cama de solteiro contra a parede, o problema é que não ficava firme, era bem mole para escalar. Eu tinha tempo. Coloquei as duas mesas de cabeceiras contra ela; não ficou totalmente firme, mas melhorou. Com muito medo de ser pega, subi com o esmalte preto e uma espátula de unha no meio dos seios. Finalmente alcancei a janela e me firmei nas grades; com a espátula, comecei a raspar a tinta preta do vidro. Após cerca de vinte minutos, consegui ver as luzes dos postes da rua principal, o terreno ao lado era vazio, vários insetos voavam por ali. Fazia sentido ser ao lado de um terreno vazio, não tinha vizinhos para atrapalhar os negócios da boate. Na parte da frente, havia uma cerca de arames, seria fácil passar se eu fosse muito rápida. Mais uma vez, me senti bem naquele local infernal. Satisfeita, abri com a boca o esmalte e pintei o raspado da janela com o esmalte preto. Desci, e dormi muito bem.

Já sabia como sair e para que lado correr, as câmeras do estacionamento ficavam conectadas ao computador de Brenda na recepção. Quando conversei com ela no dia anterior, consegui ver o estacionamento pelo computador; a parede por onde eu sairia não era monitorada, pois era onde as câmeras estavam penduradas. Uma preocupação a menos; mas de nada adiantaria se eu não pegasse os meus documentos, que era a parte mais complicada do meu plano.

Dias se passaram e nada de descobrir onde estavam, até que certa noite eu estava no salão com Brenda, e o Sargento Jefferson apareceu. Ainda estava vazio, sem clientes, e ele tinha levado dinheiro para o troco. Como não o suportava, abaixei a cabeça e me deitei sobre meus braços cruzados em cima do balcão frio de mármore. Pelo canto do meu olho esquerdo, vi ele abrir uma gaveta para colocar o dinheiro trocado e ouvi um barulho de coisas pesadas deslizando dentro da gaveta, logo atrás do porta-moedas. Levantei rapidamente e pedi uma dose para esquentar o corpo, consegui visualizar os celulares e os documentos dentro de saquinhos transparentes com zíper autoclave. Peguei a dose batizada, fui para o sofá da sala VIP e a joguei fora.

Estava tremendo e toda arrepiada só de pensar, eu sabia que cada celular estava com os documentos, nossos nomes estavam gravados nos pacotes. Estariam por ali, porque Patrícia tinha que ter acesso a eles, para mandarmos notícias para nossas famílias uma vez por semana. Ela vigiava cada mensagem, era torturante falar com a minha mãe, e ela nem imaginar que era tudo mentira. Meu celular era bem chamativo, com capinha da Minnie, rosa-choque, fácil de detectar, mas seria praticamente impossível tirá-lo de lá.

As meninas brigavam muito por causa das bebidas e drogas. Quando brigavam feio, todo mundo saia de seus postos para separar, era a única hora em que o balcão ficava vazio.

Patrícia tinha ido para o Brasil e provavelmente voltaria com algumas garotas, era o momento certo para fugir, porque ela era quem mais ficava de olho em nós, eu só precisava de um lugar para ir. Naquela semana um anjo entrou por aquela porta. A palavra da Bíblia diz, em Romanos 8:28, "que todas as coisas cooperam para o bem daqueles que amam a Deus".

Um senhor, com um jeito diferente de todos os outros, entrou no salão, eu nunca o tinha visto, e ele não parecia tão rico, suas roupas eram simples, e ele tinha barba e cabelos grisalhos, quase brancos. Eu estava sentada em um dos sofás do salão, quando ele entrou e pendurou seu casaco. Fui recepcioná-lo, ele me pediu uma cerveja e se sentou no sofá da sala VIP. Levei a bebida até ele e perguntei se queria companhia, ele afirmou que sim, então me sentei um pouco afastada, não sei por que senti uma diferença no seu comportamento.

— Eu não bebo, pode beber se quiser, ou deixe na mesa. A cada meia hora, mais ou menos, busque outra cerveja, sei que tem que beber para poder ficar aqui. — Consenti com a cabeça.

Normalmente eu fingia que não entendia inglês, mas com ele eu sentia que não precisava fingir. Ele contou que um conhecido tinha indicado o lugar, mas era primeira vez que entrava ali, eu contei que era brasileira, que não falava bem seu idioma e perguntei se ele conhecia o sargento Jefferson. Ele disse que não fazia ideia.

A maioria dos clientes era conhecida do sargento, então eu não podia contar aquilo tudo a ninguém. No começo cheguei a achar que ele era um agente disfarçado, como a gente vê nos filmes. Passei a noite toda "bebendo" com ele e, em certo momento, deixei escapar que estava ali contra minha vontade e que provavelmente nunca mais veria a minha família. Ele ficou confuso e me pediu para explicar. Então arrisquei tudo, o pior que poderia me acontecer era levar uma boa surra, pelo menos era o que eu achava.

— Eu era manicure no Brasil, duas moças me ludibriaram e vim parar aqui achando que trabalharia como babá para famílias ricas, dá para acreditar? — Contei sobre a van e sobre as meninas.

— A última que tentou fugir nunca mais foi vista.

— Ela morreu? — ele perguntou olhando para mim.

— Eu não faço ideia. — Mas sabia que sim. Passava na minha cabeça enquanto eu contava, que ele me deduraria e que tudo ia por água abaixo.

— Você tem que sair daqui, tem que dar um jeito. Eu olhei para ele com vontade de contar do meu plano, mas não tinha certeza se poderia. — Eu preciso fazer umas entregas de barco e recolher alguns pedidos, gostaria de voltar e vê-la em uns três ou quatro dias, se não houver problemas para você. A propósito, meu nome é Albert.

Fazia quase três meses que eu estava ali, havia garotas há mais de um ano. Eles mandavam montagens de fotos nossas com as crianças que supostamente cuidávamos e mandavam dinheiro para nossas famílias todo mês. Para eles valia a pena esses gastos porque lucravam fortunas com nossos corpos. Era triste saber que enganavam nossas famílias assim.

Aquilo tinha que acabar, as garotas viciadas em drogas não pensavam como eu, elas mal percebiam o tempo passar. Quando mandavam áudio para as famílias, não falavam que estavam com saudades ou que as amavam. Elas estavam perdidas no alcoolismo, em êxtase, e sei lá com mais o que que colocam nas bebidas.

Não contei ao Albert que eu não usava drogas, porque, se ele contasse para alguém, eles me drogariam forçadamente. Se nos recusássemos, injetavam a droga em nós. A ansiedade de saber se Albert havia me entregado ou não estava me torturando. Até então tudo estava "normal", nada tinha mudado. Três dias depois, Albert entrou pela porta, uma menina se aproximou, mas ele não quis a companhia dela. A gerente percebeu e mandou um dos garotos me avisar que era para eu deixar os dois homens ali e atender o senhor que estava me esperando; me fiz de bêbada e quase caí, o segurança me levantou. "Vai vadia". Eu fui. Fomos à sala VIP, e ele pediu uma cerveja e duas doses. Fui buscar e, quando voltei, ele me olhou com carisma.

— Eu estou indo para o Alasca, como faço para te tirar daqui? Não me leve a mal, não quero você pra mim, mas acho que de lá pode conseguir ajuda da polícia, sei lá. — Confesso que amei a ideia, obviamente porque não tinha noção do real frio do Alasca. Eu precisava de um lugar para ir depois da fuga.

— Eu sei como fugir daqui — falei pausadamente e em sussurros.

— Como?

— É melhor você não saber.

— Tudo bem. — Achei interessante ele não fazer questão de saber. Pagou a noite para me levar para o quarto, mas não fez nada comigo, todos achavam que eu estava super bêbada, por isso podíamos ficar lá o tempo que quiséssemos.

Ele me explicou onde estava seu barco, desenhou com o dedo no lençol um mapa invisível e repetiu várias e várias vezes para eu entender. Não era tão difícil de chegar, mas estava a uns quarenta minutos a pé do galpão. Nós fizemos um acordo, eu tentaria fugir em dois dias, ele iria à boate, mas passaria uma noite com outras garotas para que ninguém o ligasse a mim. Deixaria a chave do barco debaixo do balde, na porta da cabine, para eu poder entrar e me esconder, ele não iria para o barco até ter certeza que estava tudo bem. Eu tinha um plano para que ninguém fosse atrás de mim, mas afirmei que só sairia se conseguisse os meus documentos.

No dia seguinte, ele foi à boate e ficou boa parte da noite lá, me ignorou e eu fiz o mesmo. Arrumei briga com uma das garotas, chamada Suely; ela era a mais encrenqueira. Gritamos uma com a outra e nos demos uns tapas; para meu azar, ela estava drogada demais para brigar de verdade, porém foi um bom começo. No quarto, no dia seguinte, ela veio para cima de mim, e fiquei xingando-a, provocando. A noite combinada com Albert para a minha fuga chegou, mas ele não foi para boate, eu só esperava que realmente tivesse deixado a chave no lugar que dissera.

Eu me arrumei mais cedo e fui conversar com a Brenda; para minha sorte Patrícia ainda estava no Brasil, e o sargento, segundo a Brenda, estava dormindo na sala dele. Eu não parava de falar mal da Suely e prometi que daria uma surra nela, na verdade, em uma briga com ela, eu perderia feio, mas valeria a pena se fosse para sair daquele lugar. Os clientes começaram a chegar.

— Brenda, oi! Queria falar com você. Hoje é aniversário da minha mãe e, se eu não fizer nada, ela vai acabar desconfiando, pelo menos para mandar os parabéns. Eu poderia ligar para ela? — Lembrei que todas as coisas cooperam para o bem daqueles que amam a Deus. Ela abriu a gaveta na minha frente e mexeu nos pacotes, tirou meu celular de dentro do saco plástico e me entregou.

Mandei uma mensagem, mostrei para Brenda, ela confirmou com a cabeça enquanto atendia um cliente. Quando ela virou, apaguei a mensagem imediatamente e desliguei o celular, exatamente quando dois clientes chegaram e se sentaram.

— Brenda, vou guardar aqui. — Ela consentiu com a cabeça, coloquei no saco plástico. — Já guardei. Deixei meu pacote acima de todos e fechei a gaveta.

A casa ficou cheia naquela noite, a minha roupa era a mais chamativa, toda amarela e com plumas, fiz de propósito; caso me procurassem, iriam atrás de algo com plumas amarelas. Mais uma vez, para minha sorte, Patrícia não estava na boate para escolher nossas roupas. Eu não estava com medo; antes do dia determinado para a fuga, durante as noites na boate, cada vez que eu tinha um tempo, ia ao banheiro e afrouxava um dos parafusos com uma espátula de unha.

Na noite do dia D, tirei quase todos os parafusos, deixei apenas dois apoiando a janela para não cair, coloquei uma roupa preta que havia pegado atrás da caixa de descarga que mal dava para ver. Muitas meninas desfilavam praticamente nuas pelo salão depois de estarem bêbadas, então tirar a roupa ali no banheiro ou em qualquer parte da boate era normal.

O momento crucial enfim chegou. Quando vi que Suely havia ido ao balcão pegar uma dose para o cliente dela, fui atrás e puxei seu cabelo com o máximo de força que podia, ela começou a gritar se virou e puxou meu cabelo também, senti sua unha no meu rosto, tentava golpeá-la e consegui movê-la até perto da gaveta onde estava meus documentos, foi quando todo mundo veio para nos separar. O barman pulou o balcão e abriu espaço entre nós duas, se colocou na minha frente de braços abertos, e eu fiquei colada na gaveta. As meninas começaram a nos cercar, ouvia todo mundo gritando uns com os outros e vários clientes reclamando; me curvei como se sentisse uma dor alucinante, abri a gaveta apenas o suficiente para caber minha mão. Peguei o saco plástico e pus dentro da lingerie, soltei vários xingamentos contra Suely, que se defendia, até que comecei a chorar, e Brenda veio me abraçar, eu era a preferida dela. Os rapazes levaram Suely para longe de mim.

— Ah, Brenda, ainda bem que você está aqui. Preciso ir ao banheiro, ela me machucou e acabou com minha maquiagem.

— Vai lá — disse me entregando uma maletinha de maquiagem de emergência que ficava embaixo do balcão. Uma das garotas foi atrás de mim até a sala VIP. "Volte para o salão antes que venham atrás de você", ela me disse. "Eu estou bem, só vou lavar o rosto e arrumar o cabelo e a maquiagem", respondi, e ela se foi. Conferi os documentos para ver se eram meus mesmos e o celular. Graças a Deus não fiz tudo aquilo em vão. Duas garotas entraram bêbedas na sala; enquanto estavam lá, tirei minha roupa, não queria que encontrasse a roupa no banheiro e descobrissem o meu ponto de fuga, fui de roupa íntima para o banheiro, ninguém questionou. Lá coloquei rapidamente a roupa preta que estava escondida. Tinha deixado também uma echarpe preta, que usei para amarrar a janela, havia um parapeito de uns trinta centímetros de largura onde eu poderia ficar de pé. Retirei a janela, colocando os dois parafusos restantes na boca, subindo no vaso sanitário, amarrei a janela a echarpe e a coloquei na parte de cima do vaso apoiada para que caso caísse, assim não faria barulho. Tomei impulso e subi no buraco, andei pelo parapeito e puxei a janela novamente para o local de origem, senti o vento batendo no meu rosto, minha adrenalina estava fazendo meu corpo inteiro ferver. Retirei os parafusos da boca e os coloquei na janela para tentar mantê-la no lugar apenas o suficiente para não cair.

Pulei o equivalente a um metro e meio do chão. Agradeço aos exercícios de Pilates que vinha fazendo. Estava fora do radar das câmeras. Até chegar ao chão havia levado cento e setenta e quatro segundos, contar me relaxava. Com mais um impulso, pulei no canto do muro, que tinha cerca de um metro e noventa de altura, vinte centímetros a mais que eu, passei por cima da cerca de arame farpado com cuidado para não deixar nada para trás. Pulei para o terreno vazio, e corri o máximo que pude seguindo a linha imaginária do mapa feito no lençol do quarto com Albert.

Duzentos e cinquenta e dois segundos. Encontrei um telefone público no caminho indicado por Albert, parei e liguei para o 911, Albert me entregou um papel escondido no último dia em que foi à boate. Denúncia, com o endereço do galpão.

"Boa noite, você ligou para 911, como posso ajudar?", disse a atendente.

"Boa noite, há uma boate que mantém treze garotas forçadas a trabalhar como prostitutas, todas brasileiras. São espancadas e drogadas. Chefe Sargento Jefferson Matisiolli, elas correm risco de vida, precisam ajudá-las...", disse rapidamente.

"Senhora, acalme-se, qual o endereço?". Passei o endereço às pressas.

"Desculpe, preciso desligar", falei tudo em menos de trinta segundos.

Corri para o barco, me escondendo pelos cantos da rua, mas não parecia que alguém estava atrás de mim. Quando entrei no cais, vi Albert sentado em um barco tomando uma cerveja, ele fez sinal com a cabeça para eu seguir em frente, já havia me dado o nome do seu barco. Peguei a chave, entrei e me escondi atrás de um balcão.

Peguei meu telefone e mandei um áudio para minha mãe. Expliquei tudo, que estava sendo prisioneira em um galpão onde era obrigada a me prostituir, mas que ela não poderia procurar a polícia, pois o chefe da boate era um oficial, que a vida dela, do papai e das meninas estavam em risco e que eu tinha conseguido fugir. Prometi que entraria em contato e ligaria duas vezes por mês; se passasse mais de quinze dias sem ligar, aí sim, ela poderia chamar a polícia. Eu ligaria para a vizinha da frente, nunca para nossa casa. Disse que Deus tinha me ajudado a fugir, que eles não conseguiram me drogar por causa dos seus concelhos e que ela não poderia contar nada para ninguém.

"Eu vou voltar para casa, mesmo que demore. Tenha fé em Deus e confie em mim. Vou jogar esse celular fora. Mãe eu te amo, eu estou bem, cuida que eles vão tentar seguir vocês. Se alguém que me trouxe para cá for aí, se faça de desentendida, pergunte o que aconteceu comigo, eles provavelmente vão mentir. Apaga essa mensagem, por favor."

Acabei de falar, fiz a configuração de fábrica no meu celular, excluindo tudo e o desliguei. Não demorou muito, ouvi um barulho ensurdecedor de helicóptero passando por cima do barco e sirenes de várias viaturas. Não dava para ver, mas percebi o movimento de carros a madrugada toda. Fiquei quietinha, encolhida num canto; chorava e pensava em muita coisa, não sabia se poderia confiar em Albert nem o que tinha acontecido naquele maldito salão, mas uma coisa era certa, àquela altura, os criminosos já sabiam que eu tinha fugido.

No dia seguinte, já estávamos seguindo viagem, e Albert ligou o rádio para sabermos as notícias. Estava em todos os programas que uma quadrilha tinha sido presa por tráfico humano, mais de doze pessoas, entre eles um sargento da polícia de Seattle. No local onde funcionava uma boate, havia também tráfico de drogas, e diversos políticos e policiais foram presos por cafetinagem. Treze garotas tinham sido encontradas e mais de vinte documentos e celulares de mulheres brasileiras que eram mantidas em cativeiro, obrigadas a se prostituir e fazer uso de drogas, além de sofrer abusos físicos e psicológicos. Eu chorava de alegria ao ouvir tudo aquilo.

Albert me orientou a chegar aqui, pois não poderíamos vir de barco. Ele me traria até o porto assim que desembarcasse. Agora estou aqui, contando essa história para vocês.

Por fim, meu nome é Gabriella.

# NOAH

*Fairbanks/Alasca, 2014*

Enquanto Hella contava sua história, eu pensava que fazia sentido seu envolvimento naquele escândalo. Eu sabia informações sobre o caso e poderia ajudá-la. As manchetes dos principais jornais do mundo todo falavam sobre isso, O caso das treze garotas brasileiras que foram resgatadas, havia outras desaparecidas ou mortas. Foi confirmado que, durante a operação da S.W.A.T., ninguém havia conseguido sair do local.

Porém, nada constava sobre alguma fuga, acreditavam que uma das garotas tinha pegado o celular de um cliente e feito a ligação. Passei todas as informações que pude para Hella e deixei que visse tudo no meu celular. Assim, soubemos que as meninas tinham feito um retrato falado de Patrícia e das mulheres que as coagiram no Brasil, todas estavam sendo procuradas. Todas estavam no hospital em tratamento de desintoxicação e recebendo os medicamentos e tratamentos psicológicos necessários.

Hella, ou melhor, Gabriella, lia cada arquivo com os olhos esbugalhados e lágrimas. Todos os envolvidos tinham sido descobertos e presos. Havia no local drogas e armas ilegais, todos seriam condenados com certeza. Ela soube que a polícia não estava procurando-a e que não havia necessidade de se esconder. Ela me olhava incrédula.

— Noah, eu peguei meus documentos para não saberem da minha existência e poder fugir, mas sabem que fui eu quem fugiu e ligou para polícia, por que não estou entre as outras vítimas. — Gabriella havia se levantado e falava andando de um lado para o outro em nossa frente, gesticulava nervosamente. — Mesmo preso, o sargento tem muitos contatos, ele vai mandar alguém atrás de mim ou da minha família, eu não posso arriscar. Até agentes do FBI frequentavam a boate. — Ela se sentou novamente e apoiou as costas na cadeira. — Certa vez ouvi o sargento falando a um dos rapazes que trabalhava no galpão que havia calado a mãe de uma garota no Brasil, sabemos o que isso significa.

Eu não tinha o que dizer, ela estava certa, corria riscos, e sua família também. Agora entendia o porquê de tantos rodeios para nos contar a história, era mesmo uma situação fora do comum. Gabriella era uma garota muito linda, e ouvi-la contar o que havia passado na mão daqueles monstros cortava meu coração, queria envolvê-la em meus braços e protegê-la de qualquer perigo futuro. Tim fazia perguntas perplexo com a história daquela doce garota. Eu não a julguei em nenhum momento, a questão que me perturbava era se ela voltaria para o Brasil algum dia.

# GABRIELLA

*Fairbanks/Alasca, 2014*

Depois de toda a verdade contada, os dois me olhavam estagnados. Noah tentou me acalmar explicando a situação, mas eu sabia que corria perigo. Talvez ainda não estivessem atrás da minha família, mas logo os achariam e chegariam a mim. Eles estavam por todo lugar, eu tinha que fugir. Só conheci as três mulheres, incluindo a Patrícia, não sabia quem eram as outras oito pessoas dos retratos falados.

Olhei para o Noah, que parecia confuso, e com razão. Quando policiais estão envolvidos em ações criminosas, fica mais difícil de resolver, porque a polícia é quem deveria evitar que tais coisas ocorram, e essa era a parte que mais me prejudicava. Pensei em algo que poderia me trazer um pouco de paz naquele momento.

— Noah, poderia me emprestar seu celular para ligar para meus pais? — Ele imediatamente colocou a mão no bolso do casaco, tirou um celular bem simples e me entregou.

— Imaginei que quisesse falar com eles e que deveria estar com saudades, então comprei pra você. Ah, e é pré-pago, não tem como rastrear. As lágrimas imediatamente escorreram pelo meu rosto gelado do frio absurdo do Alasca.

Estiquei a mão pra pegar o celular, e ele me olhava no fundo dos olhos, eu podia sentir uma paz calorosa no seu olhar. Fiz o quadro para vender e comprar um celular, mas ele já tinha se antecipado. Por um instante, fiquei preocupada com aquela atitude, mas, ao olhar pra ele, fiquei convencida de que só queria me ajudar. Era preciso acreditar que sim. Noah já havia habilitado o celular, que estava pronto para fazer ligações, liguei para a vizinha da minha família, dona Tereza.

— Oi, é a Gabi! A senhora poderia chamar a minha mãe? Ligo novamente em cinco minutos. — Ela aceitou, sabia que queria me cumprimentar, dizer que estava com saudades e fazer mil perguntas, mas sabíamos que não tínhamos tempo para isso. Ela mandou uma mensagem para minha mãe, que logo estava ansiosa diante do telefone.

— Olá? — a voz soava como se duvidasse de quem estava no telefone.

— Oi, mamãe! A senhora está bem? — Ouvi o choro na linha.

— Sim, estou muito preocupada com as notícias, mas confiei em tudo que me disse. Como você está?

— Preste atenção em tudo que vou dizer, em cada detalhe. — Durante a ligação, os meninos se afastaram, me deixando à vontade. — Estou bem e protegida finalmente. Conheci pessoas abençoadas que estão dispostas a me esconder e estão cuidando bem de mim, não se preocupe, não estou dizendo isso só para te acalmar, mãe. Em nome de Jesus, é a mais pura verdade. — Minha mãe sabia que, se eu falasse algo em nome de Jesus, jamais ousaria mentir. — Vou levar um tempo para voltar para casa, mas estou vivendo muito bem, ainda estou nos EUA e preciso que vocês se mudem o mais rápido possível.

— Como?

— Mamãe, a família toda corre risco de vida, eles sabem onde vocês moram e onde as meninas estudam; elas podem ser sequestradas ou atropeladas. Agora eles estão foragidos, mas, assim que o caso sair da mídia, vão atrás de vocês com certeza. Aluguem uma casa no nome de outra pessoa e saiam do estado. Vão para um lugar com bons empregos e boas escolas, um lugar mais calmo que o Rio de Janeiro. Eu pensei bastante enquanto estava tentando fugir. O pai tem aquela tia que mora em Santa Catarina. Campo alegre é linda e calma, procurem uma casa por lá. Eu ligo semana que vem. Mãe, por favor, faça o que eu estou pedindo, é para segurança de todos. Não postem a vida de vocês nas redes sociais, não aceitem amizade de quem não conhecem. Explica para as meninas isso. Tirem a localização dos celulares e vão para Santa Catarina, deixem o endereço apenas com a dona Tereza, eu pego com ela. Tenho que desligar. — Respirei fundo, meu estômago estava embrulhado; falar o que eu queria era realmente difícil, mas consegui. — E... mãe, me perdoe por fazer isso com vocês, sinto tanta falta de todos.

— Minha filha, pessoas ruins existem, infelizmente, você não tem culpa. Na verdade nem sei como tem feito para se virar aí sozinha, vou fazer o que me disse, em breve nós veremos, fica com Deus.

Minha mãe soluçava enquanto me dizia essas palavras, e eu não conseguia suportar a dor de fazê-la chorar.

— Amém — disse com a voz embargada. Ao desligar o telefone caí sobre meus joelhos agachada e comecei a chorar, minha família teria que mudar toda a vida por minha causa, ainda assim eu não poderia garantir que estavam bem. Embora em outro estado, eles ainda tinham o mesmo nome e documentos, até com o cadastro no Sistema Único de Saúde no Brasil, poderiam ser encontrados em qualquer lugar. Enquanto chorava agachada, senti um braço forte e quente, Noah me fez levantar e me garantiu que tudo ficaria bem.

— Temos que falar com o meu pai, ele vai saber como te ajudar.

— Não podemos Noah — implorei.

— Eu garanto que ele é de confiança, você não estará em risco, ele pode te ajudar.

Não tinha como confiar, somente os dois sabiam minha história e gostaria que continuasse assim, por isso fiz ele jurar que não contaria nada para ninguém. Quanto a mim, precisava confiar nele, passamos horas discutindo situações possíveis, mas nada me parecia viável.

Noah e Tim concordaram que só tomariam qualquer atitude sobre o assunto se eu concordasse. Minha maior dificuldade era confiar na polícia depois das conversas que havia escutado quando achavam que eu não sabia inglês ou que estava drogada; fiquei traumatizada e sabia que o mesmo acontecia com alguns policiais no Brasil. Era difícil tomar qualquer atitude sem pesar todas as possibilidades antes.

Noah ficou com o quadro do mapa-múndi. Tomei um banho e fui me deitar, os meninos haviam ido para o bar em frente ao porto, me convidaram, falando que seria bom me distrair, mas disse que estava bem e que gostaria de descansar. Eu não conseguia parar de pensar na minha família largando tudo e saindo para viver em um lugar desconhecido por minha causa.

# NOAH

Ela estava com o olhar perdido enquanto tentávamos encontrar uma solução para toda aquela situação; não estava focada na conversa, eu sabia porque já tinha visto aquele olhar antes, quando ela estava sentada no banco do porto com as minhas botas amarelas, confusa e com medo. Tim dava sugestões, mas fiz sinal para ele parar, ela não conseguiria tomar nenhuma decisão naquele momento. Depois de falar com a família, ela ficou muito abalada; não sei o que conversaram pois falaram em português, mas ficou devastada, e não quis interrogá-la sobre o assunto.

Acabei ficando com o quadro, não aceitaria que outra pessoa o comprasse; além do trabalho fantástico, tinha sido feito por ela, o que o tornava mais especial. Hella na verdade era Gabriella, nome que soava latinamente lindo, tenho que confessar. Queria cuidar dela e protegê-la, mas estava de mãos atadas e nada parecia funcionar. Saber que tinha passado três meses vivendo tudo aquilo e bolado sozinha um plano louco e arriscado como aquele me fazia pensar na mulher forte e incrível que era.

Eu estava me apaixonando, mas não podia transpassar esse sentimento, tudo estava tão incerto em sua vida, que não poderia exigir nada em relação a sentimentos. Tim e eu fomos para o bar e tentamos resolver a situação de Gabriella, mas não podíamos fazer nada sem seu consentimento. A frustração tomava conta de nós dois. Ele suspeitava dos meus sentimentos e me alertou sobre a possibilidade de Gabriella não estar em situação de namorar alguém, eu sabia disso.

Fui para a casa, e Tim ficou no bar. Tirei o quadro de trás da caminhonete, levei para o meu quarto, o coloquei em cima de uma cadeira e sentei-me na cama de frente para ele. O trabalho artístico era incrível, dava para sentir o movimento da aurora boreal ao redor do mundo; ao olhar para o mapa, fiquei pensativo, tantos lugares no mundo inteiro para Gabriella estar e ela veio parar no Alasca, nos meus braços. Lembrei-me de sua história e fiquei me perguntando como uma pessoa cristã pode passar por tanta dificuldade; mesmo sendo as escolhas dela que a levaram àquela situação, ela estava certa quanto a isso, creio que Deus nos deu o livre arbítrio para tal.

A frase que disse não saiu da minha mente, "todas as coisas cooperam para o bem daqueles que amam a Deus". Meus pensamentos estavam cada vez mais confusos, não entendo praticamente nada da Bíblia ou de sua história, mas sabia que as palavras dela soavam conscientes sobre o assunto.

Deus provavelmente a usou para libertar aquelas garotas e suas famílias, e para prender aqueles criminosos. Não conseguia parar de pensar na coragem que teve para tudo que fez, certamente uma força superior havia a ajudado. Eu não sabia se acreditava em Deus, mas, pela primeira vez, orei e pedi que cuidasse da família de Gabriella e que ela não sofresse mais por causa dos criminosos que a torturaram tanto.

Depois de um banho, tentei dormir, mas Gabriella estava em todo lugar, em todos os meus pensamentos. Meu pai entrou no quarto e me deu um susto ao acender a luz. Ele viu o quadro e me olhou pensativo.

— De onde é?

— Uma amiga fez, achei legal e comprei. — Ele olhou no fundo dos meus olhos.

— Interessante, está com carinha de apaixonado. — Riu e saiu.

Sempre pude contar com meu pai para qualquer situação, ele chegou a comprar um barco comigo. Mesmo sabendo que meu sonho era ser policial e, quem sabe um dia, xerife, fez minha vontade. Eu podia contar qualquer coisa para ele e sabia disso, mas Gabriella não. Ela não sabia que ele é um xerife apaixonado pela justiça, que sabia da corrupção dentro do poder militar e fazia de tudo e mais um pouco para que a corrupção não chegasse perto dele, mas eu não podia culpar Gabriella por não confiar em policiais depois de tudo que passou. Tentei tocar no assunto com meu pai, mas recuei, não queria trair a confiança dela mais uma vez.

No dia seguinte, não se falava de outra coisa. A notícia das treze garotas brasileiras mantidas em cativeiro estava na boca do povo, ainda mais porque os ossos de quatro desaparecidas foram encontrados no terreno baldio ao lado do galpão. Agora havia assassinato relacionado ao crime de sequestro, maus-tratos, tráfico humano, entre outros. Achei melhor que ninguém soubesse que Gabriella era brasileira para não relacioná-la a nada que estava acontecendo. Precisava ir para o treinamento da academia policial, só depois poderia levar as notícias a Gabriella. Minha manhã parecia não acabar nunca, estava ansioso para vê-la e falar sobre os fatos das investigações; em todos os instantes do meu dia, queria estar com ela. Estava ficando insuportável ficar longe dela.

# GABRIELLA

Fui dormir com uma dor de cabeça terrível, chorei e pensei na minha família até pegar no sono. Acordei com o sol entrando pela janela, o dia estava ensolarado e belo, fiz uma xícara de café forte e comecei a tomá-lo desejando que me trouxesse energia para trabalhar no trailer. Tim começou a roçar o terreno bem cedo, aproveitei para me sentar na porta do trailer e fiquei aproveitando o clima maravilhoso. Terminando o café, coloquei roupas mais quentes e comecei a arrumar o fundo do trailer com chapas de zinco e solda. Antes da manhã acabar, o fundo do trailer estava novo em folha; com a serra de ferro, separei o banheiro do trailer, o fundo e as laterais, desprendendo totalmente o banheiro. Quando estava terminando, Tim se aproximou.

— O que você está fazendo?

— Vou colocar o banheiro do lado de fora, mas com a porta do lado de dentro.

— Por que fazer isso?

— Oras, para ganhar mais espaço. Vou fechar o fundo e fazer uma caixa de madeira com isolante térmico ao redor da caixa de descarga para não congelar, assim terei quase um metro quadrado a mais de espaço do lado de dentro.

— Muito legal, nunca pensei nisso. Quer uma ajuda?

— Quero sim, preciso puxar o banheiro para trás e soldar as paredes do trailer ao redor das paredes da porta. Também vou soldar uma chapa de zinco aqui no chão no lugar onde ficava o banheiro.

— Vamos lá então — disse ele sorrindo erguendo a blusa até o cotovelo.

Levamos quase quatro horas para terminar, o trabalho foi árduo, mas ficou muito bom. Já pela manhã, tinha colocado as espumas de isolamento térmicas para secar ao sol, eram pedaços de espumas isolantes pequenos e grandes e velhos, mas precisava usar, senão morreria congelada lá dentro. No fim da tarde, as espumas estavam secas e sem o cheiro de mofo; quando eu as estava recolhendo, vi a caminhonete de Noah se aproximando e quis correr para o banho para ele não me ver daquele jeito, estava suja, suada e descabelada, mas Tim estava no banho, e eu precisava terminar o trabalho.

Ele parou a caminhonete um pouco longe. Amarrei o cabelo novamente e fui correndo atrás do trailer jogar uma água gelada no rosto, mas com o suor das roupas não tinha o que fazer. Que ótimo, sempre que Noah aparece estou parecendo um bagaço. Ele, como sempre, estava lindo; com seu belo sorriso e olhos azuis, veio em minha direção lentamente, parecia andar em câmera lenta para me provocar. Usava uma jaqueta de couro marrom, por cima de uma camiseta xadrez social, e uma calça preta; senti seu delicioso perfume, altamente masculino, quando se aproximou.

— Oi, Gabriella! — Foi a primeira vez que me chamou pelo meu nome, parecia melodia vindo dele. Tim ainda me chamava de Hella.

— Oi, Noah! Tudo bem?

— Está sim, e com você?

— Estou cansada, trabalhando desde cedo, preciso urgentemente de um banho — falei enquanto pegava um maço de espuma e levava para o trailer, ele me seguiu carregando um punhado de espuma também, entramos para guardar.

— Uauuu! Você deu duro hoje. Fez tudo isso sozinha?

— Na verdade não, Tim me ajudou na mudança do banheiro.

— Nossa, você tirou o banheiro... o que fez? — Expliquei como tinha mudado o banheiro e ele ficou surpreso.

— Essa ideia foi ótima, conseguiu um espaço considerável aqui dentro. — Percebi que ele estava só enrolando, não parecia estar interessado no espaço interno.

— Você está bem mesmo? — perguntei.

— Passei a noite acordado, pensando em tudo que me contou e tenho novidades sobre o caso. Ele tirou o celular do bolso, colocou na página do jornal local e me entregou, vi todas as notícias atuais e soube dos quatro corpos de garotas brasileiras, era lamentável.

— Exatamente no terreno onde pulei para fugir — falei ao ler aquilo.

— Eu imaginei.

— Dou graças a Deus por não ter sido eu, mas é muito triste saber que quatro famílias lamentam por suas filhas.

— Foi você.

— Eu, o quê?

— Que tornou isso possível, hoje as famílias têm um fim para sua busca, mesmo que triste, e as garotas que foram resgatadas não vão parar naquele buraco, por sua causa. Elas vão voltar para suas famílias e poder ter uma chance de viver a vida da melhor maneira possível. Se você não tivesse fugido, quanto tempo ainda ficariam lá e quantas mais poderiam morrer? — Passei a noite inteira pensando em algo que disse.

— O quê?

— Que todas as coisas cooperam para o bem daqueles que amam a Deus. Você acha que Deus permitiu que fosse até lá e passasse por tudo isso para salvar aquelas garotas? Acha que Deus faria isso?

— Não acho que eu precisaria estar lá para Deus libertá-las, Ele faria de qualquer maneira. Já que tinha feito uma escolha errada, creio que Deus se compadeceu de mim e me usou para ajudar aquelas meninas a saírem de lá, encontrar suas famílias e conseguir de fato viver. Muitas mães oravam para reencontrá-las, inclusive a minha.

Mas tem uma coisa que entendi que Deus fez por mim, antes mesmo de eu chegar lá. Ele usou a minha mãe para me dizer para não engolir remédios ou bala que me dessem, isso com certeza me salvou, uma vez drogada jamais sairia daquele lugar.

— Então você está dizendo que Deus não te deixou sozinha nem um instante, que Ele te ajudou desde o início?

— Sim, exatamente. Você não acredita nisso?

— Não sei dizer em que acredito. Minha mãe era uma mulher de muita fé, e perguntei para meu pai por que ela amava tanto alguém que a matou. Meu pai disse que, quando ela estava doente, ele lhe perguntou por que Deus não a curava, e a resposta dela foi: "Já estou curada, meu corpo físico está morrendo, mas a minha alma está limpa, dei a você um filho lindo e saudável, e vocês têm um ao outro, nunca vão estar sozinhos. Ele vai ser um grande homem como você, em mim não há inveja, medo, raiva ou ódio, minha alma está limpa, sã e pronta para ir com Deus, meu corpo não me pertence mais". Dois dias depois, ela se foi. Parecia em paz, meu pai disse que foi a primeira vez que ele ficou bem com a partida dela. Com tudo que aconteceu, eu fiquei relaxado e calmo o dia todo, olhava para ela e simplesmente dizia tchau. Nunca entendi essa paz, não me lembro desse dia porque tinha apenas cinco anos de idade, mas, quando você fala desse Deus, tento entender por que minha mãe quis ir com Ele e não quis ficar comigo. — Ele falava limpando as lágrimas com as mãos, querendo impedi-las de cair, a voz estava rouca, na última frase mal dava de ouvi-lo.

— Porque ela sabia, Noah!

— Sabia o quê? — perguntou ele confuso.

— Sabia que tinha um Deus em quem poderia confiar seu filho, que um dia você poderia conhecê-lo também e entenderia o porquê ela aceitou ir. Ela tinha certeza de que Deus não deixaria seu filho de qualquer jeito nesse mundo, que você seria um grande homem. Da maneira que fala, ela confiou você ao homem que ela amava e que sabia que cuidaria bem de você. Ele não cuidou?

— Fez tudo por mim a minha vida toda. Nunca se casou, trabalhou e foi pai, vinte quatro horas por dia, sete dias por semana.

— Viu, Noah! Ela sabia o que estava fazendo, confiava no Deus que servia, e Ele não a decepcionou. — Ele me olhou sério e pensativo.

— Olha, preciso tomar um banho — disse colocando o cabelo atrás da orelha.

— Quer dar um passeio? — Sua pergunta pareceu ansiosa.

— Aonde?

— O que você acha de conhecer o outro lado da cidade? Fora dos olhares curiosos dos moradores do porto. — Fiquei calada, não sabia bem se queria ou não. Talvez seria bom sair um pouco.

— Vamos, Gabi! Você precisa se distrair.

— Ok, mas não quero voltar tarde, tenho muita coisa para fazer amanhã aqui. — Ele consentiu e, enquanto fui tomar banho, ele e Tim abriram uma cerveja para cada.

Tomar banho era praticamente uma tortura, a água era quente, mas, ao cair na pele gelada, chegava a doer. Decidi me lavar toda com a água quente e deixar o cabelo por último, pois conseguia lavá-lo sem entrar debaixo da água, que provavelmente já estaria gelada. O banheiro de Tim era basicamente um quadrado feito de lona com uma cobertura de zinco com paletes no chão.

Banho tomado, decidi que colocaria uma roupa linda. Imaginei a cara que Noah faria me vendo num vestido creme de rendas que deixei em casa no Brasil. Ficava pensando se ele se apaixonaria se me visse naquele vestido, mas não tinha muitas roupas a não ser a de doação da amiga dele, o jeito era dar o meu melhor. Não tinha meu delicioso perfume de O Boticário, apenas um desodorante barato que comprara no supermercado. Não era muito difícil entender por que ele não estava interessado em mim, ao menos o xampu, o condicionador e creme de pentear eram bem cheirosos.

Coloquei a legging preta com pelúcia por dentro, bota tipo coturno de salto grosso, um suéter azul escuro e uma jaqueta sobretudo preta, era o melhor que podia fazer. No cabelo, após secá-los rapidamente, fiz dois coques no estilo orelhas da Minnie, passei um protetor labial, pois o frio rachava meus lábios e estava pronta. Tim, ao me ver, soltou um assobio para me provocar.

— Tá muito gata, aonde vocês vão?

— A pizzaria — Noah respondeu.

— Hmmm, posso ir junto? Estou com fome.

— Claro, vamos! — respondi com entusiasmo.

— Não vai dar — Noah falou rapidamente, logo após minha frase. Vamos àquele lugar... que tem aquele... cara que não gosta de você, né? — Noah estava gaguejando.

— Que cara? — Tim olhava confuso para ele.

— Aquele rapaz que você não suporta... esqueci o nome dele. — Tim olhava sério para o Noah enquanto ele falava.

— Aaaah, o Greg! — disse por fim.

— Isso, o Greg, vamos à pizzaria do pai dele.

— Ah sim, é, então é melhor eu não ir.

— É a melhor pizza e fica longe do povo do porto. Quero levá-la a um lugar onde se sinta confortável e onde quase ninguém me conheça.

Eles pareciam falar em códigos, mas ignorei; nos despedimos de Tim, entramos na caminhonete e fomos, confesso que fiquei com dó de Tim, ele me ajudou o dia inteiro, queria que comesse uma pizza com a gente. Preciso ganhar um dinheiro para pagar uma pizza para o Tim, ele está fazendo tanto por mim. No carro, Noah não falou nada sobre como eu estava, frustrante, mas tinha que me conter e ser indiferente.

— Espero que goste do lugar. A pizza deles é maravilhosa.

— Por que o Tim e o tal de Greg se odeiam?

— Quem?

— Greg e o Tim?

— Ah, é coisa de pescador.

— Hummm. É muito longe?

— Um pouco. Por quê? Está desconfortável?

— Tem perigo de encontrarmos ursos por lá também?

— Ursos? Não, não, é bem no centro da cidade. Por quê? — perguntou confuso.

— Quero estar preparada caso você saque a arma de uma hora para outra — falei sorrindo sarcasticamente. Ele sorriu também.

— Não se preocupe, saiba que sempre vou cuidar de você e nunca vou te machucar. E te aviso caso precise de arma.

— Então você é um instrumento?

— Instrumento? Como assim?

— Um instrumento que Deus mandou para cuidar de mim. — Ele me olhou sério e vi que seus olhos ficaram cobertos de água, deu um meio sorriso e mudou de assunto.

— Então, Gabriella, gosta de música? — perguntou já colocando para tocar sua playlist, uma ótima playlist para falar a verdade. Fiquei calada curtindo o som, ele parecia estar curtindo também. Volta e meia nossos olhares se cruzavam dentro do carro e sorríamos um para o outro; não sei por que, não conseguia dizer nada, a atração que sentia por ele ficava cada vez mais forte, e eu tentava disfarçar.

Ao chegarmos à pizzaria, vi que era típica do Alasca, feita de troncos grossos de madeira, pequena e extremamente aconchegante, lembrava uma casa. O lugar era romantizado, havia luzes ambiente e toalhas finas sobre a mesa na cor bordô. Não havia mais que oito mesas no local e apenas mais um casal no recinto. Parecia um lugar para casais apaixonados, não para dois amigos. Fui na onda de Noah, não que eu não desejasse algo a mais. Ele me conduziu a uma mesa próximo à janela, podíamos vislumbrar a bela imagem da aurora boreal. Antes de sentar-se, deu a volta e puxou a cadeira para mim.

— Este lugar é lindo demais e essa vista é incrível.

— Com certeza! — Noah respondeu num doce tom.

— Obrigada por me trazer aqui, é espetacular.

— Você não vai chorar, né? — disse sorrindo novamente.

— Desculpa, impossível não chorar. — As lágrimas já haviam rolado.

— Você está linda, sabia?

— Oi?

— Tem certeza de que não ouviu?

— Ouvi sim!

— Quer ouvir de novo? — Consenti com a cabeça.

— Gabriella, você está muito bonita e é uma honra acompanhá-la esta noite. — Senti meu rosto ruborizar.

— Obrigada, posso dizer o mesmo sobre você. Está lindo e muito cheiroso. Ele estava parado em minha frente, me olhando nos olhos, achei que pularia sobre a mesa e o beijaria naquele instante, estava tentando ordenar meu corpo a não fazer isso, por mais que quisesse. O garçom chegou quebrando o clima, graças a Deus. Fizemos o pedido, e o garçom se afastou.

— Como assim instrumento? — perguntou Noah cruzando os braços em cima da mesa.

— Quê?

— Você disse que eu era um instrumento de Deus.

— Acredito que tenha entendido o que eu disse, acho que o que você quer mesmo é conhecer esse Deus. — respondi enquanto olhava o cardápio de bebidas distraidamente.

— Por que acha isso?

— Porque você tem perguntas, e são perguntas que nunca encontrou as respostas. — Ele me encarava.

— Foi fácil para você acreditar em Deus? — perguntou depois de um tempo.

— Sim, sempre foi.

— Como?

— Sempre O senti, sempre falei com Ele e sempre tive respostas. No período da minha adolescência, me afastei de Deus, mas na minha infância sempre orava e falava com Ele com facilidade, sentia uma maravilhosa paz. Na adolescência, quando parei de orar e de buscar a proximidade Dele, a paz foi embora e tudo me pesava ou me irritava; até quando eu me divertia, sentia um vazio. Aos dezesseis anos, voltei a orar no meu quarto. Lembro-me da primeira noite que orei depois de anos sem orar, eu O ouvi dizer: "Que saudade de você, minha filha". Chorei, apenas chorei por um longo tempo. Não consegui dizer nem uma palavra, o vazio foi embora e até hoje não voltou mais, nem quando eu estava naquele lugar.

— Deus se afastou de você porque parou de orar?

— Não, eu me afastei Dele. Fui eu que parei de conversar com Ele. A Sua presença sempre esteve no mesmo lugar; quando dobrei meus joelhos, sem dizer uma palavra, foi como se estivesse em Seu colo novamente.

— Como tem tanta certeza?

— Não importa a idade, a raça, a crença, inteligência ou riqueza, ninguém explica Deus. Existe um louvor que diz "Do crente ao ateu, ninguém explica Deus", e é exatamente isso. Eu apenas sinto o amor, o cuidado, a proteção e a importância que tenho para Ele. Sinto da mesma forma que o sangue corre em minhas veias; não o vejo, mas sei que está correndo, e mantendo viva. — Ele me olhava pensativo, não sabia se entendia o que eu falava, ou se me achava louca, mas era a minha verdade, e eu não poderia deixar de falar.

— Noah, se você pudesse fazer uma pergunta a Deus, o que perguntaria? — Ele suspirou profundamente, tirou os braços de cima da mesa e se reclinou para trás na cadeira alongando todo o corpo.

— Mil coisas…

— Apenas uma — afirmei.

— Por que Ele tirou minha mãe de mim? Eu só tinha cinco anos e precisava dela. Precisávamos dela.

— Entendo como se sente, deve ser difícil, mas tenho que discordar da sua colocação.

— Como?

— Você disse que precisava dela, mas está aqui hoje um homem feito, bonito, inteligente e educado, com um futuro promissor pela frente. Não precisava dela, você a queria. Queria ter uma mãe, estou certa? — Ele ficou em silêncio, me olhando. — Você afirma que precisava dela para que algo ruim não acontecesse, mas nada aconteceu. Ter a sua mãe te deixaria mais feliz, isso é certo. — Ele afirmou, com cara emburrada, igual uma criança quando não consegue o que quer. Continuei.

— Ter o que o que queremos nos deixa feliz, mas ter o que precisamos nem sempre traz felicidade ou satisfação. Por exemplo, já que sua mãe se foi, você precisava de um pai, não um qualquer, precisava de um bom pai, e Deus te deixou nos braços de um ótimo pai, mas isso não deixou você satisfeito. Em vez de ser eternamente grato pelo pai bondoso que tem, prefere ficar magoado pela mãe que se foi.

— Como você entende essas coisas? — perguntou curioso e entristecido.

— Sou cristã. Eu vejo o mundo de maneira diferente — respondi sorrindo. — Olha, todos temos nosso tempo aqui, ficamos ou partimos, abandonamos pessoas ou pessoas nos abandonam, precisamos deixar de ser egoístas.

— Eu sou egoísta por querer uma mãe?

— Você não me deixou terminar. Sim, está sendo egoísta, como uma criança que não quer dividir o brinquedo. Sua mãe estava com câncer, sofrendo com dores indescritíveis, o câncer não é de Deus, é uma doença desse mundo natural introduzida em nossos corpos por químicas nas comidas e remédios que consumimos, todos estamos sujeitos a ele, assim como a gripes e resfriados. Estamos num mundo natural com incontáveis bactérias e vírus, construídos ou desenvolvidos por nós mesmos. A Bíblia diz que não cai uma folha da árvore sem a permissão de Deus, mas também diz que Deus tem um inimigo que faria de tudo para nos separar dEle. Essa guerra entre o céu e o inferno, o bem e o mal, é algo que existe desde sempre. E não me diga que não acredita nisso, pois você está estudando para se tornar um policial exatamente para poder impedir pessoas más. — Ele ainda me olhava, sério e cético. De novo, continuei.

— Deus deu o livre arbítrio para que o homem escolhesse amá-lo ou não, cada um de nós temos essa escolha. Alguns escolhem ser boas pessoas e fazer o bem, então estão mais inclinados a crer em Deus, outros escolhem as coisas ruins e a fazer o mal e são o que trazem todas as atrocidades que existem na terra, esses estão mais inclinados a servir o inimigo. Ainda tem aqueles que vivem de qualquer maneira, nem bem, nem mal; esses, eu te digo que estão bem longe do Senhor. Ele não escolheu te deixar sem mãe, mas que viveria com um pai maravilhoso e que poderia ser feliz se quisesse; resolveu acabar com o sofrimento carnal dela e a deixou descansar. Pare de culpá-la ou a Deus e agradeça por seu pai e por ter uma mãe que te encheu de amor durante cinco anos. — Quando parei de falar, estava quase sem fôlego e vi que Noah chorava, mesmo de maneira doce, as palavras eram pesadas, e ele estava sentindo isso.

Fiquei calada por um instante, Noah se recompôs, e nosso pedido chegou; agradecemos ao garçom, que em seguida se retirou. Noah estava processando todas aquelas informações, ele mal olhou para a pizza; confesso que estava tão envolvida no assunto que também a ignorei. De repente ele colocou a mão em cima da minha. Um frio súbito passou pela minha coluna e congelei, nem meus olhos se moviam. Ele aproximou seu corpo na mesa apertou a minha mão, eu ouvia os meus suspiros silenciosos.

— Amo conversar com você. — E soltou a minha mão. Por um milésimo de segundo, acreditei que ele me beijaria, cheguei a sentir meus lábios se preparando, mas me iludi. Como alguém como Noah se interessaria por alguém com uma história como a minha, ele estava sempre cheiroso e bem arrumado, eu mal tinha roupas para vestir.

— Vamos comer? — disse colocando um prato com talheres na minha frente e me servindo um copo de refrigerante com rodelas de laranja.

De fato, a pizza era uma delícia. Pedimos dois sabores, calabresa e uma especial da casa, que parecia um tipo de carne que eu não conhecia, mas era muito boa. Comemos de forma descontraída, rindo e brincando e com inúmeras perguntas sobre Jesus e sua morte, acho que nunca expliquei sobre a minha fé tão bem para alguém. Ele ouvia com muita vontade e curiosidade. Estava tarde e mal vimos o tempo passar, a companhia estava ótima e o ambiente aconchegante. Por mim aquele instante poderia durar para sempre, mas acho que ele não se sentia assim. Noah chamou o garçom e acertou a conta.

Voltamos para o carro, ele imediatamente ligou o aquecedor, o frio era de doer os ossos; na volta para casa, ele dirigia muito devagar, então fiquei preocupada.

— Por que está indo tão devagar, está cansado?

— Não, estou tranquilo, apenas isso. Quer que eu vá mais rápido?

— Não, por mim está tudo bem. — Eu não o compreendia, havia momentos em que ele me olhava tão profundamente que parecia que estava lendo a minha alma, em outros parecia me ignorar totalmente. Estava bem tarde, então na caminhonete parada de frente o trailer, dei em Noah um beijo de despedida na bochecha, ela ficou me encarando e sorriu. Agradeci a noite linda que tivemos e por ele fazer eu me sentir especial.

Ele me viu colocar a mão na maçaneta da porta do carro e não me impediu, então desci, com o coração apertado porque não queria sair de perto dele, sua companhia me fazia esquecer meus problemas. Entrei no trailer, que mais uma vez estava vazio, Tim deveria estar no bar de Dom, Noah provavelmente iria para lá também.

No dia seguinte, um sábado, Noah disse que viria cedo para me ajudar no trailer, já que Tim tinha que ir para o porto prestar um serviço. Levantei-me cedo, arrumei o cabelo, troquei de roupas, apliquei um brilho labial e comecei a preparar o café. Assim que terminei de encher minha xícara, a caminhonete dele encostou na frente do trailer de Tim.

— Bom dia, Gabi!

— Bom dia, Noah! Dormiu bem?

— Confesso que tentei, mas, então, o que vamos fazer hoje?

— Preciso colocar todos os isolantes e os compensados. Estava pensando em fazer a parte elétrica enquanto você coloca a isolação, acha que dá conta?

— Um pouco — respondeu ele. Noah era charmoso sem se esforçar, ele sabia que era lindo, mas fazia parecer que não se importava com isso. Coloquei hinos para ouvir no YouTube enquanto trabalhávamos, e ele me acompanhou, entre risos e conversas; eu sempre tinha que ajudá-lo.

— Gabriella, deixe isso comigo, consigo fazer.

A manhã foi produtiva, ele colou os isolantes, a elétrica e o encanamento estavam prontos. À tarde precisávamos colocar os compensados nas paredes internas do trailer; diferentemente do Brasil, nos Estados Unidos, as casas e trailers possuem três camadas, então era necessário colocar esponjas logo após a camada externa e depois os compensados navais internamente.

Noah me trouxe um aquecedor que levei quase uma hora para instalar; como o trailer era pequeno, o serviço era fácil de fazer. Almoçamos, carne de castor, que eu nunca tinha comido, na verdade era muito boa, embora mais firme do que gostaria. Depois finalizamos o compensado e a elétrica, encobrindo os fios necessários. Faltava só pintar e depois me mudar. Cansados, nos sentamos nas cadeiras de praia.

— Quer sair para comer algo? — perguntou Noah olhando para mim.

— Você não está de saco cheio de mim? — perguntei.

— E você? Já enjoou de mim? — retrucou.

— Gosto da sua companhia. — Ele sorriu. — Não enjoei, você até que é bem legal para um policial.

— Ainda não sou policial. — Me olhou confuso.

— É a mesma coisa — disse sorrindo.

— Eu preciso fazer algo para ganhar dinheiro; se eu pintar outro quadro, acha que consigo algum?

— Mas por quê? Você está precisando de alguma coisa?

— Noah, preciso comprar coisas para morar no trailer, preciso de outras roupas, calçados, sutiãs, calcinhas... Coisas de mulher. — Ele riu. — Também preciso me sentir útil, comprar utensílios e comidas. Não posso ficar sugando vocês. Não tenho um perfume decente, sabe com cheiro de garota, fora o desodorante barato do mercado. — Ele concordou.

— Acha que consegue fazer um quadro bem legal? Pinte um bem caprichado amanhã enquanto eu pinto o trailer. Vou tentar vendê-lo para você.

— Tá, vou tentar — falei com sarcasmo

— Agora, que tal a gente ir ao barco hoje e, sei lá, ver um filme e comer pipoca? — propus.

Noah levou a mão esquerda aos cabelos e a deslizou entre os fios dourados.

— Eu não poderia ter pensado em algo melhor para fazer. Pega suas roupas e vamos tomar um banho quente decente lá em casa, meu pai está fora da cidade, depois vamos para o barco. — Concordei.

Durante aquela tarde, rimos e conversamos de maneira descontraída, era tão bom estar na companhia de Noah que eu mal via o tempo passar. Quando estávamos indo para sua casa, ele parou numa farmácia próxima ao porto, disse que seria rápido. Eu não gostava muito que as pessoas me vissem dentro do carro dele, então inclinei o banco para trás e fiquei deitada.

Noah estava demorando e fiquei pensando se, por acaso, ele tinha parado ali para comprar preservativos. Essa ideia me deixou bem nervosa, será que ele tinha entendido errado o convite para assistirmos ao filme? Eu não saberia o que fazer caso estivesse mesmo pensando nisso. Noah entrou no carro com um grande saco de papel nas mãos e, depois que se sentou, me entregou.

— Não aceito não, por favor. É de coração. — Fiquei sem entender. — Abra, vê se gosta, ainda dá tempo de trocar se preferir outras marcas. — Retirei de dentro do saco uma linda cesta com produtos de beleza femininos. — Aí tem essas coisas que vocês gostam: cremes, óleos, essas coisas — disse me encarando.

— E uma Gilette.

— O quê? — perguntou.

— Uma Gillette, eu estou precisando muito disso.

— Você gostou? — Vi seus olhos ansiosos aguardando minha resposta.

— Eu amei, obrigada! Apesar de estar me chamando de fedida, o que é quase uma ofensa. — Ouvi sua gargalhada.

— Você que disse que precisava, eu não disse nada. Você tem um cheiro natural de bebê. — Disfarçou bem, mas meu pai falava a mesma coisa, então preferi acreditar.

— Obrigada mesmo! Nem sei como agradecer.

— Não precisa agradecer.

— Pelo menos, não foi preservativo. — Falei em voz alta sem perceber.

— O quê? — perguntou ele incrédulo. Fiquei em choque e sem graça.

— Eu achei que talvez... tivesse entendido errado o convite para o filme.

— E achou que eu tinha ido comprar camisinha? — Eu não respondi, mas fiquei olhando pra ele. Ambos rimos ao mesmo tempo.

— Não se preocupe, vou cuidar de você, essa é minha missão, lembra?

— Do que está falando?

— Sou um instrumento nas mãos do Todos Poderoso. — Rimos e ele ligou o carro para sairmos. — Gabriella, esqueci de perguntar.

— Diga.

— Você quer que eu compre camisinha? Só para tirar a dúvida. Caso queira me usar e eu não esteja preparado — falou debochando de mim.

— Do que está falando? Cala a boca! — respondi em um tom bravo.

— Você que teve a mente poluída, mocinha, estou bem em paz.

— Dirige.

— Ok, ok.

Ele estava se fazendo de bobo e se divertindo às minhas custas, mas me deixou bem envergonhada. Em sua casa, tomei um longo banho e pude me sentir mulher novamente, cheirosa com hidratante no rosto, óleo corporal e uma colônia suave e doce. Cabelos lavados, bem desembaraçados e finalmente com uma depilação, minhas pernas e axilas agradeceram. Estava acostumada com a depilação com cera quinzenal no Brasil, já que trabalhava em um salão de beleza, mas, desde que cheguei aos EUA, as depilações eram feitas apenas com giletes. Obviamente não era a mesma coisa, e a minha cor de pele mudou bastante, ainda mantinham o tom caramelado do clima tropical, mas já estava ficando desbotada por conta da falta do sol. Eu não tinha costume de ficar muito na praia no Rio de Janeiro, mas, de vez em quando, gostava de dar uma bronzeada na pele, agora temia acabar ficando branca igual à neve que me cercava. Saí do banho extremamente realizada e relaxada.

— Uauuu, que cheiro maravilhoso! — disse Noah deitado no sofá, sorri envergonhada. — Faz tempo que não sinto um perfume feminino.

— Sossega aí, garanhão! Você não vai tomar banho?

— Estou indo, tem comida em cima da mesa, fique à vontade.

Era uma lasanha de micro-ondas, caramba! Minha comida favorita, minha mãe costumava dizer que eu não era normal, com tantas iguarias no mundo, o que mais gostava era lasanha, e de micro-ondas. Tinha sonhos dentro daquele galpão com essa lasanha. Sentei à mesa e comi com muito gosto, ainda bem que Noah estava no banho, porque cheguei a gemer com o primeiro pedaço. Estava quentinha e saborosa, até orei agradecendo. Noah teve a audácia de sair do banho de toalha e passar para o quarto na minha frente. Acho que fez de propósito. E, uau, pensei com o garfo a caminho da boca. Depois apareceu lindo e cheiroso como sempre.

— Como está a lasanha?

— Maravilhosa. Eu amo.

— O quê?

— Eu simplesmente amo lasanha, mas tem que ser de micro-ondas.

— Sério? Que bom, eu também gosto, mas minha comida preferida é o salmão defumado que meu pai faz aos domingos.

— É mesmo?

— Sim, você tem que provar um dia. — Neste momento nos olhamos, sabendo que talvez esse dia nunca pudesse chegar. — Desculpa! — ele murmurou, entendendo o que meu olhar tentava dizer.

— Quem sabe né? — falei com os lábios semicerrados.

— É, todas as coisas cooperam para o bem daquele que ama a Deus. — Ele citou a frase bíblica e parecia acreditar nela.

— Vamos logo, eu fico tensa aqui. Se seu pai me vir, não sei bem o que dizer. — Ele me olhou com um lindo sorriso.

— Claro, vamos. — Ele não me forçava a nada, compreendia minhas preocupações e meus medos. Isso me deixava ainda mais atraída. Comeu rapidamente o último pedaço da lasanha, lavei rapidamente os pratos, e saímos da casa aquecida.

Quando estávamos entrando no carro, uma garota chamou o nome dele e se aproximou.

— Noah, para onde você está indo! Faz tempo que não te vejo!

— Oi, Darly! Estou indo para o ferro velho, levar a prima do Tim.

— Oi! — Ela dirigiu o cumprimento a mim. — Eu sou Darly.

— Hella — falei sem jeito.

— Você é a famosa Hella, então.

— Ela só veio aqui para tomar um banho porque no trailer não tem um chuveiro decente, precisava lavar os cabelos.

— Ok, gostei da roupa. De onde você é? — Noah olhou para mim e respondeu.

— Desculpa Darly, mas temos que ir, estamos com um pouco de pressa.

Agradeci e entrei no carro, Noah se despediu e entrou logo em seguida.

— Ela é minha prima, e as roupas eram dela, e meio que o pessoal do porto tem falado que estou namorando com a prima do Tim.

— Como é?

— É que eu ando meio sumido, e algumas pessoas nos viram juntos, então...

— Noah isso não é bom, se seu pai desconfiar...

— É complicado, porque não gosto de mentir para meu pai, ele é o xerife e é muito bom em descobrir mentiras, mas não se preocupe, vai ficar tudo bem.

— Que situação chata te coloquei. — Me sentia bem incomodada com tudo aquilo, queria parecer invisível, mas, em uma pequena vila do Alasca, era óbvio que isso seria impossível.

Já no barco, Noah procurou um filme no notebook e colocou Jogo Vorazes em chamas. Sentamo-nos no sofá cinza e meio surrado, mas bem limpinho e forrado; ele ligou o aquecedor e se sentou um pouco afastado de mim, me entregou uma coberta e a estendeu sobre as minhas pernas. Eu a desdobrei e joguei a ponta dela por cima dele.

Ficamos atentos ao filme por algum tempo, até que Noah levantou para fazer pipoca no micro-ondas. Eu ficava olhando para ele, imaginando como seria se eu o tivesse conhecido em outra situação. Pensando bem, eu nunca o conheceria.

— Você está bem? — Ele trouxe a pipoca com manteiga.

— Sim, estava pensando que, mesmo com toda essa situação complicada, é bom estar aqui. É menos ruim que o galpão.

— Hahaha, engraçadinha, que bom que já consegue fazer piada com isso.

— Eu estava pensando em uma coisa, queria a sua opinião.

— Claro. — Ele se sentou na minha frente, perto demais, mas não recuei, o queria o mais perto possível. Coloquei a minha mão em cima da mão dele e senti um arrepio percorrer meu corpo inteiro. Ele olhou para as nossas mãos juntas e para mim.

— Desculpa — falei baixinho, retirando a mão de cima da dele.

— Pelo quê?

— Eu não queria te deixar desconfortável.

— Não estou desconfortável, só um pouco nervoso.

— Nervoso? Não gosta de ser tocado?

— Não me importo de ser tocado, mas tenho medo do que pode acontecer.

— E o que poderia acontecer?

— Eu poderia ficar com vontade de te beijar. — Eu olhei em seus olhos, meu coração pulsava a mil batidas por segundo, senti minhas bochechas queimarem.

— Acho que não seria bom se eu sentisse essa vontade, né?

— Se sente mal em sentir vontade de fazer isso?

— Sim, se isso estiver desrespeitando você.

— Não está. — Foi apenas o que conseguir dizer. Engoli a saliva, e ficamos nos olhando; Ele chegou todo o corpo para mais perto de mim, colocou sua mão quente em cima da minha mão fria e trêmula, largou o pote de pipoca no chão lentamente e levou a sua mão no meu rosto, em seguida no meu pescoço, me deixando mais perto dele.

Minha respiração foi ficando mais pesada e profunda, ele me olhava de maneira séria, seus dedos deslizavam pelo meu cabelo.

Embora o toque fosse sutil e aconchegante, parecia arder em fogo onde ele encostava. Coloquei minha outra mão em cima da mão dele enquanto fechava os olhos. Senti-o se mover lentamente quando encostou os lábios quentes nos meus e, por alguns milésimos de segundos, não tive nenhuma reação.

Ele afastou o rosto, eu abri os olhos e vi que me observava com os olhos ardentes, dei um sorriso suave, e ele voltou a me beijar. Dessa vez com mais ferocidade, mas não de forma agressiva, era um beijo apaixonado, e respondi à altura. Quando ele largou a minha mão e colocou a outra mão no meu rosto, me entreguei totalmente. Eu podia ouvir os suspiros dele e as batidas do meu coração. Foi um longo, intenso e perfeito primeiro beijo. Quando nos afastamos, ele ainda estava olhando nos meus olhos e sorrindo, sorri também.

— Você ainda está nervoso?

— Estou sim, bastante.

— Sério, por quê?

— Estou com medo de que saia correndo e não queira mais me ver. — Ele sorriu meio encabulado e suspirou profundamente.

— Relaxa porque eu não vou a lugar nenhum. — Sorrimos.

— Por que me beijou? — Ele parecia confuso.

— Porque acho você um gato. — Ele sorriu nervoso.

— É bom demais ouvir isso.

— A pergunta é por que você me beijou? — Também queria saber.

— Queria fazer isso há muito tempo, mas achei que não queria o mesmo.

— Você queria me beijar das outras vezes que estivemos juntos? — Ele suspirou e não disse nada. — Ainda não respondeu à minha pergunta.

— A cada minuto que ficamos juntos.

— Sério?

— E por que queria tanto me beijar? — falei sussurrando para provocá-lo, era extremamente fofo vê-lo nervoso.

— Porque estou apaixonado por você — disse me impressionando.

— Tá brincando comigo, Noah?

— Não sei, você está tomando conta de todos os meus pensamentos, acho que isso não é normal. — Aproximei meu corpo dele e o beijei novamente, dessa vez mais calorosamente, ouvi um breve gemido quando apoiei a mão em sua perna. Ele era tão fofo e tão inseguro se declarando. O tempo parava a cada beijo nosso que de um a dois se tornaram muitos.

Sentia sua mão acariciando minhas costas. Enquanto contávamos um pouco mais sobre nós um para o outro, deitados, ouvindo os créditos do filme, olhamos para a tela e rimos.

— Vou desligar isso — disse se levantando.

— Coloca numa playlist boa — pedi.

— Ok! — Deitou-se ao meu lado novamente e me abraçou. — Não acredito que está aqui.

— Aqui no seu barco?

— Aqui nos meus braços.

— Para falar a verdade, nem eu — disse sorrindo. — Mas é muito bom.

— Antes de te beijar, você queria minha opinião sobre algo, lembra?

— Não, não lembro de nada antes de ser beijada por você. — Ele sorriu e me apertou carinhosamente com seus braços.

— Isso aqui não parece ser verdade — murmurei.

— Mas é, tem que ser, porque não posso acordar e descobrir que é um sonho, não suportaria.

— Ficaria triste se fosse um sonho? — perguntei.

— Você faz perguntas bem diretas e desconfortáveis, garota — disse rindo. — Mas sim, eu odiaria que isso fosse apenas um sonho. Quero você de verdade, não só em sonhos.

— Noah, preciso te lembrar que eu vou embora em alguns meses? — Ele olhou sério para mim.

— Não fala isso, não essa noite, amanhã talvez, outro dia quem sabe, mas não hoje, por favor.

— Ok. — Deitei a cabeça sobre o peito dele e senti uma lágrima escorrer silenciosamente.

— Não. — Ele ergueu o corpo, colocou minha cabeça no sofá e praticamente deitou em cima de mim. — Não chore, me beije e seja feliz, quero te fazer feliz, não fique triste. — Concordei com a cabeça enquanto limpava as lágrimas que sem esforço escorriam, então ele segurou minhas duas mãos acima da minha cabeça contra o sofá e voltou a me beijar. E foi a noite mais perfeita que já vivi.

# NOAH

Prometi à Gabriella que estaria lá cedo para ajudá-la. Quando cheguei, a vi sentada na porta do trailer com uma xícara de café; a luz do sol iluminava sua pele linda e bronzeada, ela estava incrível. Desci da caminhonete, e sem demora começamos a trabalhar no trailer, que estava ficando um espetáculo. Eu levei carne de castor que meu pai tinha feito na janta, ela nunca tinha experimentado, e vê-la fazer caretas antes do primeiro pedaço foi épico. Por fim acabou gostando bastante; no Brasil, segundo ela, não são acostumados a comer carne de caça, o que me deixou bastante espantado, porque pensei que viviam da caça na Amazônia. Gabriella me disse que a caça a animais é totalmente proibida, algo que eu jamais imaginaria. Acabei recebendo uma aula sobre várias coisas do país, foi um almoço interessante, e mais interessante ainda era a habilidade dela em construção, algo difícil de acreditar se não estivesse vendo com meus olhos. À tarde conseguimos concluir o trabalho. Tim estava certo, passar uma tarde toda ao lado dela e não se apaixonar era difícil, acho que me apaixonei pelo menos duas vezes a cada hora.

Convidei-a para sair novamente, primeiro porque aquele lugar é solitário e deprimente à noite, segundo, e o motivo principal, era que queria continuar em sua companhia. Ela aceitou e sugeriu assistirmos a um filme no meu barco. Disfarcei minha empolgação e a convidei para tomar um banho lá em casa, sei bem que mulheres odeiam tomar banho parcialmente quente; relutante também aceitou esse convite. No caminho dei uma parada na farmácia do tio Big Bob, foi bem difícil escolher um kit de beleza, não sou bom e dar presente e fiquei bem perdido, mas a tia Fall estava lá e me ajudou. Quando entreguei o presente, sentia meu coração palpitar mais forte.

Estava com medo da sua reação. Uma vez dei uma loção corporal para Emily e nunca a vi usando, ficou por meses sobre a penteadeira do mesmo jeito que entreguei, lembro dela dizer, quando sentiu a fragrância, que era mais ou menos. Aquilo me desencorajou a dar presentes no futuro. Seu comentário sobre eu ter entendido mal o convite para o filme fez com que me sentisse mal, ela passou por tantas coisas que achava que qualquer pessoa queria se aproveitar dela.

Gabriella ficou muito feliz, empolgada de verdade. Entrou no banho, e minutos depois um cheiro suave começou a invadir a casa, era doce e delicioso, me trazia paz. Mais tarde, quando saiu do banheiro e eu entrei logo em seguida, o cheiro dela estava lá para me deixar completamente alucinado. Comemos uma lasanha de micro-ondas, que logo descobri ser sua comida preferida, e dava de perceber que ela estava desconfortável, então limpamos tudo o mais rápido possível, e fomos para o barco.

O que sentia por ela já estava doendo em meu peito, mesmo assim jamais avançaria o sinal sem sua permissão. Vendo o filme, não estava conseguindo me concentrar, olhava para ela e só vinha em minha mente: tenho que ser um cavalheiro. Mesmo pensando em beijá-la várias vezes, não estava preparado para o que estava por vir, não sei se ela percebeu. Eu tinha que ser muito forte para não mostrar meus desejos, foi quando me levantei para fazer a pipoca e pensar em outra coisa, mas não estava funcionando.

Ela então pediu minha opinião, sentei-me em sua frente para dar-lhe toda a atenção possível. Achei que recuaria, mas não o fez, em vez disso colocou sua mão sobre a minha, estava fria e trêmula, mesmo assim suave. Olhei em seus olhos, ela puxou a mão de forma abrupta e se desculpou. Não queria que a tivesse retirado, muito menos me pedisse desculpas; ela percebeu meu nervosismo, e confessei que estava assim porque estava com medo de beijá-la. Nesse momento ela disse que estava tudo bem em fazê-lo.

Sentindo um frio no estômago, segurei sua mão fria, acariciei seu rosto para saber que eu a admirava e alisei seu cabelo, ela fechou os olhos, e a beijei. Por apenas um segundo, ela me permitiu encostar meus lábios no dela, e eu recuei lentamente, vi seus olhos abrirem vagarosamente, e ela sorriu, me convidando a beijá-la novamente. Então aceitou meu beijo, um primeiro beijo perfeito, eu poderia morrer por aqueles lábios. Agora era tarde demais, não tinha mais o que esconder. Conversamos por um bom tempo. Em meus braços, ela me lembrou que, em pouco tempo, teria que ir embora, tentando me acordar para a realidade, mas eu não estava pronto, era a primeira vez que a tinha em meus braços e não queria perder aquele momento pensando no fim.

Ela falava comigo, mas não conseguia me concentrar, mal entendia como aquele beijo acontecera, quando dei por mim, estava contando a ela que estava completamente apaixonado. Depois de um tempo, conversando madrugada afora, ela adormeceu em meu peito, fazia menos de duas semanas que a conhecia. Como era possível ter tanto sentimento por ela? Estava tentando me manter acordado para aproveitar cada segundo, mas estar com ela era tão relaxante e confortável que acabei caindo num sono profundo, há muito tempo não dormia tão bem.

# GABRIELLA

Quando abri os olhos, vi Noah ao meu lado dormindo profundamente, não me contive e o acordei com um beijo, achei que se assustaria, mas me puxou contra seu corpo e me beijou de volta. Ele era um sonho, lindo, carinhoso e um cavalheiro.

— Bom dia!

— Bom dia, flor do dia! — Ele sorriu. Quer aproveitar o fim de semana para terminar o trailer?

— Quero sim, vai me ajudar?

— Sempre, sempre vou ajudar você.

— Veja bem, não prometa coisas que não possa cumprir — falei sorridente.

— Gabriella, pode contar comigo sempre — disse se apoiando em um dos braços para me observar ao seu lado.

— Ok. Já que posso contar com você, quero que saiba que estou morrendo de fome. — Ele consentiu com a cabeça.

— Tem uma coisa que preciso te falar, por favor não pira com isso. — Seu tom de voz me desconfortou.

— Não pirar com o quê? — Minha voz ficou mais séria.

— Lembra aquela noite em que estivemos no bar do Dom?

— Sim, aquela em que eu saí.

— Bom, depois que te deixei em casa, voltei lá, vários amigos ficaram curiosos e começaram a fazer perguntas para o Tim sobre a suposta prima dele. Quando entrei, todos, inclusive o irmão da minha ex, queria saber se você era solteira essas coisas. Então Tim achou melhor dizer que você era minha namorada. Eu devia ter contado quando vimos a Darly.

— Como é? Deveria ter contado sim!

— É que todos me consideram e me respeitam na cidade; se achassem que é minha namorada, ninguém teria coragem de mexer com você.

— Por que não me contou antes?

— Tentamos, mas você nos surpreendeu com o quadro, Tim acabou falando sobre eu ser policial, depois nos contou sua história, e acabamos esquecendo esse detalhe, me desculpe e juro que não fiz por mal.

— Você se sentiu bem em dizer para os outros que era meu namorado?

— Não gosto de mentira — afirmou.

— Você se sentiu bem?

— Gostei da ideia, se é isso que quer saber.

— Exatamente o que quero saber — falei sorrindo.

Ele estava de pé colocando os casacos enquanto me contava essa história, eu estava no sofá calçando as botas, de repente se abaixou na minha frente e disse:

— Eu amei poder dizer para todo mundo que você é minha. — Apenas sorri e o beijei.

— Você é muito fofo, e mentiroso também. — Ele riu.

— Está brava comigo?

— Não, é melhor assim. Pensando bem, acho que é uma história em cima da qual podemos trabalhar.

— Como assim? — perguntou confuso.

— Podemos contar que sou filha de uma tia do Tim que mora no México, que eu estava morando no Oregon há pouco tempo e que nos conhecemos pelo Facebook, através do Tim. É uma história plausível, assim eu não precisaria me esconder de todo mundo.

— É, acho que é uma boa ideia, gosto de não precisar te esconder.

— E quanto ao seu pai?

— Isso é complicado.

— É — concordei. — Vamos achar uma maneira, por enquanto diz a ele que estamos nos conhecendo e vendo onde isso vai dar, que, quando for sério, vai me apresentar a ele. O que acha?

— Serve, por enquanto. — Concordarmos que não podíamos esconder por muito tempo, as pessoas viam e falavam de nós. Para acabar com as curiosidades, contaríamos essa história e pronto. Espero mesmo que sirva, pensei.

Saímos do barco, e os poucos pescadores que estavam por ali ficaram nos olhando de maneira suspeita, todos nos cumprimentavam, eu sentia meu rosto ruborizar de vergonha, não tinha pensado na possibilidade de encontrarmos um monte de conhecidos dele do lado de fora. Noah me ajudou a descer e, assim que coloquei os pés no chão, me deu um beijo leve nos lábios e colocou o braço sobre meus ombros. Fomos andando enquanto ele cumprimentava um por um dos pescadores.

— Estou morrendo de vergonha — sussurrei.

— Não se preocupe, sabem que você é minha — sussurrou ele de volta, se exibindo.

Subimos o píer e passamos ao lado do "meu banco". Noah fez sinal em direção a ele.

— Eu amo esse banco — disse, e eu apenas sorri.

Não o amava, sentia uma dor no peito de lembrar que era o único lugar que tinha para ficar se Noah não tivesse aparecido, sentia o aperto na garganta ao lembrar do porquê ele amava esse banco, foi onde me conheceu, mas também foi onde eu me senti mais perdida do que nunca em toda minha vida. Noah estava diferente, confiante e bem… exibido, mas não de uma maneira ruim, ele estava feliz por estar comigo, e isso me fazia bem. Posso reconsiderar os pensamentos que tenho a respeito do banco. Tínhamos muitas coisas para enfrentar, mas estar com ele daquela forma me trazia esperanças. Fomos à lanchonete do outro lado da rua, a mesma do dia em que nos conhecemos. Já conseguia sentir o cheiro das panquecas macias e quentinhas.

— Vamos rever a tia Dolly — falou Noah com um sorriso de orelha a orelha.

— Tia? — perguntei incrédula.

— Sim, ela é irmã da minha mãe.

— Fala sério! Você só fala isso agora?

— Tem algum problema? Não é nada demais. — Senti a confusão na sua voz.

— Você é um sacana — falei emburrada. Ele parou e colocou a mão no meu rosto.

— Olha, não fala assim que me magoa, e estou com fome demais para ficar magoado agora. — Sorri de qualquer forma.

Na lanchonete todos nos encaravam, inclusive a tia Dolly, entramos de mãos dadas, tentei soltá-las, mas ele não deixou. Acho que é uma pessoa possessiva, sentamo-nos, e logo a tia apareceu.

— Bom dia, Noah! Trouxe a namorada para o café da manhã?

— Bom dia! — ele respondeu, feliz demais. — Essa é…

— Hella — falei erguendo a mão para cumprimentá-la.

— Prazer, Hella! Você não é daqui, é? — perguntou rapidamente.

— Não, sou do… Oregon. — Senti a dúvida emanando dela.

— Hummm — balbuciou.

— Tia, Hella é prima do Tim, nos conhecemos no Facebook, veio me conhecer pessoalmente — disse Noah tomando a frente e me tirando de maus lençóis. Possessivo e observador, anotado.

— Aaah legal! Deve ser... complicado conhecer alguém pela internet.

— É sim, mas é interessante também — respondi. — Peço desculpas pelo primeiro dia que vim aqui, perdi a minha mala no caminho e estava usando as roupas do Tim e do Noah. Parecia uma mendiga.

— Aaah não se preocupe, mesmo com aquelas roupas, deu para ver que é uma moça muito bonita — falou com um sorriso amarelo e uma piscadela.

— Obrigada! — agradeci envergonhada.

— Eu não falei para você? — disse Noah me encarando. — Pode trazer panquecas e café, por favor, tia? Ela amou suas panquecas.

Muito observador. Ela deu um sorriso caloroso e saiu.

— Eu... vou... matar... você! — falei para ele baixinho. — Me trouxe aqui aquele dia parecendo uma louca varrida. Se fosse mesmo nosso primeiro encontro, você seria louco se ficasse comigo.

— Ficaria com você mesmo se aparecesse vestida de saco de lixo.

— Ah... tá bom. Se bem que, no 5º ano da escola, eu fiz um vestido de saco de lixo com meu pai para um desfile no show de talentos, tinha até brinco em formato de gotas feito com caixas de leite. Com aquele vestido, acreditaria em você, porque ficou lindíssimo. Era até os joelhos, tinha corpete e tudo! — contei enquanto sorria me lembrando.

— Essa eu queria ver. Anote para, quando voltar para o Brasil, me mandar uma foto vestida de saco de lixo no seu 5º ano da escola — falou entusiasmado enquanto me olhava.

— Anotado. — Se eu voltar.

Tomamos um café extremamente saboroso sob os olhares curiosos dos presentes. Quando foi pagar a conta, ele deu um beijinho na minha testa para que ninguém duvidasse que estávamos juntos.

Mais tarde no ferro velho, Tim estava arrumando suas bagunças, que nunca ficavam arrumadas. Descemos do carro, e Noah fez questão de me beijar para se exibir, dessa vez para o amigo.

— Vai me beijar cada vez que vir um cidadão dessa cidade? — perguntei quando parei com os braços cruzados.

— Sim. Um por um, e muito mais quando ninguém estiver olhando — respondeu com tom brincalhão, enquanto se aproximava de mim e roubava mais um selinho. Fui obrigada a rir.

— Não acredito! — disse Tim mais alto que o normal.

— O que aconteceu? — perguntei me fazendo de desentendida, enquanto ele vinha em nossa direção. Chegando próximo de nós, deu um leve soco no braço de Noah.

— É isso aí, garanhão. — Com um sorriso de orelha a orelha.

— Ah, fala sério! — Balbuciei e sai de perto dos dois.

— Que foi? — perguntou Tim esticando os braços.

— Detesto vocês! — gritei por cima do ombro e fui trocar de roupa para começar o trabalho. Ouvi um carro buzinar no portão e olhei pela janelinha, era o carro do xerife. Meu sangue gelou. Senti as pernas bambearem e caí sentada na cama. Tim entrou rapidamente, dei um gritinho e puxei a coberta para o colo.

— TIM!

— Desculpa, não vi nada, mas não sai daí e fique quieta. O tio Mark está aqui.

— É o pai de Noah? — perguntei enquanto o rubor saia do meu rosto sendo substituído pela palidez da preocupação.

— Sim é ele, Noah foi abrir o portão.

— Meu Deus, será que ele sabe de alguma coisa?

Tim foi recepcionar o xerife, eu estava nervosa até mesmo para respirar. Ouvi o carro estacionar perto do meu trailer. Quando Noah entrou, puxou a cortina do quarto.

— O que você está fazendo aí? Venha, meu pai já sabe que estou com alguém e quer te conhecer. Vai ficar tudo bem, eu prometo.

— Mas o Tim disse…

— Vem logo!

Ele entendeu a mão para mim e me olhou com aquele olhar que sempre me trazia paz e confiança. Saímos do trailer de mãos dadas, o xerife já estava sentado na cadeira de praia e, assim que me viu, se colocou de pé. Ele não era muito diferente de Noah, na verdade eram iguaizinhos, altos louros, olhos azuis, forte e robusto, deveria estar perto de seus cinquenta anos, mas era bem charmoso. Ainda mais com aquele uniforme. Eu estava completamente fria, meu corpo chegava a doer.

— Oi! — Ele estendeu a mão na minha direção. — Sou Mark, o xerife da cidade de Fairbanks e pai desse garotão bonito aí ao seu lado. — Todos riram, mas eu só consegui dar um sorriso amarelado. Estendi a minha mão suada de frio, a ele e o cumprimentei.

— Oi, sou Hella, prazer em conhecer o senhor!

— O senhor está no céu, garota.

— É verdade, xerife. Ele tem seu próprio trono — falei.

— Isso mesmo! — respondeu. Pude sentir a aprovação em seus olhos.

— Então, filho, você está namorando essa garota ou é outra coisa?

— Estamos nos conhecendo, ela está há pouco tempo morando no Oregon, é filha de uma tia do Tim que mora no Brasil, nos conhecemos no Facebook e ela veio para cá, para nos conhecermos pessoalmente. — Ele balançou a cabeça para cima e para baixo muitas vezes, eu estava tão desconfortável que poderia enfiar minha cabeça em um buraco no chão, como uma avestruz.

— Vamos, sentem — ele disse. *Incrível como os meninos obedeceram no automático.* Quando olhei já estavam sentados, me sentei na porta do trailer, e ele na cadeira de frente para nós. Olhou em minha direção, com dúvida.

— Você é brasileira?

— Sim — respondi e não disse nada a mais.

— Lamento pelas suas conterrâneas que sofreram muito no nosso país.

— É lamentável mesmo.

— O que você fazia no Oregon?

"Fui vítima de tráfico humano, tive que me prostituir, fugi, acabei com toda a armação quando consegui denunciá-los para a polícia, tive que vir para cá porque aparentemente estão atrás da minha família." Foi o que pensei, mas apenas disse:

— Sou manicure e artista plástica... senhor.

— Artista, então foi você que fez o quadro no quarto do Noah?

— Sim, eu mesma.

— Muito bonito seu trabalho. Ao olhar para ele, me deu vontade de viajar e conhecer outros lugares do mundo.

— Muito confortante ouvir isso, xerife.

— Vão lá em casa amanhã à noite, vou fazer um salmão defumado no jantar — disse olhando para Noah enquanto se levantava da cadeira de praia. Parecia que eu não tinha muitas escolhas, de novo. Noah e Tim se levantaram, eu também.

— Obrigado, pai, vamos sim! Quer dizer, vou levá-la até porque eu moro lá. — Noah falou rindo, mas eu não queria ir.

— Engraçadinho, muito engraçadinho. E esse trailer Tim está finalmente reformando?

— A Gabriella está, para ela ficar mais confortável aqui — Tim falou.

— Construtora também, hein? — disse me dando uma piscadela. — Que bom! Uma mulher tem que ter privacidade.

— Venha cá — disse a Noah, depois se despediu de Tim e de mim, e os dois foram andando até a viatura. Após alguns instantes, o Xerife foi embora, e Noah foi fechar o portão, aqueles minutos pareciam uma eternidade para mim. Ele voltou cabisbaixo e com o olhar triste, perguntei o que o pai tinha lhe falado, Tim estava curioso também.

— Odeio mentir para meu pai, nunca precisei fazer isso antes. — O comentário fez-me sentir péssima.

— O que seu pai disse? — Tim quis saber.

— Falou para eu ser um cavalheiro e respeitá-la. — Aquilo doeu na alma, Noah tinha me dito que seu pai era um bom homem, mas eu não imaginava que era tão bom assim. Era gentil e um verdadeiro cavalheiro, assim como o filho.

— Desculpe Noah, não queria colocar você nessa situação.

— A culpa não é sua, você não pediu para passar por isso, temos que dar um jeito.

— Temos sim. — Todos concordamos.

Os rapazes foram pintar o trailer. Noah pintava de branco por dentro e Tim de verde claro por fora. Eu fui procurar um para-brisas inteiro e em bom estado para pintar, precisava de dinheiro e tinha que caprichar na arte. Após lavado e deixado para secar ao sol, coloquei-o na cadeira para pintar.

Como antes, eu pintei o lado interno do vidro, por isso, quando fazia o trabalho, tinha que pintar de forma invertida para, quando o virasse, o desenho ficasse certo. Meu maior desafio, além do desenho invertido, era descobrir o que pintar. Noah me viu parada de frente ao vidro, sem saber o que fazer.

— Sem ideias? Certo não vou atrapalhar. — Ele sorriu erguendo as mãos como se estivesse se rendendo.

— É, tenho que descobrir o que fazer. Deixe-me concentrar, ok. Mas… Noah? Você tem fotos do porto no seu celular?

— Tenho algumas sim.

— Posso dar uma olhada?

Ele tirou o celular do bolso, desbloqueou na minha frente, colocou na galeria e me entregou, tinha muitas fotos do treinamento dele na polícia e algumas fazendo exercícios bem puxados.

— Exibido você né — falei rindo enquanto passava as fotos.

— Engraçadinha — disse e voltou para o trailer me deixando sozinha com o telefone, interessante.

Fotos de pescaria, algumas do porto, mas nada que eu queria. De repente vi uma foto dele com a ex, estavam sentados em frente ao barco, tinha outras três pessoas, ela era bonita e bem magra, mas só ignorei. Está bem, senti uma pontada de ciúmes, será que ele ainda sentia algo por ela?

Além de estarmos juntos há pouco tempo, mesmo que dissesse estar apaixonado por mim, eu não poderia ter certeza se era paixão ou se apenas vontade de ficar comigo. Eles terminaram há apenas dois meses, e eu não podia exigir praticamente nada já que logo iria embora para sempre.

De repente, estava lá a foto perfeita. Uma vista do píer, com dois grandes barcos atracados, o de Noah, o Candece, e um outro com o nome de Rharen. A paisagem era em um dia ensolarado, com a água calma, e dois homens de costas um do lado do outro. Era perfeita, e o melhor é que o celular tinha opções de edições, então consegui inverter a foto, o que facilitava bastante meu trabalho.

— Achei! — gritei. Ele e Tim vieram curiosos.

— Vou fazer essa paisagem, o que vocês acham?

— Você consegue pintar assim? — Tim perguntou.

— Acho que sim.

— Nesse dia eu estava perto do banco onde te conheci, era bem cedo, foi o dia seguinte ao que compramos o barco, fiquei tão orgulhoso de vê-lo no cais que tirei essa foto.

— Ficou linda — falei. — Posso ficar com seu celular aqui para desenhar?

— Claro, fique à vontade. Mas, se alguém ligar, não atenda. Pode ser a Emily. — Franzi o cenho sem querer.

— Tudo bem, não se preocupe. Obrigada por confiar em mim!

— É que ela me liga várias vezes, principalmente no fim de semana quando não está trabalhando.

— Olha, não se explique está bem, ela é um problema só seu. — Mas ele começou a se explicar. — Fica de boa, ok? — repliquei, parecendo tranquila, mas queria arrancar a garganta dele com minhas mãos. Noah foi dar continuidade ao trabalho enquanto Tim fazia o almoço. De vez enquanto ele aparecia para dar uma espiada no meu trabalho e roubar um beijinho. Na hora do almoço, o celular tocou, e ele ignorou; depois de cinco minutos, tocou novamente e depois mais três vezes seguidas, até que caiu da cadeira de tanto vibrar.

— Acho que ele se suicidou — falei para Tim, que riu tanto que se engasgou com a comida.

Noah o pegou e colocou no bolso, novamente o celular voltou a tocar.

— Atende logo — falei.

— Não, eu sei que é ela.

— Atende logo isso e resolve essa situação — disse bem séria. Estava perdendo a paciência, e o celular não parava.

— Ela está certa, cara, só quero comer em paz — falou Tim, enchendo a boca de macarrão. Então Noah atendeu e colocou na viva voz.

— Noah, por que demorou para atender? — Ouvi a voz feminina. Ele me olhou.

— Por que você está ligando para mim?

— Quero falar com você, não é óbvio?

— Não, não é óbvio porque terminamos. Acabou Emily. Não é mais para você me ligar.

— Por que não posso ligar, você já tem outra? — Ele e Tim olharam para mim. E eu só ria de nervoso.

— Sim, eu estou conhecendo outra pessoa — disse ele calmamente.

— Seu bosta, eu vou acabar com sua vida, não acredito que você desfila com uma guria ridícula na frente dos nossos amigos. — A voz, que antes parecia suave, endureceu rapidamente, tornando-se ríspida. Ergui as sobrancelhas para Tim, coloquei a mão no peito e abri a boca como se estivesse me sentindo ofendida, ele apenas ria, enquanto Noah estava com a cabeça apoiada nas mãos.

— Eu desfilo com quem eu quiser. — Noah também alterou o tom de voz, parecendo mais autoritário que antes.

— Você está com ela aí? Está com ela agora? Deixa-me falar com essa vaca horrorosa. — Tim fez sinal para eu falar, Noah me olhou espantado, eu apenas balancei a cabeça me negando a falar com ela, não por medo, é óbvio, mas é que não perco meu tempo com gente boçal.

— Olha, seguinte, cuide da sua vida! Não estamos mais juntos, e não tem mais volta. Não me ligue mais. Se você insistir, vou ter que trocar de número, viva bem!

— NOAH, não desligue na minha... — Ele desligou.

— Centrada sua ex, hein? — Ele estava suando e me pediu desculpas por aquilo.

— Totalmente desequilibrada, essa guria é um saco — disse Tim, com mais macarrão a caminho da boca. Noah apenas ergueu as sobrancelhas concordando.

— Noah, gosto de você, mas não perco meu tempo com pessoas desequilibradas assim e acho ridículo se humilhar por um homem desse jeito.

— Para você é fácil falar isso, é a garota mais linda que todos já vimos por aqui, parece que saiu de uma capa de revista, mesmo suja de carvão. As garotas aqui não se parecem nada com você, acha que ela está brava? Espera quando te ver pessoalmente, vai enlouquecer — disse Tim.

— Credo, gente, não sei o que vocês acham demais nas mulheres brasileiras aqui, em meu país eu sou bem básica.

— Eu preciso de uma passagem sem volta para o Brasil urgente — Tim falou rindo, enquanto Noah jogava uma toalha de louça nele.

— Quer uma passagem também, Noah? — perguntei, eles se olharam e riram.

— Vamos trabalhar. — Ele se levantou e me deu um beijo na testa. — E não, não quero, eu já tenho a parte do Brasil que eu queria.

No meio da tarde, meu quadro estava pronto. Ainda não tinha virado o vidro, então não sabia como estava exatamente do lado da frente. Era a parte que me deixava mais aflita.

— Noah! Tim! Acabei! — gritei, e os dois vieram bem rápido.

— Vira! — Tim pediu.

— Estou nervosa. Calma, a tinta está fresca, deixa que eu viro.

— Ajudo você. — Noah falou. Então viramos o quadro com muita cautela.

— Acho que me superei.

— Nossa! — Os dois falaram juntos. Era incrível, o porto de Fairbanks, os homenzinhos, os barcos, o píer e o grande lago. Tudo em perfeita harmonia.

— É você, arrasou! disse Noah. — Acho que vou ter que comprar outro quadro.

— Ah, fala sério né!? Vai comprar tudo que ela fizer? — falou Tim indignado.

— Por que... não posso?

— Não, não pode. Ela precisa vender por um bom preço.

— Parem de besteira e me ajudem a vendê-lo.

— O que eu ganho se vender o quadro? — Tim falou com ar sarcástico.

— Hummm — pensei antes de responder — que tal um beijo?

— Você não vai beijar ele de maneira alguma — respondeu Noah irritado.

— É só brincadeira — falei rindo. — Mas te dou um beijo na bochecha e um sincero "muito obrigada" se vender.

— Fechado! — respondeu Tim, me dando um abraço bem apertado, me tirando do chão, e um beijo na testa para provocar Noah, que revirou os olhos.

Tínhamos desenvolvido um carinho de irmãos um pelo outro. Voltando ao trabalho, fiquei terminando os reparos no trailer, que já estava todo pintado por dentro e por fora enquanto eles foram buscar umas coisas na casa de Noah e na tia Dolly que eu poderia usar.

Enquanto estavam fora, fiz a instalação das lâmpadas, dos interruptores e das tomadas. No caminho passaram na casa de Noah e pegaram dois lençóis e um jogo de tapetes. Quando chegaram, colocaram tudo dentro do trailer para arrumar no outro dia. Noah conseguiu com sua tia Dolly um colchão de casal e um fogão de ferro com um amigo, a prima me ajudou com alguns utensílios de cozinha.

Antes dos meninos chegarem, eu já tinha tomado banho usando os deliciosos produtos de beleza que tinha ganhado de Noah. Meu cantinho estava quase pronto, finalmente teria tempo para as minhas coisas, sei que Tim também estava ansioso para ter seu cantinho novamente só para ele. Ele era muito respeitoso, mas seu trailer era minúsculo e muito apertado, além de ele ser bem bagunceiro.

Noah perguntou se eu gostaria de sair naquela noite, talvez dar uma volta no bar do Dom, agora que todos me conheciam e que já sabiam de nós. Eu olhei seriamente para ele e falei:

— Que tal assim? Você vai lá e fica com seus amigos, e eu vou descansar um pouco, estou bem cansada.

— Não quer ficar comigo? — indagou.

— Não é que não quero, estou cansada e acho que não vou ser uma boa companhia, depois você sabe que não gosto de bar. Mas, se quiser ir, eu não me importo. Você já dedicou seu dia todo para mim, está tudo bem em se divertir com seus amigos um pouco.

— Sei lá, você está me dando um fora hoje, talvez não me queira por perto amanhã também, deve estar enjoada de mim.

— Não diga isso, Noah. — Fiquei indignada. - Eu amo ficar com você, ter você do meu lado, mas não quero te monopolizar.

— Gabriella, eu quero ser monopolizado por você. — Minhas bochechas queimaram, ele sempre dizia as coisas certas.

— Acha que quero passar a noite sozinha aqui? — Ele olhou sério para mim, parecia querer dizer algo, mas não disse.

— Posso te ver amanhã? — A voz parecia rouca e fraca.

— É claro que pode, por que não poderia?

— Você não quer ficar aqui sozinha? — perguntou.

— Não, é óbvio que não.

— Então por que está me mandando embora, se eu não quero ir? — Olhou para mim. — Não me mande embora da sua vida, a única coisa que quero é ficar com você.

— Mas você gosta tanto daquele bar e de estar com seus amigos, acho injusto.

— É só um costume, aqui não tem muita coisa para fazer, mas não precisamos ir para lá. — Ele pegou meu braço, me puxou e me beijou. Deixei-me consumir pelo beijo suave e quente, suas mãos no meu pescoço e cintura apertavam-me contra seu corpo musculoso. Quando nos separamos, pude ver os olhos azuis amendoados me consumindo, me levou gentilmente como sempre para a caminhonete, abriu a porta e esperou eu me sentar depois fechou a porta, se despediu de Tim em voz alta e entrou no carro.

— Noah, eu vou com você lá, mas com uma condição — disse assim que ele entrou no carro.

— Diga!

— Amanhã você me leva a uma igreja para eu agradecer a Deus por todo livramento. Não precisa entrar, mas me leve, por favor! — Ele mordeu os lábios e balançava a cabeça para cima e para baixo.

— Você sempre surpreende.

— Gosto de surpreender. Vamos para seu barco depois do bar?

— O que você quiser, minha dama. O que vou fazer com tudo isso que estou sentindo por você, hein? — Ele fez um carinho em meu rosto, e saímos dali. No bar ele desceu do carro, parou na minha janela e me olhou bem sério.

— Se quiser, podemos ir para outro lugar.

— Não, está tudo bem, quero estar com você, mas quero uma porção de batata frita. — Ele riu alto enquanto me ajudava a descer.

— Promete que, se ficar incomodada com qualquer coisa, não vai sair daqui correndo de novo?

— Prometo. — Ele estava preocupado. Às vezes ficava me perguntando se Noah era mesmo de verdade, parecia que tudo que tinha vivenciado, depois que entrei naquela van branca, estava acontecendo na vida de outra pessoa, e não na minha.

Quando entramos, olhares nos fuzilavam, mas eu tinha que aprender a lidar com isso. Alguns amigos vieram nos cumprimentar. Fomos para uma mesa onde havia dois rapazes sentados, e Noah me apresentou. Eram Carl e Vincent, os dois trabalhavam no barco com Noah e Tim. Logo depois Tim entrou no bar e sentou-se conosco. Os rapazes eram bem divertidos e não ficaram me metralhando com perguntas, inclusive foram muito receptivos. Noah perguntou o que eu queria beber e pedi um suco de fruta, ele foi até o balcão e me deixou ali com os rapazes.

— Noah é um cara muito legal, tem um bom coração — falou Vincent.

— Quanto ele está te pagando para me convencer disso? — perguntei sendo sarcástica. Todos na mesa riram.

— Estou falando isso porque sei que só o conhece pelo Facebook, mas eu o conheço há cinco anos, é um bom garoto. — Ele falava sério. Noah retornou e logo nosso pedido chegou. Batatas fritas com suco de abacaxi com hortelã.

— Não sabia se gostava.

— Está perfeito. Se for suco, amo todos.

— Que bom! — Ele me deu um beijo na testa. Sorri, enquanto ele conversava com os amigos. Ficamos no bar durante umas duas horas, Noah tomou duas cervejas, riu e jogou conversa fora, gostei de vê-lo descontraído, sem o peso de ter que me dar atenção o tempo todo.

Ali soube que não existia pesca marcada para os próximos dias, por isso Tim não sairia para pescar como tinham dito no trailer no dia em que o conheci, inventaram que Tim sairia para pescar porque achavam que eu ficaria com medo de ficar sozinha com ele. Caso não me sentisse à vontade, ele dormiria duas semanas no barco por minha causa. Era um plano maluco que Tim aceitara para eu me sentir segura. No bar estava também o irmão de Emily, que ficava nos olhando o tempo todo. Acho que só não arranjou briga com Noah porque é filho do Xerife, mas olhava com um olhar de quem queria matar nós dois.

Depois, passamos para comprar uma pizza e fomos para o barco, Noah ligou o aquecedor e colocou Vivaldi Four Seasons: Winter (L'Inverno) para tocar no Youtube, com um volume suave.

— Sério, Noah?

— O quê?! Não gosta?

— Está de brincadeira? Sou apaixonada por música clássica, principalmente as Quatro Estações. Você é incrível mesmo. — Ele sorriu envergonhado.

— Também sou. — Ele era lindo, o cabelo loiro bagunçado realçava ainda mais a beleza do seu rosto e dos olhos. Sentou-se ao meu lado e me passou um prato. — Mas e aí, gostou dos meus amigos?

— Gostei sim, são respeitosos e engraçados.

— Sim, eles são meu braço direito no mar.

— Você não vai mais voltar a pescar?

— Eu sempre quis ser duas coisas, pescador e ser policial. Um eu já sou, agora quero ser o outro. Sempre que tiver folga ou férias, sairei para pescar.

— E seu barco, vai ficar parado aqui?

— Não… Tim agora é meu sócio, ele vai manter o negócio de pé.

— Hummm, que legal! Tim é um cara bem especial.

— É sim, um amigo fiel.

— Falando nisso, você é amigo do irmão da Emily?

— Mais ou menos, ele é uma pessoa... — Riu enquanto fez o comentário — Digo, não é bom nem mau, ele é só ele.

— Nossa, esse é o pior comentário que já ouvi de alguém. — Rimos.

— Me desculpe por hoje, por Emily me ligando.

— Eu não ligo para isso, mas queria falar com você sobre. — Ele ergueu as sobrancelhas com cara de espanto. — Quero que saiba que vi uma foto sua com Emily e outras pessoas no seu celular. Não precisa explicar nada, só estou falando para saber, que eu sei.

— Sabe o quê? — Ele falou num tom estressado e autoritário.

— Que você não desapegou por completo. O nome dela está salvo no seu celular e ainda tem fotos com ela. Noah, eu vou embora logo, e vocês tiveram uma história juntos, talvez nunca mais nos vejamos de novo, talvez vocês se acertem um dia, mas eu não quero servir de pedra de tropeço para ninguém nessa vida.

Ele tirou o celular do bolso da calça, procurou a foto e a deletou na minha frente; depois foi nos contatos, apagou o contato dela e me mostrou.

— Pronto.

— Não precisava fazer isso por mim.

— Não estou fazendo por você, estou fazendo por mim e pelo pouco que ainda teremos de "nós".

— Você é irritantemente cavalheiro e é um fofo. Mas, mudando de assunto, estou muito nervosa com o jantar na sua casa.

— Meu Deus, é mesmo! — falou relembrando do convite. — Odeio mentir para meu pai. Quando eu tinha doze anos, três dos meus vizinhos e eu estávamos jogando beisebol na rua, rebati uma bola e quebrou a janela da casa do nosso vizinho, meu pai saïu furioso brigando com a gente e perguntou quem foi, jurei que não tinha sido eu. Mais tarde naquele mesmo dia, a vizinha do lado disse a ele que viu quando eu rebati a bola e quebrei a janela, ele foi até o meu quarto e contou que a vizinha tinha me visto jogar a bola, mas não brigou comigo, apenas disse que estava decepcionado porque eu tinha mentido. Foi horrível, ele mal falou comigo no outro dia, eu preferia ter levado uma surra do que tê-lo decepcionado daquele jeito. Por isso odeio mentir para ele.

— O que eu vou fazer lá, Noah? Sentar-se na frente do pai da pessoa que gosto e ficar mentindo por horas a fio?

— Vai ficar tudo bem, Gabi, vamos dar um jeito. — Terminamos de comer e voltamos a conversar sobre sua infância e histórias dele e do pai, contei a ele sobre jogos e danças brasileiras e como era jogar "taco" na rua de casa com garrafas pets e alguns pedaços de madeira velhos. Ainda assim, o pensamento não saiu da minha cabeça. Estou fazendo-o mentir para o pai, sendo que não cometeu erro nenhum. Depois daquela conversa, o clima ficou bem difícil para mim, deitei no colo dele e dormi.


Acordei por volta das cinco da manhã, havia tomado uma decisão. Peguei o celular do Noah e mandei uma mensagem para seu pai.

"Oi, aqui é a Gabriella, preciso falar com o senhor como xerife, estou aqui no barco do Noah. Não se preocupe, está tudo bem."

"O que está acontecendo? Noah está bem?"

"Sim, está dormindo. Mas a conversa tem que ser só entre nós."

"Ele fez algo com você?"

'Não! Mas preciso falar com o senhor, por favor. Quero conversar na delegacia. Pode me buscar aqui? Não faço ideia de onde fica."

"Uma viatura chega aí em dois minutos." Escrevi um bilhete e coloquei do lado dele e sai. *Não se preocupe, eu já volto. Descansa mais um pouco.*

Ao sair, vi a viatura na frente do barco; com o coração palpitando, entrei. O frio era insuportável, o policial fardado me cumprimentou, mas não fez nenhuma pergunta, deveria ser ordem do xerife. Quando chegamos, ele estava sentado na sua escrivaninha todo imponente; se levantou assim que entrei.

— Bom dia, xerife! — falei baixinho, tentando esquentar as mãos.

— Bom dia! O que está acontecendo?

— Olha, a conversa é bem delicada — disse trêmula e com lágrimas nos olhos.

— O Noah está mesmo bem?

— Sim, seu filho está ótimo, não se preocupe com ele. Na verdade, só estou aqui por causa dele. Xerife, a história é bem difícil para mim e muito longa, preciso que você tenha paciência, porque o que eu tenho para contar não é fácil reviver.

— Como assim, garota? Vá direto ao assunto. — Ele parecia mais preocupado como um pai do que como um xerife.

— Para iniciar, seu filho é um amor e não fez nada de errado, eu não estou grávida nem sou uma criminosa.

— Fale o que tem para falar de uma vez.

— Ok. Noah me disse que você é a melhor pessoa que ele conhece e o policial mais honesto também. — Estava só nós dois na sala, mas eu morria de medo que mais alguém ouvisse. — Eu sou cristã, quero que saiba isso antes de tudo. Essa conversa tem que ser entre nós dois, mais ninguém pode saber. Noah está muito mal porque mentiu para você por minha causa, e eu me senti mal de tê-lo feito mentir.

— Mentiram sobre o que exatamente? Sempre enrola assim para contar algo? — A preocupação em sua voz era nítida. Respirei fundo e, quando ia começar a contar, ouvi a voz de Noah atrás de mim.

— Gabriella? O que você está fazendo?

— Gabriella? — perguntou o xerife.

— Contando a verdade — falei.

— Você está bem, filho? — Ele mal olhou para o pai, deu um passo à frente e se dirigiu a mim novamente.

— Não me leve a mal, mas por que veio para cá? Estou bem sim pai, desculpe.

— Eu não aguento mais, Noah — falei tentando em vão parar as lágrimas. O xerife me entregou uma caixa de lenço de papel, e agradeci em silêncio.

— Pai, vamos conversar em casa, por favor.

— Por quê? — perguntou o xerife.

Noah sabia o porquê e estava tentando me ajudar, via que eu mal conseguia respirar. Ambos tentavam me acalmar, parecia uma criança em crise de birra.

— Calma, garota, caramba! Noah, o que está acontecendo?

— Pai, precisamos ficar sozinhos, só nós três... agora! — Ele olhou com autoridade para o pai, como se não houvesse outra opção.

— Ok, vamos para casa, vou avisar o pessoal.

— Ela vai comigo — Noah falou. Saímos da delegacia com alguns policiais nos olhando com olhar suspeito, sabe-se lá o que eles pensariam de nós. Entrei na picape, e seguimos rumo à casa de Noah.

— Gabriella, se quiser fazer isso, precisa ficar calma, não vai conseguir falar nada assim. Caramba, porque não falou comigo? Eu teria trazido você.

— Desculpa, pensei que seria presa, e não sabia como falar, mas senti que precisava fazer isso por você, pelo relacionamento de vocês, não quero que minta como mentiu sobre o jogo de beisebol.

— Está tudo bem, vou estar com você. E... obrigado, sinceramente, sei como é difícil para você ter que recontar tudo o que aconteceu, então te agradeço por se importar.

— É o mínimo que posso fazer, diante de tudo que fez por mim. Obrigada, Noah! — Ele pegou minha mão, a beijou e não soltou até chegarmos, com a viatura logo na frente. Sentamos os dois no sofá, e o pai dele numa poltrona do papai preta e surrada. Noah se levantou e fez três xícaras de chá de camomila. Consegui me controlar, segurei o choro e mantive meu corpo ereto para forçar meu cérebro a manter a postura, e não focar no homem que era policial bem na minha frente.

— Estou abalada desse jeito porque meu maior medo é ter que falar com um policial, mas seu filho que está sendo um anjo na minha vida, me garantiu que você é uma pessoa honesta e de bem. Conheci Noah e Tim um tempo atrás. Como eu estava lhe dizendo, sou cristã. — Levantei a cabeça e olhei nos olhos dele. — Estou aqui porque algo terrível me aconteceu, eu nunca imaginei estar no Alasca em toda a minha vida. Vou lhe contar desde o começo toda a história, depois o senhor decide o que vai fazer comigo, se vou ser presa, deportada ou sei lá o que. Não quero que seu filho tenha que esconder algo do senhor, mas, por favor, ouça a minha história. Pode fazer quantas perguntas achar que devem ser feitas.

— Sou todo ouvidos — disse o xerife com o cenho fechado.

— Fui eu... quem denunciou a quadrilha que mantinham em cativeiro todas aquelas garotas brasileiras.

— O quê? — Ele saltou para frente na poltrona.

— Sim, fui eu.

— Essa é a única coisa que a polícia ainda não conseguiu descobrir. Ele prosseguiu.

— Sim, eu sei.

— Eles olharam as câmeras de todos os orelhões da cidade no horário da ligação, mas não conseguiram identificar. Como chegou aqui? — Ele estava boquiaberto, dava para ver a surpresa e a curiosidade nos seus olhos.

— Agora vou contar...

Contei tudo que já tinha falado para Noah e Tim, cada detalhe da história, do dia em que conheci aquelas mulheres no Brasil até o momento em que me sentei naquele banco no Alasca. Depois contamos como nos conhecemos e que levou algum tempo para ficarmos juntos.

O xerife estava perplexo, ele estava de pé com as duas mãos na cabeça andando de um lado para o outro. Assim como nós, não tinha nenhuma noção do que fazer. Algumas lágrimas rolaram durante a história, e minha cabeça latejava de dor. Estava ao menos aliviada, um grande peso tinha sido tirado dos meus ombros. Noah estava sentado ao meu lado, segurando a minha mão; disse baixinho, várias vezes, "vai ficar tudo bem". Sorria com os lábios reprimidos tentando me encorajar. O xerife olhava para nós e sacudia a cabeça, continuava andando de um lado a outro, de repente se sentou, olhou para nós, mas não disse nenhuma palavra.

— Pai, pelo amor de Deus, ela já está aflita, está matando a gente com esse silêncio todo.

— Estou digerindo tudo isso. Eu realmente não tenho ideia do que fazer — respondeu com as mãos na cintura.

— Vou ser presa? — perguntei com a voz trêmula.

— Não, isso não… você não cometeu nenhum crime, bem… entrou ilegalmente no Alasca, mas não se preocupe com isso agora.

— Ok — respondi. Ainda com medo do que viria.

— Vamos fazer o seguinte — aconselhou o xerife. — Você vai para casa de Tim e espera lá, vou analisar toda a situação e te dou retorno o mais breve possível. E Noah, você fica para vermos como podemos ajudá-la.

— Você vai me ajudar? — perguntei olhando para ele como um cachorro sem dono.

— O que mais eu poderia fazer depois de tudo que passou? Não posso te entregar nas mãos dos federais sem saber em quem confiar, conheço muito policial corrupto, e não é fácil escapar deles.

— Pai, eu posso levá-la em casa primeiro? Depois volto para a gente ver isso.

— Ok, mas não demore. Acho que tive uma ideia, passo para você se der certo.

Foi um alívio sair dali sem ser presa. Respirei fundo o ar gélido, senti entrando e purificando meus pulmões, ainda assim, corri para o carro para não morrer congelada. Afinal, tinha esperança e ajuda. No caminho para o ferro velho, Noah e eu estávamos nervosos com o que aconteceria, ou pior, com o que não aconteceria.

— Gabriella, quero que saiba que vou fazer de tudo para que nada de ruim te aconteça, não vou deixar meu pai tomar atitudes precipitadas. Vamos pensar no seu bem e da sua família antes de tudo. — Eu apenas o ouvia falar enquanto entrelaçava seus dedos entre os meus, ele sabia que eu ainda estava em choque emocional. — Sei que não foi fácil para você, mas se saiu muito bem, e fez a coisa certa. É uma mulher extremamente forte, isso me faz pensar que definitivamente não errei na minha escolha. — Pela primeira vez, olhei para ele e sorri.

Ele me deixou no portão do ferro velho e foi para casa resolver as coisas com o pai, Tim me viu descendo. Quando cheguei perto, ele percebeu meu semblante caído e perguntou:

— O que aconteceu? — Eu corri e o abracei, comecei a chorar.

— Gabriella, o que foi? — Eu não conseguia responder. — Vocês terminaram? — Ele acabou desistindo e me deixou chorar em seus braços.

— Vocês brigaram? — perguntou quando eu finalmente me acalmei. Neguei com a cabeça enquanto secava minhas lágrimas. — O que aconteceu, pode me dizer?

— Contei toda a minha história para o xerife. — Tim me afastou me segurando pelos ombros.

— O que você fez?

— Não suportei o peso de mentir para o pai dele. Tive que contar a verdade.

— E agora?

— Ele disse que vai me ajudar, que vai pensar no que fazer. — Tim me abraçou novamente e me rodopiou no ar.

— Caramba, Gabi! Nossa, o tio Mark é um homem muito bom, sei que ele não te entregará para qualquer um.

— Não faço ideia do que isso implicará.

— É, nem eu — respondeu Tim em um tom bastante preocupado. — Mas, temos esperança de que tudo pode dar certo.

# NOAH

Desde que meu pai apareceu de repente no ferro velho, Gabriella mudou o comportamento. Embora tenha tentado parecer normal, voltou a se assustar com qualquer barulho e sempre olhava para trás e para os lados o tempo todo, sabia que ela estava nervosa e tentei distraí-la.

Fomos para o bar do Dom, e ela pareceu se divertir. Mais tarde, quando estávamos no barco, voltou a falar do meu pai e que mentir para ele era algo que a estava incomodando, conversamos um pouco sobre nossas infâncias, porém ela ficou mais quieta e logo pegou no sono. Abracei-a aconchegando-a contra meu corpo, demorei um pouco a mais para dormir imaginando uma solução para tudo aquilo, mas tudo que eu pensava era inviável.

Às cinco e vinte da manhã, policiais bateram à porta do convés, chamando pelo meu nome, eu reconheci a voz do Nathan, que trabalha há anos com meu pai, e, quando dei por mim, Gabriella não estava do meu lado, entrei em pânico. Abri a porta, e o policial informou que meu pai o havia mandado para saber se eu estava bem.

— Onde está, Gabriella? — perguntei aflito.

— Está bem, está com o seu pai na delegacia.

— Como? Prenderam ela?

— Olha, não sei, estava na ronda, e o xerife deu ordem de vir até aqui.

Voltei para o quarto para pegar meu casaco e vi o bilhete dela no travesseiro. Li e fiquei ainda mais preocupado, o que ela teria ido fazer, e por que estava na delegacia?

Peguei a chave do carro e fui ao seu encontro.

É difícil admitir, mas, por um milésimo de segundo, cheguei a pensar que toda a história de Gabriella poderia ser mentira, me senti enjoado de pensar isso e de repente me ouvi pedindo desculpas a Deus pelos meus pensamentos, coisa que não lembro de ter feito nenhuma vez na vida.

Ao chegar à delegacia, vi Gabriella sentada de costas para mim e de frente para meu pai, me senti entre a cruz e a espada, acho que o teria enfrentado se fosse preciso para tirá-la dali.

Chamei-a pelo nome, ela reconheceu a minha voz e disse que tinha ido contar toda a verdade porque não suportava a mentira, não suportava tudo que estava me fazendo passar com meu pai.

Lembro-me de pensar que as pessoas mentem o tempo todo, de forma natural, durante a vida toda e vivem bem com isso, mas para ela a mentira era algo destruidora, poderia destruir a relação entre meu pai e eu, ela não conseguia viver com essa culpa, era uma pessoa diferente, eu sabia disso.

Pedi, na verdade implorei, para meu pai tirá-la dali, porque não queria policial nenhum sabendo daquela história, e porque sabia que ela não estava confortável ao redor de tantos policiais.

Já em nossa casa, ela se sentou no sofá como uma criança assustada, eu segurei sua mão, queria que entendesse que não estava só, mesmo sem família, mesmo longe de casa, e com medo, não estava sozinha, eu estava ali por ela.

Ela contou tudo o que havia passado, desde que conhecera aquela mulher no Brasil até o momento em que mandou a mensagem para o meu pai do meu celular, cada detalhe. Ele ficou apavorado com a história toda, estava acompanhando tudo pelos noticiários e sabia que o caso tinha alcançado repercussão internacional.

Meu pai costumava ser um homem metódico, sempre pensando antes de agir. Como pai, era um grande amigo e conselheiro, nunca, durante meus vinte e seis anos, ele ficou sem uma palavra de consolo ou um bom conselho, pensava e agia rápido em situações de extrema dificuldade, mas, diante daquela situação, estava em choque. Nunca tinha visto meu pai tão perturbado e indeciso assim. Ele andava de um lado para o outro, ora colocava as mãos na cabeça, ora parava e nos encarava. Em certo momento, cheguei a ficar incomodado com a inquietação dele. Ele me pediu para levar Gabriella para casa, o que foi um alívio, e disse que a ajudaria.

Sempre fui um filho orgulhoso do pai que tenho. Ser filho do xerife era como ser filho de um super-herói. Lembro que na adolescência todos me chamavam de "o filhinho do xerife". Apenas quando comecei a caçar, e sou um ótimo caçador, modéstia à parte, e a pescar, que comecei a ter uma identidade própria, mas eu amava ser o filho do xerife. Por isso, meu sonho era ser policial, tão bom quanto ele. Quero um dia ter filhos que se orgulhem assim de mim.

Levei Gabriella para o ferro velho; não queria deixá-la sozinha naquele momento, mas não tinha escolha. Quando meu pai resolve fazer algo, ele se entrega cem porcento, e eu precisava estar perto para ter certeza do que faria.

Quando voltei para casa, ele estava no celular, sentado na cadeira da mesa na cozinha, segurando uma xícara de café, sua perna esquerda tremia tanto que dava de ouvir a sola do coturno batendo contra o piso de madeira. Ele falava sorrateiramente com alguém, quando me viu, fez sinal com a mão para eu esperar, fui até o fogão e peguei um café que parecia ter sido esquentado; sentei-me ao lado dele, esperando.

Sua perna trêmula estava me deixando ainda mais aflito, mas eu precisava esperar. Ele por fim agradeceu e desligou o celular, eu tentei falar, mas ele fez sinal com a mão novamente para eu esperar. Fez outra ligação, desta vez para delegacia, explicou que não trabalharia presencialmente, mas qualquer coisa era só avisar.

— Meu Deus, meu filho, isso tudo parece surreal.

— Sim, mas infelizmente não é. Pai... com quem você estava falando? — perguntei apreensivo.

— Com seu tio Duran. — Fez bastante sentido. Meu tio Duran é advogado em Fênix, Arizona, um homem muito bom e muito rico também; é dez anos mais velho que meu pai. Se tinha alguém para pedir conselhos judiciários, era ele, não sei por que não pensei nisso antes.

— O que você disse a ele?

— Nada por enquanto, não queria ter esse tipo de conversa por telefone. — Consenti com a cabeça. E ele continuou.

— Deixei claro que preciso falar urgente com ele, não como advogado, mas como irmãos, e que não poderia viajar até lá no momento porque precisaria de uma licença do trabalho e não poderia explicar o porquê. Pedi para ele vir o mais rápido possível porque o assunto era delicado demais para tratar em uma ligação.

— E o que ele falou?

— Vai pegar o primeiro voo que conseguir. Então vamos conversar e ver o que vai nos aconselhar. — Olhei sério para meu pai, eu estava de pé diante, e ele estava sentado na cadeira. Eu não pude controlar as lágrimas que começaram a cair. Não lembro a última vez que chorei na frente do meu pai, provavelmente eu ainda era uma criança, mas naquele momento não suportei a sensação de poder perdê-la de alguma forma.

— Noah... Você está bem?

— Não — falei. — Estou com medo de tudo que pode acontecer com a Gabriella, sei que a conheço há pouco tempo e que meus sentimentos ainda são novos, mas nunca senti nada assim. — As lágrimas escorriam. — Pai, eu não quero perdê-la, não quero vê-la sofrer e não quero que ela vá embora.

Meu pai se levantou e deixou eu chorar nos seus braços sem me retrucar. Poderia dizer que eu estava sendo imaturo, mas não disse; poderia dizer que era perigoso gostar de alguém como ela, mas também não disse. Apenas me deixou lamentar.

— Gosta mesmo dela, não é?

— Nunca senti nada assim, achei que gostava da Emily, mas, depois que conheci a Gabriella, mesmo antes de beijá-la pela primeira vez, já estava completamente apaixonado. Preciso da sua ajuda.

— Eu vou tentar, meu filho. Não posso prometer nada, mas vou tentar. Você é meu filho e sempre vou estar ao seu lado.

Depois disso ficamos algumas horas assistindo na internet a tudo que podíamos sobre o caso, intitulado pela mídia como "O caso das 13 garotas brasileiras". Uns apoiavam, outros massacravam as meninas por terem sido ambiciosas. Havia muitos psicólogos ganhando dinheiro com matérias sobre como evitar cair nesse tipo de golpe. A parte que realmente nos interessava eram os depoimentos das vítimas, os pareceres ministrais da promotoria e como estava ocorrendo as acusações. Discutimos as questões e deixamos tudo adiantado e documentado para passar para meu tio Duran.

Já era uma hora da tarde quando resolvemos que tínhamos conteúdo o suficiente para apresentar ao meu tio. Meu pai estava tão exausto psicologicamente que resolveu tomar um banho e dormir meia hora. Eu, por outro lado, só queria ver como Gabriella estava e ficar ao lado dela. Antes de sair de casa, meu pai me chamou.

— Filho, eu não posso te garantir nada do que pode acontecer com essa moça. Só quero que você não se iluda e fique preparado para qualquer coisa. — Com muita tristeza, apenas consenti. Ele ainda falou:

— Filho, continuem a contar para qualquer pessoa a história que se conheceram pelo Facebook, por enquanto é melhor assim. — Consenti novamente, peguei as chaves da caminhonete, o casaco e saí. No caminho para o ferro velho, passei pelo banco onde a vi sentada, parei a caminhonete do outro lado da rua. Desci e me sentei ali, pensando em tudo que poderia acontecer.

Pela segunda vez na vida, fiz uma oração. Olhei pro céu e pedi a Deus que não tirasse Gabriella de mim, assim como fez com a minha mãe. Depois de um tempo ali, fui para o ferro velho.

# GABRIELLA

Tim, como sempre foi um amigo leal, me ouviu e me consolou. Estava tão triste que só queria dormir, mas ele não deixou, me obrigou a comer e me aconselhou a arrumar o trailer porque mente vazia é oficina do diabo. Disse que eu precisava me ocupar e algo que realmente me trouxe esperança.

— Se você acredita tanto em Deus, e se foi Ele quem te ajudou a sair mesmo daquele lugar, então o mesmo Deus vai ajudar tudo isso a se resolver. — Concordei com ele, se todas as coisas cooperam para o bem daqueles que amam a Deus, e até ali Deus tinha cuidado de mim, Ele cuidaria do que estava por vir, e cuidaria da minha família.

Consegui me animar, comi um ensopado de carne de cervo, e Tim foi me ajudar a arrumar as coisas no trailer. Iniciamos pelo quarto, onde colocamos o colchão e arrumei a minha cama. No espaço que fiz como minicloset, guardei as poucas roupas que tinha e instalei um lençol que usaria para dividir o quarto do resto do trailer. Tim instalou a pia do banheiro e da cozinha, assim como o fogão, que também serviria como aquecedor. Para a cozinha fiz uma pequena mesa com duas banquetas e coloquei o tapete que Noah tinha me dado no centro. Por fim guardei os utensílios que ganhei da prima de Noah e outros que Tim me deu.

Em menos de três horas, finalizamos, era apenas meio-dia quando Tim e eu acabamos tudo. Então nos sentamos nas cadeiras de praia e ficamos admirando tudo que tínhamos feito.

— Teu trailer está bem melhor que o meu, quer trocar mano a mano? — perguntou rindo.

— Ataaa, espere sentado… Se você jogar tudo o que tem fora e começar do zero, talvez possa ficar parecido com o meu…

— Não, isso dá muito trabalho, gosto do meu caos. — Nós dois rimos. Depois que tudo ficou pronto, eu estava cansada, e a tristeza voltou a tomar conta de mim.

— Tim, vou me deitar um pouco, estou cansada, não dormi o suficiente essa noite.

— Ok, vai lá — ele disse tomando um gole de cerveja, que já estava quente pelo tempo que a estava segurando. Deitei-me pensativa, mas as palavras de Tim me confortaram, olhei para o trailer e cheguei a pensar que não teria problema morar ali por muito tempo, estava confortável e bonito. Era aconchegante também, apenas alguns dias e parecia um trailer totalmente diferente daquele que estava jogado no meio do mato. Só um pouco de cuidado, às vezes é só isso que falta para melhorar, um pouco de cuidado.

Era isso que o Alasca estava fazendo, cuidando de mim, desde o dia em que eu tinha chegado ali. Eu já tinha até onde morar, e pensar que um dia eu teria que abandonar aquele trailer, o Tim, o Alasca e, principalmente, o Noah. Aquilo tudo causava uma dor insuportável; relutante com meus pensamentos, adormeci.

Acordei com beijos no meu ombro e pescoço; quando abri os olhos, Noah estava diante de mim. Ainda adormecida passei meus braços em volta do seu pescoço, o puxei e aproveitei para ficar bem juntinho dele.

— Está com preguiça de acordar? — Noah perguntou beijando meu braço.

— Sim, estou cansada, deita-se aqui relaxa um pouco.

— Estou exausto também.

— Vem, deita aqui. — Ele tirou o tênis e deitou ao meu lado.

— Ficou lindo aqui.

— Gostou?

— Gostei sim, tudo ajeitado e limpinho, agora não precisamos ficar mais no sofá duro do barco.

— Verdade, esse colchão é bem gostoso. — Então me lembrei. — Noah, como foi com o seu pai?

— Ele ligou para o meu tio que é advogado no Arizona, mas não contou nada por telefone, ele está vendo as coisas para vir para cá, então vamos nos sentar, contar a história e ouvir a opinião dele. Separamos tudo sobre o caso das garotas brasileiras, para saber como prosseguir. Meu pai pediu para continuarmos com a história de que nos conhecemos pelo Facebook e que você é prima do Tim, e para relaxarmos por enquanto.

— Seu pai está certo — falei com um tom relaxado.

— Sério? Não está ansiosa?

— Estou, mas estava pensando… eu estava ansiosa para sair daquele galpão também, mas fui cautelosa e paciente, acreditei que Deus estava comigo e que me ajudaria, fiz tudo tranquilamente e suportei muitas coisas, por isso tudo deu certo. Agora sei que Deus vai cuidar do resto, chega de sofrer tanto, preciso confiar Nele. Tim me fez lembrar de algo que o medo estava me fazendo esquecer. Mudando de assunto, você prometeu que me levaria à igreja, lembra?

— Aaah é verdade. Mas, eu não estou com cabeça de ir para a igreja.

— Desculpe, Noah, mas quero muito ir. Não quero que se sinta obrigado, me deixa lá e, no final do culto, te ligo para me buscar. Eu não posso pedir tanto a Deus e não oferecer nada, quero adorá-lo e agradecer. Você prometeu!

— Ok, não consigo dizer não para você. Eu queria ficar aqui juntinho assim bem gostoso. — Ele me abraçou bem forte e carinhoso.

— E, se depois que voltarmos, eu fizer uma janta bem gostosa, uma comida bem brasileira?

— Gostei dessa proposta. — Ele sorriu concordando comigo.

Noah ligou para a tia e perguntou qual igreja ela costuma frequentar e os horários dos cultos, eram às cinco da tarde, totalmente diferente do Brasil. Mas era compreensível se considerar o frio do Alasca. Eu me arrumei o mais rápido possível, já na frente da igreja, Noah ficou pensando se entrava ou não, não quis forçá-lo a nada, então fingi não perceber.

A igreja era maior do que eu imaginava e muito confortável, tinha hinos que eu não conhecia, me apresentaram como visitante. A única pessoa que eu conhecia de vista era a tia do Noah, que me reconheceu assim que me viu e pareceu ficar bem feliz com minha presença. A palavra ministrada era forte e impactante e ajudou muito nas minhas decisões futuras. Um pouco antes de acabar o culto, mandei uma mensagem para o Noah.

Eu chorei muito durante o culto todo, mas dessa vez não foi de tristeza, foi de gratidão. Estava muito grata por tudo, principalmente pelo que ainda estaria por vir, pois sabia que Deus sempre estava cuidando de mim. Noah estava lá fora me esperando na caminhonete, já tinha passado no mercado e comprado as coisas que eu tinha pedido para o jantar, queria fazer um escondidinho de frango e de sobremesa brigadeiro, já que Noah nem fazia ideia do que eram.

— Como foi o culto? — ele perguntou assim que entrei no carro.

— Foi melhor do que eu esperava — respondi.

— Que bom, acho que comprei tudo que você precisava.

— Maravilha! Chega de comer comida que sai de uma lata.

Noah estava à vontade. Deitado na cama, como se estivéssemos no barco. No trailer de Tim era difícil até se mexer, mas ali tínhamos privacidade e conforto, ele não precisava ir embora e podíamos jantar uma boa comida, era na verdade um sonho para nós dois. No trailer de Tim, por causa do trabalho, acabei não cozinhando nenhuma vez, e a noite sempre acabava saindo com Noah. Não demorou para finalizar o prato, e ele já estava sentado à mesa. Servi e fiquei olhando.

— Vai ficar aí me olhando? Come também.

— Quero ver o que acha. Não… Espera, não come ainda.

— Quê? Por quê?

— Eu vou experimentar primeiro e, como tenho paladar refinado, você não vai poder mentir para mim.

— Sério mesmo? — perguntou.

Peguei o garfo e experimentei do prato dele. Estava muito bom, como eu esperava, mas não disse isso a ele.

— Pronto, pode provar.

— E como está? — perguntou.

— Me diz você.

— Você está me deixando louco, vou comer, o cheiro tá ótimo e estou morrendo de fome. — Ele comeu, e eu comecei a bater tambor em cima da mesa, criando um som de expectativa. Ele mal conseguia engolir de tanto que ria.

— Maravilhoso, está maravilhoso, meu bem, como tudo que você faz.

— Acho bom que goste mesmo porque, se Deus assinar lá em cima, talvez você tenha que passar o resto da vida comigo. — Ele rapidamente ficou sério.

— Acha que Ele faria isso?

— O quê?

— Faria nós dois ficarmos juntos a vida inteira? Olha, cheguei a me arrepiar — disse mostrando os pelos do seu braço.

— Depende muito.

— Depende do quê?

— Se você falou a verdade sobre a minha comida, Ele não vai deixar eu me casar com um mentiroso. — Ri da cara de pasmo dele.

— Você está de bom humor, pensei que estaria nervosa com a vinda do meu tio.

— É que Deus me disse hoje que Ele está cuidando de tudo e que eu preciso confiar, então eu confio.

— Como consegue?

— Noah, eu não posso te explicar essas coisas, você tem que viver. Se demonstrar que estou na dúvida, vou demonstrar que não tenho fé, e sem fé é impossível agradar ao Senhor.

— O que quer dizer com isso?

— Noah, muitas pessoas, em momentos de crise ou situações difíceis, vão até Deus e fazem um pedido, mas não porque acreditam que Ele possa fazer, e sim para ver se Ele faz mesmo. Se fizer, talvez elas acreditem, mas, na maioria dessas ocasiões, quando o pedido é realizado, elas atribuem mais à sorte do que a Deus. Então, quando você vai a Deus e põe a decisão da sua situação nas mãos Dele, e acredita que Ele fará o melhor, isso é fé e, é isso que O agrada. Mas, mesmo com fé, às vezes a resposta é não.

— E por que isso?

— Porque nossa visão é limitada e nem tudo que a gente deseja é preciso ou necessário, mas Ele sabe o que é melhor para nós lá na frente. Depois de um tempo, você entende por que algumas coisas não saíram como desejou.

— Eu não sei como entender isso.

— Que tal assim? Eu, através do que o Senhor me falou, creio que a minha família vai ficar sã e salva, e eu também. Segundo o que o Senhor me falou, logo estarei com eles. Então, de agora em diante, quer dizer que minha fé está à prova; se eu estiver certa, isso aumentará a minha fé; se estiver errada, isso não diminuirá a minha fé. Falo isso porque Deus me falou, e sei que ficará tudo bem.

— Quando Deus falou com você?

— Hoje durante a pregação do pastor na igreja.

— Então, segundo você, logo estará em casa com a sua família? — ele afirmou.

— Sim.

— Quer dizer que não estaremos mais juntos, que vai voltar para o Brasil. — Fiquei olhando para ele sem saber o que dizer, já tínhamos acabado a janta, ele se levantou, foi até a cama e se jogou de costas para trás indignado.

— Noah, você está bem? — Me sentei ao seu lado, seu semblante estava caído.

— É... acho que não oro com muita fé.

— Por que está dizendo isso?

— Se você estiver certa, Deus não vai responder à minha oração, pedi para ele não tirar você de mim, como tirou a minha mãe.

— Noah... poxa! O problema das pessoas é que oram como se Deus fosse o gênio da lâmpada, fazem seus pedidos absurdos e acham que Ele é injusto ou não existe se não cumprir as suas vontades.

— Do que está falando, Gabriella? — Ele estava ficando nitidamente bravo.

— Você pediu para ele não me tirar de você como fez com a sua mãe, certo? — Ele me olhava com uma cara de cachorro abandonado. — Primeiro erro, sua mãe morreu de câncer. Então é dessa forma que você pediu para Ele não me levar? Quando falamos com Deus, temos que saber exatamente o que pedimos, Deus não é um amigo do bar, Ele é o dono de toda a justiça, conversar com Ele é algo sério, não é só olhar para cima e dizer o que vier à cabeça. Segundo erro, você foi egoísta, e esse é um sentimento que não agrada a Deus. Você pensou na minha mãe, no meu pai e nas minhas irmãs? Já pensou em quantas vezes eles pediram a Deus para eu voltar? Quantas lágrimas derramaram de joelhos no chão noite após noite? Terceiro erro, você pensou em mim, em tudo que passei e enfrentei pedindo a Deus todas as noites e dias para me ajudar a voltar para minha família, quanto chorei de vontade de abraçá-los, de ver minhas irmãs lindas cantando no coro da igreja? Eu passei três meses planejando uma fuga, correndo risco de vida. Já parou para pensar que aquelas garotas estavam dopadas quando eram obrigadas a deitar com aqueles homens, mas eu não, eu estava ciente cada vez que era obrigada a fazer aquilo, consegue imaginar como me sentia? E depois da fuga, tive que confiar a minha vida a pessoas que eu mal entendia o que falavam. Suportei tudo isso por eles, para voltar para eles. — Ele estava perplexo olhando para mim. — Nossas orações não podem ser assim, Deus não sacrifica uma pessoa para beneficiar outra. Quando Deus permite que algo aconteça contra alguém é o que aquela própria pessoa plantou em sua vida, seja ela boa ou má. Não pode orar pensando só em você, deveria fazer uma oração justa, de coração. Falar o que você quer para Deus não é orar.

— Eu não sabia disso. — Ele parecia bem confuso.

— As pessoas não fazem certo porque não querem ler a Bíblia; se lessem, Deus as ensinaria, e elas saberiam o que fazer.

— E como eu devo orar, se por acaso quiser você comigo?

— Da mesma forma que eu tenho orado.

— Como?

— Eu digo de várias formas, na verdade, mas resumindo é mais ou menos assim... Senhor, mais uma vez, venho até você, faz tua vontade em mim, permita-me abraçar meu pai novamente e sentar-me para fazer os pés da minha mãe, para fazer aquela massagem que ela tanto gosta para aliviar as dores dela. Permita-me, se for a tua vontade, ver as minhas irmãs se formarem no jardim e que eu possa ajudar a minha irmã do meio com as matérias do ensino médio. Permita-me ver o céu azul do meu país. Pai, se for da tua vontade, não deixe o Noah só, cuide dele. Se um dia me permitires voltar, nos dê a oportunidade de nos tornarmos um só. Senhor, Amém. — Ele estava em prantos perante mim, eu acariciei o seu rosto e limpei suas lágrimas.

— Agora consigo perceber o egoísmo — falou fungando o nariz.

— Que bom! — exclamei sorrindo.

Noah, deitou-se no meu colo e se aconchegou, perguntando e aprendendo muitas coisas. Ele estava começando a ter sede das coisas do céu. Mais tarde provou, pela primeira vez na vida, um brigadeiro e tirou uma selfie para colocar no Instagram. Ficou apaixonado, disse que era a coisa mais gostosa que já havia comido.

Na segunda de manhã, ele saiu bem cedo para o treinamento, passaria o dia todo fora. Eu fiquei ali pelo quintal arrumando as coisas e limpando a frente do meu trailer, mais tarde peguei outro para-brisas de carro e fui pintar, dessa vez uma foto que pedi para Noah mandar para o celular de Tim. Era uma parte do porto que aparecia o bar do Dom e parte da baía. A imagem tinha sido tirada de longe e tinha uma vista espetacular das montanhas atrás do bar do Dom. Estava iniciando o trabalho quando o Xerife apareceu. Tim abriu o portão, e ele entrou com a viatura; naquela situação normalmente eu ficaria em choque, mas confiava no que o Senhor me dissera e estava tranquila. O xerife veio em minha direção.

— Boa tarde, Gabriella!

— Boa tarde, xerife!

— Tenho notícias... — olhou para o quadro que estava na cadeira à minha direita. — Aquele é nosso barco, é o Candece, do lado do barco Rharen, do Tompsom?

— Sim, pintei ontem.

— Nossa, isso está muito incrível! É para o Noah também?

— Ah, não, não. Este está à venda.

— Quanto você quer nele?

— Senhor Mark, o senhor não está querendo comprar, né?

— Quero sim, por isso te perguntei o preço, vai ficar lindo na parede do meu gabinete.

— Por favor, o senhor está me ajudando, não posso te vender — falei aflita. — Estou aqui sem dinheiro, e preciso muito, mas não posso vender para vocês.

— Deixa de bobagem, garota, é seu trabalho, sua arte, tem que vender sim — falou o xerife. — Mesmo sendo minha nora, eu te venderia, se soubesse fazer isso, é claro. — Não falei nada, mas fiquei feliz por ele te me chamado de nora, é como se tivesse dito que me aprovava.

— Ok, dê seu preço — disse.

— Uau! — Ele suspirou. — Te dou duzentos dólares.

— Trezentos? — retruquei

— Tem certeza de que não é americana? Duzentos e vinte?

— Duzentos e oitenta e fechamos agora!

— Duzentos e sessenta no dinheiro agora mesmo!

— Fechado. — Apertamos as mãos.

— O quadro é seu.

— Tim pode colocar na viatura com cuidado para mim? — Tim não deu resposta alguma, só fez no automático, e com gosto, era certo o poder que o xerife tinha sobre os rapazes.

— Então, vim dizer que meu irmão chega amanhã perto do meio-dia, suponho que Noah já tenha te passado os detalhes.

— Sim, ele explicou tudo.

— Certo, então esteja lá nesse horário, vamos nos reunir na nossa casa, é melhor assim.

— Estarei lá.

— Você está bem, precisa de alguma coisa?

— Precisava vender meu quadro, mas isso já foi resolvido. — Ele riu.

— Com todo respeito, senhor, antes... me chamou de nora?

— É, é o que é... — disse. — Se precisar de qualquer coisa, é só me ligar.

— Obrigada! Por tudo! — falei.

— Tenha um bom dia!

— Bom trabalho! — respondi. Me senti muito bem, ele era gentil como o filho havia dito, senti seu olhar paterno preocupado. Acho que gostou de mim. Incrivelmente era o mesmo olhar do meu pai, que saudades...

— Fez um bom negócio com o xerife! — Tim gritou do meio das sucatas.

— Fiz, né? — gritei de volta. — Tim! — gritei, mas ele não ouviu, fazia muito barulho entre aquelas tralhas todas, então fui até ele.

— Tim, você vai para a cidade hoje?

— Vou, mas tenho que esperar uns amigos chegarem, virão pegar umas coisas.

— Me dá uma carona?

— Claro!

— Beleza, avisa antes de sair, para eu me arrumar — Ele consentiu.

Os rapazes que vinham buscar sucata eram da cidade vizinha, a mesma de Emily pelo que entendi. Chegaram em uma caminhonete e estavam em três; falavam e faziam negócio com Tim, mas não tiravam os olhos de mim. Eu estava sentada pintando meu quadro, mas um deles me encarava além do normal, devagar foi se afastando do grupo e se aproximando de mim.

— Oi — falou.

— Oi — respondi sem olhar para ele.

— O que você está fazendo aí?

— Só um quadro, mas não sei se vai ficar bom.

— Você não é daqui, né?

— Não, não sou.

— Eu sou da cidade vizinha de College, me chamo Brandon. — Ele estendeu sua mão, mas não estendi a minha.

— Desculpa, eu estou toda suja de tinta.

— Qual o nome dessa linda mulher? — Nesse momento Tim tocou seu ombro.

— Deixe a minha prima em paz, vamos!

— Sua prima? Poderia ter nos apresentado; se é só sua prima, não tem problema de fazer amizade, né?

— Não, definitivamente não.

— Qual o problema? Ela não merece ficar solteira, ainda mais nesse lugar frio — falou com um sorriso boçal.

— Ela não está sozinha, é a namorada de Noah Calford.

Eles ficaram se encarando, e o rapaz foi se juntar ao resto do grupo. Tim me olhou sério e ergueu as sobrancelhas, com um olhar que dizia "não se preocupe eu estou aqui", depois se retirou também. Logo foram embora, eu fui tomar um banho para ir para cidade com Tim. O quadro estava pronto e tinha ficado muito bom, só precisava secar bem.

— Por que aquele rapaz, o tal do Brandon, se afastou quando você disse que Noah era meu namorado?

— Além de Noah ser o filho do xerife e um dos melhores caçadores da região, ele é muito bom de briga. Apesar de brigar poucas vezes, nunca apanhou.

— O Noah costuma brigar por aí?

— Não, ele evita na verdade, mas os pescadores por aqui são complicados, bebem demais e acabam brigando. É Noah quem, na maioria das vezes, resolve a situação. Já tentaram dar umas surras nele, mas ele é bom, muito bom na pancada. O tio Mark o ensinou a atirar e a lutar desde bem pequeno.

— Por isso que vocês disseram no bar na outra noite que ele era meu namorado?

— Sim, sabíamos que ninguém ousaria te tocar. No primeiro dia em que vi você, quando fui com o Noah para casa dele, ouvindo ele falar, pensei "nossa ele vai se apaixonar loucamente por ela", e estava certo. Os homens daqui costumam não ser muito cavalheiros, não todos é claro. Alguns, principalmente quando bebem um pouco demais, acabam sendo bem rudes, as garotas solteiras passam por alguns apertos — concluiu.

Tim me deixou no centro da cidade para eu comprar umas coisas, principalmente roupas. Eu não estava acostumada a andar por ali, estava habituada a andar pelo porto de Fairbanks, pela primeira vez em quase quatro semanas, podia viver, ao menos um dia, como turista e fazer compras com meu próprio dinheiro. Andei e olhei bastante coisas antes de decidir o que comprar.

Encontrei um brechó de roupas e umas coisas com a minha cara, depois fui a outra loja e pude finalmente comprar umas lingeries novas. Ali fui informada que, um pouco afastado do centro, estava tendo uma venda de garagem, eu nunca tinha visto uma, então fiquei curiosa. Andei mais de vinte minutos, cheguei até imaginar que estava perdida, mas encontrei, tinha uns móveis usados e objetos variados. Fiquei um bom tempo observando, mas não achei nada interessante para colocar no trailer, tinham algumas coisas legais, mas o trailer era pequeno demais. Acabei voltando o caminho e fui para o mercado, consegui comprar coisas que faltavam em casa. De repente, meu celular tocou, era o Noah.

— Oi, gatinho! — Fiz uma voz manhosa. Esperei a risada dele no telefone, mas não veio.

— Oi, estou aqui no ferro velho e você não está, aconteceu alguma coisa?

— Não… esqueci de mandar mensagem. Tim me deu uma carona para o centro da cidade, vim comprar umas coisas.

— Onde você está exatamente?

— Estou saindo do mercado grande.

— Fica aí, não sai daí, chego em vinte minutos. Concordei, e ele desligou. Logo já estava estacionado. Acho que nem levou vinte minutos para chegar. Parou o carro na minha frente e não estava com uma cara boa. Saiu rapidamente, pegou as sacolas das minhas mãos, me deu um beijo no rosto e disse apenas entre. Entrei no carro, ele colocou as compras no banco de trás e se sentou, ainda de cara fechada.

— O que houve, Noah? Você está bem? Está bravo por não ir fazer compras comigo? Fala sério!

— Não, claro que não. É que fiquei assustado quando não vi ninguém no trailer, sei lá, com tudo que está acontecendo, fiquei preocupado, acho que não custava ter me avisado. Eu poderia fazer compras com você. — A preocupação dele era genuína.

— Perdão, eu deveria ter avisado. — Ele ligou o carro e saímos.

— Claro que te desculpo, mas manda mensagem para mim, por favor. Não quero te controlar, só saber se está bem. — Recostei-me no braço dele, pedi desculpas mais uma vez e disse que não aconteceria novamente. Ele me deu um beijo na testa.

— Está tudo bem agora que vi você inteirinha na minha frente. Aliás, como você conseguiu dinheiro para comprar essas coisas?

— Então… Você não vai acreditar.

— No quê?

— Seu pai, o xerife gatão, comprou o quadro de mim, e nós negociamos. Ele ofereceu duzentos, eu pedi trezentos e, por fim, ele ficou por duzentos e setenta. Foi bem divertido na verdade.

— Você negociando com meu pai, está aí uma coisa que nunca imaginaria. Pera aí, Gabriella!

— O que foi?

— Xerife gatão!?

— Sim, seu pai é muito bonito, você não sabia disso? E é idêntico a você, mas é coroa. Você vai ficar lindo como ele. Acho vocês dois uns gatos.

— Então minha namorada acha meu pai um gato, estranho. — Ele só me olhou com o canto do olho. Ri da cara dele mais um pouco.

— Eu queria comer alguma coisa antes de ir para casa, pode ser? — perguntei.

— Também estou com muita fome. Vamos aonde?

— Podíamos ir à sua tia comer algum assado de peixe…

— Ótima ideia!

Sentados na lanchonete da Dolly, com aquele cheiro gostoso de peixe assado, meu estômago chegava a barulhar. Noah estava sentado do meu lado, e eu encostada no seu peito, olhávamos o porto e o banco onde a gente se conheceu.

— Eu sei que pode soar egoísta, mas gostaria muito de um dia me sentar com você ali naquele banco, quando estivermos bem velhinhos de cabelos brancos, segurando a sua mão — disse ele.

— Isso não é egoísta, é fofo. Está me pedindo em casamento?

— Só se for da vontade de Deus.

— Você está aprendendo. — Ele sorriu, e dei um beijo em seu rosto.

Logo o peixe assado chegou, e pudemos apreciar aquela deliciosa refeição juntos como um casal. Eu estava me apaixonando mais a cada instante. Fomos para o trailer, Noah não voltou para casa novamente, me deixou de manhã cedo e foi para o treinamento. Um pouco antes do meio-dia, foi me buscar para o encontro com seu tio e seu pai. Chegamos cedo, o xerife estava fazendo o almoço. Noah me deixou ali e foi para o aeroporto de Fairbanks.

Mark resolveu que só falaríamos de negócio depois do almoço, disse que a mesa deveria ser respeitada. Eles se atrasaram um pouco, enfim chegaram. Fomos apresentados, eu estava um pouco confiante, um pouco ansiosa e com frio no estômago. Durante o almoço, os irmãos colocaram a conversa em dia, falando dos parentes que já estavam mortos e relembrando a juventude. Noah e eu só íamos na onda. Assim que acabaram o almoço e colocaram o papo em dia, os dois se sentaram na sala e desfrutaram de um café. Enquanto eu e Noah limpávamos a cozinha. Quando chegamos à sala, o xerife falou:

— Tudo certo na cozinha?

— Sim — respondi.

— Ok, sentem-se e vamos conversar.

— O que está acontecendo? — perguntou Duran. — Me deem um bom motivo para eu ter que vir até aqui com tanta urgência e mistério.

— Esta é Gabriella Marques, ela vai te contar a história dela e você precisa nos dizer o que fazer, porque ela está correndo risco de vida. Duran, tudo o que ouvir nessa sala é extraoficial, nada pode sair daqui de maneira nenhuma, confio em você e em mais ninguém — disse o xerife.

Todos me olhavam, o xerife estendeu a mão em sinal para eu começar.

Contei novamente toda a história, cada detalhe. Dessa vez ele fazia perguntas em cima de perguntas, mas não fiquei nervosa. Respondi tudo prontamente. Noah e o xerife mostraram tudo que tinham sobre o caso, o próprio Duran tinha mais informações, ainda como advogado.

— Meu Deus! — Foi o que Duran disse após ouvir e ver tudo. Os três estavam ali falando de leis e regras americanas que eu nem fazia ideia, mas, pelo que estava entendendo, o único crime que cometi foi entrar sem licença no Alasca, fora isso nada mais me condenava. Como eu tinha visto de turista, o xerife conseguia a licença para mim sem problemas. Conversamos por mais algumas horas, e Duran falou com um amigo promotor, sem contar nada sobre mim, tirou informações valiosas sobre o caso. Finalmente ele nos passou as conclusões e como deveríamos proceder.

Segundo ele, meu nome, ou a possibilidade de haver uma décima quarta garota, nunca foi cogitado por nenhum promotor ou vítima e, com certeza, por nenhum dos indiciados. Ainda teria uma investigação forense no galpão. Recolhimento de digitais, já tinha sido feito no lugar, e nada foi dito sobre digitais além das pessoas apreendidas. Duran ficou curioso sobre o fato de minhas digitais não aparecerem, em lugar nenhum. Deveria aparecer ao menos uma digital desconhecida.

— Assim como tirei meus documentos e telefone para a polícia não me procurar, também fui apagando meus rastros durante os últimos dias. Minha fantasia de mulher gato tinha as mãos cobertas, o que ajudava a não ficar digitais na janela do banheiro, minha fantasia amarela cheia de pena não tinha luva, então usei luvas de outra fantasia, inclusive péssima combinação porque eram vermelhas, porém eles achavam que eu estava drogada, então as usei para não deixar digitais nos copos garrafas e na gaveta dos documentos. Trouxe comigo as duas escovas de dentes dentro da minha bolsa, até mesmo a tiara de cabelo — expliquei. — Antes de sair a última noite do quarto, peguei o álcool para desinfetar meu colchão. Como já falei, eles cuidavam para a gente não ter doenças contagiosas, como gripes, então tinha álcool em todo lugar. Fiquei paranoica até com o lixo do banheiro, precisava me tornar invisível para os policiais. No último dia, também evitei estar em contato com clientes da casa, aqueles que eram mais chegados dos proprietários, assim não lembrariam de mim.

Passei meses pensando em tudo, os moletons que usávamos durante o dia, as únicas roupas que usávamos fora as fantasias, coloquei na cama das outras meninas e procurei quaisquer vestígios de fio de cabelos. Na última noite, antes de ir para o salão, joguei meu colchão na parte mais empoeirada do quarto, porque era bem grande, uma parte dele nem usávamos. Derrubei na poeira e deixei num canto, coloquei meu travesseiro e cobertor na cama das outras meninas. Elas estavam tão chapadas que nem notaram. Não fiz isso para não encontrarem as minhas digitais, mas para não encontrarem quatorze camas em vez de treze. Assim me daria tempo ao menos de ir para bem longe.

— Você pensou em tudo — disse Duran. — Esperemos que dê certo.

— Minha vida estava em jogo. As únicas que podem falar de mim são as meninas, isso eu não posso controlar.

— E os criminosos — disse o xerife.

— Sim — concordei.

— Mas eles não vão querer pagar por crimes a mais uma vítima, então nunca vão falar dela — disse Duran. — As meninas estavam em estado deplorável de drogas, muitas ainda estão internadas e não lembram de muitas coisas, duas não reconheceram as mães quando entraram para vê-las. Os êxtases causaram danos que, segundo especialistas, serão permanentes. Elas mal lembram umas das outras.

— Nossos nomes eram americanos, o meu, por exemplo, era Lindissey, nem sabemos os nomes verdadeiros uma das outras. Às vezes falavam seus nomes brasileiros, mas eram repreendidas, principalmente por Patrícia. Pareciam zumbis, a maioria mal comia de tanto que bebiam; volta e meia o médico ia até lá colocar soro nas veias, para não acabarem doentes ou morrendo.

— Então, se a pesquisa forense não detectar a presença de outra pessoa no galpão que os leve a crer que alguém fugiu, não vão procurar por imagens em aeroportos e essas coisas — disse o xerife para Duran.

— Também não foi detectado de onde veio a ligação da denúncia, porque a denúncia durou menos de trinta segundos. Eles acreditam que uma das garotas pode ter usado o celular de um cliente, mas nenhuma confessa, então não resolveram essa parte. Resumindo, se não descobrirem que alguém fugiu e quem foi, nenhum tipo de polícia te procurará — falou Duran. — Até agora há dezesseis pessoas acusadas, presas em flagrante ou reconhecidas pelas vítimas, estão sobre custódia sem direito a fiança e sem direito a responder em liberdade. Os direitos humanos do Brasil e dos Estados Unidos estão caindo matando em cima da defesa das garotas. Outros países estão dando declarações sobre o assunto. Não será levado em questão para os julgamentos, mas mexe bastante com a imagem do país, e isso pode ter efeito no julgamento. O sargento Jefferson Matisiolli está tendo todos os seus bens e contas bancárias confiscadas, além dos bens no nome de Brenda Bull Matissiolli, e suas contas bancárias. O mesmo está acontecendo com mais cinco dos envolvidos. Isso significa que a organização está dizimada, o sargento e outros deles provavelmente pegarão prisão perpétua, mesmo que tenham contatos na polícia, política ou no FBI. Eles não têm mais dinheiro e, para mover pessoas aqui, ou no Brasil para te caçar, têm que pagar, e muito bem, mas eles não têm como fazer isso. A promotora do caso é Shirley Alby, praticamente imbatível, que consegue prisão perpétua rindo. Não vão ter como escaparem dessa.

— Tio, o que tudo isso significa para Gabriella? — perguntou Noah.

— É, Duran... se não encontrarem nada dela na cena do crime, não tem como ligarem ela a nada disso? — quis saber o xerife.

— Exatamente. Se nada constar e não sair nada na mídia, ela é uma garota livre. Só tem que sair do país, antes da data prevista.

— Por quê? — perguntei

— Para não correr risco de alguém encontrar você. Se estiverem te procurando, vai ser no aeroporto, no dia previsto da sua volta, tanto aqui quanto no Brasil. O mais provável é que os únicos que conseguiram escapar até agora estejam sumidos e bem escondidos, mas voltar antes da data é mais seguro. Volte para o Brasil em mais ou menos um mês, depois que a polícia forense entregar os relatórios. — Noah me olhou paralisado. — Uma das suas melhores jogadas Gabriella, além do ótimo trabalho de fuga, foi ter falado com sua família, pedindo para se mudarem de estado. Eles não estão procurando por você, isso é ótimo. Depois que chegar ao Brasil, não use redes sociais por alguns anos ou sei lá use um perfil fake, seja discreta. Não conte a ninguém nada do que aconteceu aqui e diga o mesmo à sua família. Creio que vai ficar bem.

— E se alguma coisa acontecer, tipo encontrarem algo sobre ela no galpão? — Noah quis saber.

— Era sobre isso que eu ia falar agora. Se algo der errado, se encontrarem algo seu no galpão ou se no Brasil você perceber que está de alguma forma correndo risco ou a sua família, temos uma ótima carta na manga. Vamos te transformar em heroína, a mídia ama isso, a garota que salvou as treze garotas brasileiras. Se for aqui, eu tomo a frente auxiliando o advogado que vai te representar, provavelmente um defensor público, e te transformamos na heroína brasileira. Se for no Brasil, faça o mesmo, vá à mídia e conte tudo, assim vão ter que tomar distância de você e de sua família. Das duas formas, você vai ficar bem. Mark consegue a licença, depois você embarca, paga a diferença para ir mais cedo, mas pede para a companhia de voo mudar a linha com saída de outro aeroporto de preferência. Faça o mesmo no Brasil, vá direto para o estado em que está sua família. Se alguém deles trabalha em um desses aeroportos, não vão saber que embarcou aqui ou que desceu lá.

— Entendi — falei.

— Você tem certeza de tudo isso, Duran?

— Absoluta. Vocês não têm outra saída.

— Green card — Noah falou de repente.

— Não aconselho — disse o tio. — Ela teria que fazer um registro de casamento e teria que fazer documentos. Com o número do seguro social, se procurarem por ela, o FBI ou a polícia, essa é a maneira mais fácil de encontrar. Creio que, devido ao fim dos bens deles, e por quase todos os envolvidos estarem presos, pode haver uma possibilidade remota de alguém esteja querendo vingança.

Então ficou resolvido, assim que saísse o resultado da perícia, se eu estivesse fora do alvo da polícia, sairia do país enquanto meu visto ainda era válido. Voltaria antes da data prevista. Não era cem por cento garantido, mas era o mais razoável a se fazer, e eu sabia, no fundo, que o advogado Duran estava certo. Deus estava cuidando de tudo, ter parado nas mãos da família Calford não tinha sido coincidência. Já eram quase cinco da tarde quando tudo ficou esclarecido. Duran e o xerife saíram para tomar uma cerveja, Noah e eu íamos também, mas Duran decidiu que era melhor não, era melhor que ninguém nos visse juntos caso ele precisasse apoiar no meu caso algum dia. Por ser parente de Noah, não teria problema, mas interagir antes poderia levantar algumas suspeitas. Então Noah e eu fomos comer uma pizza na cidade.

# MARK E DURAN

— Não dá para acreditar que isso está acontecendo — disse Duran.

— Nem me fale… Quando ela começou a contar a história, eu não conseguia crer no que estava ouvindo.

— Mark, ela veio parar no Alasca! Como isso?

— Pois é, tanto lugar e ela veio parar aqui. Noah chegou a chorar, completamente apaixonado, para eu não mandá-la embora.

— Convenhamos que ela, além de linda, é um amor e muito inteligente, bem fácil de se apaixonar. Sem comentar que é uma mulher com uma determinação incrível.

— Verdade, ela me lembra a Candece.

— Lembra mesmo.

— Olha, se foi Deus mesmo quem a ajudou, como ela acredita, vai ficar bem. O que essa garota fez foi inacreditável. Ela poderia ter saído correndo e nunca mais ter olhado para trás; viver uma vida de fuga, ainda mais aqui no Alasca. Nunca a achariam, mas ela dizimou toda a quadrilha e ainda salvou aquelas garotas. Ela não queria só escapar, queria libertá-las e fazê-los pagar por tudo.

— As pessoas não são mais assim — falou Mark.

— Ah, não são mesmo. Sabe o que me intriga? É que existe apenas um motivo para ela não se entregar e ficar bem, sim porque ela não sofreria dano algum.

— E qual é o motivo? — Mark perguntou.

— Você não entendeu?

— Não, o quê?

— Ela sabe que, se for pega, não tem problema, sabe que sua família estaria protegida. Ela não quer se entregar por causa do barqueiro.

— Aaaah... não quer transformá-lo em alvo.

— Por isso conta toda a história, mas não faz menção ao nome do barco, e Albert nem deve ser o nome dele, ela o está protegendo.

— Nossa, Duran, eu nunca pensei nisso.

— Enquanto contava a história, eu perguntei como era esse cliente, e ela não hesitou, respondeu que isso era indiferente.

— Nossa, agora estou sem palavras, um completo estranho a trouxe em segurança para cá. Dá para entender por que ela o protege.

— Sim, exatamente — Duran concordou.

# GABRIELLA

Na pizzaria, Noah estava mais quieto, não falava muito e respondia apenas o básico com a cabeça.

— Noah, você está bem?

— Estou sim.

— Está triste porque eu vou logo? — Ele olhou bem firme em meus olhos.

— Sim.

— Eu também — falei.

— Está mesmo?

— Claro, não consigo imaginar como será ficar longe de você. — Ele parou e ficou me encarando.

— Eu também não — disse finalmente.

— Por isso você sugeriu o green card?

— Acho que sim.

— Vamos combinar assim, eu vou e, se ficar tudo bem comigo por um tempo, volto e nos casamos, então serei sua e terei um green card. Que tal?

— Por quanto tempo?

— Olha, não tenho como ter certeza — falei suspirando.

— Então o que vamos fazer? Eu posso ir para o Brasil com você. — Ele falou com a voz embargada, como se já soubesse a resposta.

— Noah... Sejamos realistas, seu pai está aqui sozinho, nos conhecemos a apenas um mês, ainda estamos vendo o que sentimos um pelo outro. Amo estar com você, mas é assim em quase todo início de relacionamento. Você está iniciando sua carreira na polícia, e eu não posso nem quero que você deixe tudo para trás por minha causa. Temos que ser mais centrados, lembra que estou aqui por causa de uma escolha errada, não quero fazer nada no impulso. — Ele apenas me deixava falar. Eu sabia que não estava concordando, mas também não podia afirmar que eu estava errada.

— Então, minha linda, o que sugere que façamos?

— Vamos dar um jeito, ok? — Ele apenas consentiu com a cabeça com um olhar de tristeza.

— Meu tio disse que você não cometeu nenhum crime. Então por que não se entrega? Por um tempo vai ficar difícil, mas depois vai estar livre de verdade.

— Noah... eu não posso fazer. Não posso pensar só em mim.

— Como assim? Do que você está falando?

— Quando quis fugir, pensei em sair de algumas formas, até mesmo ir para outro país. Queria poder salvar todas, não só a mim mesma, por isso a fuga tinha que ser bem planejada. Se me entregar, a polícia vai investigar tudo que eu disser e vão atrás do barqueiro.

— É por isso que não quer se entregar?

— Ele colocou a vida dele em risco por mim, um total desconhecido, Dei minha palavra que não o entregaria, mas minha fuga não pode ser explicada sem ele.

— Mas ele te salvou, nada de ruim vai acontecer a ele.

— Eu sei que você quer ser um policial, e, para ser um bom policial, precisa aprender a pensar primeiro nos outros. Noah, ele tem família, eu não quero que a esposa e os filhos saibam que estava dentro de uma boate. Não quero que saibam porque eu o entreguei. Você não sabe o que é alguém dar a vida por você, mesmo sem te conhecer. É um sentimento único com certeza.

— Eu sei sim, Gabriella.

— Como, Noah?

— Você disse que eu não sei o que é alguém dar a vida por você, mas eu sei. Foi assim que me tornei amigo de Tim.

— Fiquei curiosa — falei observando seu olhar se entristecendo e parecendo retroceder no tempo.

— Quando eu tinha dezoito anos, estava em um bar perto do porto, foi fechado, agora é um supermercado. Tinha acabado de chegar de uma pescaria de cinco dias no mar, era um sábado e estava quente. Os mais velhos foram tomar umas cervejas, Tim e eu e outro parceiro, o Bruce. Eu só conhecia bem o Bruce naquela época, fui conhecer Tim naquela temporada, mas ficamos bem próximos, fomos tomar um refrigerante, comer algo e jogar cartas. Tinha um pescador, ele tinha 34 anos, e todos o chamavam de Duck era um cara bem estranho, estava sempre bêbado e arrumava encrenca com todo mundo, meu pai o prendia volta e meia, mas ele nunca foi condenado — contou. — Ele certamente não gostava do meu pai e o ameaçava constantemente. Como sempre estava bêbado, meu pai achava que era coisas que bêbados falam e depois esquecem. Ele veio do mar e estava sóbrio por cinco dias, então, quando desceu, quis matar a sede toda de uma vez só, logo começou a arrumar encrenca com todo mundo. Eu estava prestes a ir embora quando ele começou a mexer comigo, me empurrar pelo ombro e me chamar de xerifinho bostinha, tentei não me incomodar e me esquivar crendo que ele se cansaria e partiria para encher o saco de outro, mas não foi isso que ele fez. Tim estava sentado na mesa do lado jogando também, nós dois estávamos criando uma parceria legal, ele morava com a irmã mais velha na época, depois ela se mudou para Utah. O Duck começou a fazer piadas piores, todos sabiam que eu queria ser policial, então ele usava isso para me irritar, batia nos meus braços e dizia "me prende bostinha, quer me prender, não é?". Chegou um ponto em que eu revidei, o empurrei para longe e pedi para me deixar em paz, simplesmente me levantei e saí andando, eu ia para casa. — Ele suspirou e continuou a história:

— Duck pegou uma garrafa vazia, quebrou contra a mesa e veio para cima de mim. Ele cortou meu braço, e eu caí no chão, não tinha percebido quão fundo o ferimento tinha sido, ele partiu para cima de mim e tentou acertar meu rosto várias vezes, investiu chutes contra mim, acabei quebrando uma costela. Eu estava arfando de dor, e ele veio para dar com a garrafa na minha cara, foi quando o Tim apareceu e o empurrou. Duck tentou ameaçá-lo, mas Tim deu um soco bem em cima do nariz, que o fez apagar; caiu como um saco de cimento no chão, bateu a cabeça contra o concreto da calçada e teve traumatismo craniano.

— Meu Deus... — exclamei.

— Assim que o empurrei, antes da briga começar, outros pescadores já tinham ligado para meu pai, que chegou assim que ele caiu. Tentamos socorrê-lo, mas ele morreu logo em seguida. Tim foi preso em flagrante, alegamos legítima defesa, tínhamos muitas testemunhas, mas ele ficou quase nove meses preso até a sentença, só então pôde responder em liberdade. O trauma de ter matado um homem o consome até hoje, meu pai fez tudo para não deixá-lo preso. Foi o tio Duran quem o defendeu e não cobrou um tostão, fez questão já que sou seu único sobrinho. Por isso, eu sei bem quando uma pessoa arrisca sua vida em prol da nossa e entendo você, está certíssima em protegê-lo. Por isso, falei quando te conheci que confiava minha vida a ele.

— Não era só uma forma de expressão...

— Sim... ele odeia ter feito aquilo, mas sempre me diz "para salvar você eu faria de novo".

— A cicatriz no seu ombro é desse dia?

— É sim.

— Tim é uma pessoa maravilhosa mesmo, lembro que, no dia em que eu o vi pela primeira vez abrindo portão, aquele homem grande, barbudo, fiquei apavorada, mas não demorou muito para me apaixonar por ele.

— Você é apaixonada por ele?

— Uhum.

— É mesmo?

— Uhum.

— Sua chata. — Noah estava ficando chateado, o que resolvi com alguns beijos e bastante carinho.

Saímos dali e fomos para o trailer ver um filme e descansar. Sempre gostei muito de filmes, mas era difícil achar um namorado que também gostasse. Meu primeiro namorado era completamente viciado em jogos de futebol, jornal esportivo e programação de bate--papo sobre futebol. Quando resolvia assistir a um filme comigo, acabava dormindo. Marcos, meu outro ex, até assistia, mas tinha um gosto horrível, ou eram de luta ou científico tipo "Alien", eu odiava. Noah se amarrava em filmes e tinha um gosto bem eclético como eu. Era um momento em que apreciava ficar nos braços dele assistindo a um bom filme, mas tudo aquilo logo terminaria, e eu precisava dizer para ele que o namoro não continuaria a distância.

# NOAH

Quando meu tio nos falou as conclusões do caso de Gabriella, eu sofri uma montanha russa de emoções. Fiquei feliz porque provavelmente não teria criminosos ou policiais procurando por ela, mas saber que ela teria que ir para o Brasil antes da data prevista me arrasou. Eu precisava fingir que estava tudo bem para não parecer um egoísta aos olhos dela, como já tinha me acusado antes, sei que ela estava certa, seus pais estavam preocupados e com saudades, e ela também queria estar com eles. Eu não poderia desejar o contrário. Também não poderia ir com ela para o Brasil, nisso ela estava certa novamente.

A sensação de que nunca mais a veria me consumia, e eu odiava esses sentimentos. Queria dizer que eu a amava, mas ela estava prestes a me deixar, e se não sentisse o mesmo? Achei melhor não dizer nada.

A única coisa que eu poderia fazer é tratá-la com muito carinho para um dia ela sentir saudades de mim. Desfrutar de uma boa pizza, depois assistir a um filme inteligente, vê-la pintar. Essas coisas eram muito diferentes do meu namoro com a Emily, normalmente estávamos sempre rodeados de amigos, raramente ficávamos a sós e, quando ficávamos, normalmente discutíamos. Com Gabriella tudo era diferente, quase sempre estávamos só nós dois, fazendo comida, andando de mãos dadas, fazendo compras ou só sentados no carro conversando. Comer um brigadeiro feito por ela me deixou mais feliz do que todos os dias que passei com Emily. Não sei de que maneira, mas não posso perder Gabriella. Vê-la deitada em meu peito, com seu cabelo perfumado encostado no meu rosto é a melhor sensação do mundo. Como deixá-la ir?

No dia seguinte, a sensação de possível liberdade tomava conta de nós, Gabriella me fez concordar que não falaríamos sobre ela ir embora e aproveitaríamos o dia juntos. Era um sábado ensolarado, e ela queria aprender a atirar, então a levei a um lugar que chamávamos de Forte e passei a tarde inteira ensinando inutilmente Gabriella a atirar, ela era péssima, com uma mira muito ruim mesmo, nunca tinha visto ninguém tão ruim assim, a maioria das mulheres do Alasca são ótimas com armas, mas minha Gabriella era uma verdadeira negação. O lado positivo é que rimos horrores, minha barriga chegou a doer de tanto rir, ora ela ficava brava por ser tão ruim, ora se deitava no chão de tão indignada, ora ria sem parar, foi uma das melhores tardes que já tive. Às vezes ela fazia tanto esforço para acertar e, mesmo assim, errava; eu pensava é perfeita. Não importa se ela não acerta um alvo a um palmo de distância, ela é perfeita.

Antes da aula de tiro, pensei em levá-la a uma caçada, mas mudei de ideia, não era seguro no Alasca levar uma péssima atiradora para uma caçada, em vez disso resolvi levá-la para pescar. Então combinamos de ir no dia seguinte. Um dos meus pescadores, o Charles, estava fazendo aniversário e fez a festa no Dom. No fim de tarde, depois da aula frustrada, nos arrumamos e fomos para lá. A festa era basicamente fazer o de sempre, jogar e beber; só que naquela noite teria carne de forno servida. Gabriella não poderia estar mais linda e cheirosa, não tinha como não me sentir orgulhoso de andar ao lado de uma mulher como ela.

— Você está deslumbrante — falei quando a busquei.

— Obrigado! Você, como sempre, um gato.

— Você me acha mesmo bonito? — perguntei enquanto a puxava contra o meu corpo.

— Sim, você é lindo.

— Gosto de ouvir isso. No Brasil tem cara assim como eu? — Ela ficou silêncio.

— No Brasil tem homens lindos, de todos os tipos, mas nenhum é como você.

— É mesmo?

— Sim, você é lindo, um cavalheiro, mas...

— Mas, o quê?

— Infelizmente é um péssimo professor — disse isso e saiu direto para dentro do bar. Eu gostava muito do senso de humor perspicaz dela.

Enquanto eu tirava o casaco de Gabriella, vi Emily e a melhor amiga dela, Jhinne, sentada à mesa com amigos.

— Emily está aqui — sussurrei para Gabriella. Ela ergueu as sobrancelhas e ignorou. Achei que sairia dali na mesma hora.

— Meu querido Noah, isso é um problema seu. — Caramba, quero me casar com essa mulher. Fomos à mesa onde estava Tim, puxei a cadeira para Gabriella, e ela se sentou. Antes de eu me sentar, Emily veio em minha direção.

— Temos que conversar — disse com sua voz autoritária.

— Não temos não — respondi sem olhar para ela.

— Vamos conversar agora ou vou armar o maior barraco que você já viu. — Olhei para Gabi e não foi difícil entender o olhar dela, era muito transparente. — Lá fora!

— Volto em cinco minutos, espero que menos — disse para Gabriella e dei um beijo em seu rosto. Emily me encarava como quem está enjoada, odiava quando ela fazia aquela cara. Por fim retirou-se e me aguardou em sua mesa.

— Vai e resolve o que tem para resolver. Minha paciência tem limite. — Foi sua resposta, senti a firmeza das palavras. Eu me levantei, passei pela frente da mesa de Emily e fiz sinal para irmos lá para fora.

# GABRIELLA

Amanhecer nos braços de Noah e ver seu lindo rosto ao abrir os olhos era gratificante demais. Algo de bom eu fiz para merecer isso. À tarde ele me levou para fazer aulas de tiro, não falei nada, mas tenho uma péssima mira, nunca pego o que jogam na minha direção, nunca acerto o alvo de nada que jogo, não importa o que seja. Ele tentou várias vezes me explicar, segurar minha mão e me ajudar, mas eu não acertava, ele ria, mas dava para ver que estava frustrado, teve momentos em que ficou estressado. Por fim foi muito bom, rimos até não poder mais, com certeza guardaríamos aquele momento para sempre. Depois de tudo, Noah ainda queria me levar para pescar, bem, nem tudo estava perdido, talvez poderia surpreendê-lo, já que conseguia ser pior pescando do que atirando. No Brasil temos pesque e pague; mesmo em tanques de criação de peixes, nunca peguei nenhum.

Depois da aula, fomos ao bar do Dom, o único lugar para aproveitar a noite. Eu, sinceramente, não gostava muito, mas o acompanhava já que ele fazia tanto por mim. Assim que entramos, ele me alertou que Emily estava presente, não me surpreendeu, imaginava que, em algum momento, ela apareceria ali. Assim que me sentei, ela veio intimá-lo para conversar, e eu disse para ele resolver o problema. Assim que foi falar com ela, Tim me estendeu a mão e me entregou 350 dólares.

— O que é isso? — perguntei, e ele apontou para o alto da parede atrás do balcão de Dom. Lá estava o meu quadro pendurado, dei um beijão no rosto dele. Tim tinha mostrado a foto do quadro para Dom naquela tarde, com as lindas montanhas de Fairbanks e a fachada completa do seu bar. Dom ficou apaixonado pelo trabalho e ofereceu 300 dólares a Tim, que negociou até chegar a 350 dólares.

— Caramba, Tim, obrigada!

— O quadro ficou lindo ali, hein?

— Ficou maravilhoso! — Eu estava radiante e muito feliz, mas felicidade de pobre dura pouco, como dizia minha mãe. Noah se sentou ao meu lado quando voltou e perguntou se eu queria ir embora, falei que estava tudo bem em ficar. Perguntei se ele queria ir e me respondeu que só não queria que eu me sentisse desconfortável.

A noite seguiu bem, e Noah me convidou para jogar bilhar, comentei que sua ex poderia achar provação e que não gosto dessas coisas. A única vez que nos levantamos foi para ir embora, nesse momento Emily tinha ido até o balcão bem próximo de nós, pediu uma cerveja e apontou para o quadro no alto da parede. Não teve como Noah e eu não ouvirmos.

— Que pintura linda, Dom! Quem fez isso para você? — Dom engoliu a saliva e não soube o que responder, Noah e eu seguimos nos despedindo para ir embora.

— Fala, Dom, quem fez essa obra de arte? — Ela insistiu. Caramba ela grita mesmo.

— É... foi... a prima do Tim. — ele disse. Foi o estopim para a raiva de Emily estourar de vez. Ela se virou para nós e gritou para todos ouvirem.

— Aaah, agora a prima do Tim é a bola da vez, faz tudo, dorme com qualquer um. Tá na boca de todo mundo. — Todos olharam para ela, depois para mim.

— O que você disse? — respondeu Noah furioso.

— Deixa para lá, ela só quer dar um show — falei, segurando sua mão suada.

— Fala sério, sua ridícula, acha que está abafando? Todo mundo anda dizendo que você é uma vadia da internet que sai da tua cidade para correr atrás de macho. Noah foi até ela e a mandou calar a boca, já que não sabia do que estava falando.

— Noah... é muito desrespeitoso um homem mandar uma mulher calar a boca, não faça isso. Deixe-a falar o que quiser. Não me ofendo — falei em voz alta.

— Claro que não — ela retrucou. — Sabe que é verdade, todos aqui sabem.

— Emily, não é? — perguntei retoricamente. — Aqui ninguém me conhece, podem achar que sou uma vadia, sem problemas, não me importo, porque sempre vão ter dúvidas. Mas todos te conhecem, e muito bem, e o que eles sabem sobre você ninguém tem dúvida.

— Do que você está falando?

— Desde que cheguei, me disseram que você era desequilibrada, até mesmo doida varrida, e que o Noah terminou com você inúmeras vezes, mas vive atrás dele, e isso sinceramente é de dar pena.

— Sua vadia! — ouvi-a gritar. Caramba, que mulher insupórtável. Deu tempo apenas de vê-la arremessando a cerveja do copo em cima de mim. O irmão dela já estava ao seu lado, e Noah estava um pouco a mais na minha frente.

— O que você fez? — Noah gritou. Eles não paravam de se xingar. Eu comecei a rir, e ela ficou furiosa.

— Do que você está rindo sua louca?

— Você está desesperada, confirma tudo o que disseram sobre você, desequilibrada e emocionalmente instável. Procure um psicólogo, pessoas emocionalmente abaladas têm necessidades de aparecer para os outros, você está precisando urgentemente. — E fui sentindo a porta. Ela continuou:

— Estou desesperada mesmo porque estou grávida dele, qual é o problema de eu não gostar de ver o pai do meu filho com outra? — Parei e virei-me, Noah estava olhando boquiaberto.

— É isso?! Você disse que ia conversar com ela, Noah! Mas não vou ficar aqui ouvindo essa vadia me chamar de louca enquanto ela dorme com o pai do meu filho. — Ele olhou para mim, e eu o encarei de volta. Ele sabia, ela o chamou para contar sobre isso, mas ele deixou a noite passar como se nada tivesse acontecido, foi... decepcionante. Senti meus pés pegarem fogo, não falei nada, apenas peguei meu casaco e saí do bar, com todos me olhando. Noah veio atrás de mim, Tim também.

— Gabriella! — Ele me pegou pelo braço e me virou, eu estava chorando. Estava com tanta raiva, mas do que podia reclamar? Do que o causaria? Novamente não tinha muita opção. Ele olhou nos meus olhos, mas eu não disse nada. Tim chegou em seguida, ficamos nos entreolhando em silêncio por alguns segundos, Tim quebrou o gelo.

— Olha, a Emily é bem capaz de estar inventando tudo isso. — Noah olhou para ele e acenou com a cabeça concordando.

— Que seja! Eu não quero estar no meio disso — disse negando com a cabeça. — Caí de paraquedas na vida de vocês e não quero complicar nada, vocês são bons demais para mim e, se tudo isso for verdade, sempre seremos amigos, e você, Noah, terá um espaço muito importante no meu coração, mas... eu não posso continuar não do jeito que estamos — falei tudo em meio às lágrimas. Noah estava com o cenho fechado e bufando forte.

— Noah, resolva isso. Tim, você me leva para casa?

— Isso Tim, leve a Gabriella para casa, vou resolver tud — Tim concordou.

— Noah, não resolva nada com ódio no coração, lembre-se de tentar descobrir a verdade e, dependendo de qual for, não seja egoísta, não pense só no que você quer. Se existir uma criança, ela é inocente, seu filho. Lembre-se do pai maravilhoso que tem e que tipo de homem ele quer que você seja. — Ele suspirou.

— Eu vou te perder, não vou?

— Só se for um covarde. Espero você mais tarde no trailer, não tenha pressa. Seja o homem que quero que você seja. — Ele me deu um beijo no rosto e fui com Tim para o carro. Ele ficou me olhando ir; quando abri a porta, falei.

— Noah... Romanos 8:28, lembra?

Depois saímos.

"E sabemos que todas as coisas contribuem juntamente para o bem daqueles que amam a Deus, daqueles que são chamados segundo o seu propósito."

# NOAH

Emily me chamou para conversar, e Gabriella me fez ir, mesmo eu não querendo ter nenhum tipo de conversa com ela, boa ou ruim. Tivemos várias conversas durante um ano todo e nada se resolveu.

Caminhando até lá fora, pensei no que Gabriella dissera, que todas as coisas cooperam para o bem daqueles que amam a Deus, e isso me confortou. Agora vai dar tudo certo, eu tenho meus defeitos, mas amo a Deus. Emily começou a falar que nosso rompimento não era sério, que ela se afastou esses dois meses para me dar espaço, essas coisas de sempre.

— Sabe que não consigo viver sem você e fica com outra garota na minha cara, nós devíamos ter resolvido nossa situação antes de você sair por aí com outra, não acha?

— Que situação?

— Como conhece alguém em menos de dois meses na internet e já convida para vir para cá. Ou já conversava com ela quando estávamos juntos?

— Que situação? — perguntei de novo. Ela ficou me encarando.

— Você não perguntou como eu estou, mas, se tivesse perguntado, te diria que estou grávida, indo para o terceiro mês. — Eu fiquei estagnado; sempre antes de dormimos juntos, ela tomava a pílula, nos víamos só fins de semana e não queria ter um filho com essa idade, muito menos com ela, então sempre a lembrava da pílula.

— Como assim grávida?!

— Oras, como assim?! Você sabe como. — Eu queria cair num sumidouro e desaparecer. — Você sempre tomou os remédios certinho, que histórias é essa?

— Olha, de vez em quando eu esquecia, e aconteceu.

— Emily, é bom que não esteja fazendo isso para me separar da Hella, porque nunca vou te perdoar.

— É claro que não! Acha que eu vou brincar com uma coisa assim? E agora o que você vai fazer, Noah? — Eu a encarava seriamente, por algum tempo não disse nada.

— Vou conversar com a minha namorada, depois te procuro para gente conversar e resolver tudo isso.

— Conversar com sua namorada? O que ela tem a ver com isso?

— Tem a ver que eu a amo e não quero magoá-la. — Foi a primeira vez que disse isso em voz alta, nunca imaginei que seria para Emily que confessaria esse sentimento.

— Você a ama, sério? Então converse com a sua amada e vamos ver no que vai dar!

Emily se retirou sem derramar nenhuma lágrima, não ficou ferida, nem ofendida ou magoada. Só aquela raiva de sempre. Lembro-me de olhar para ela e pensar, como são diferentes, totalmente diferentes.

Não tinha certeza se ela havia dito a verdade, achei que mulheres grávidas ficavam mais sentimentais, mas, se fosse verdade, a gravidez não estava causando mudanças hormonais em Emily. Antes de entrar, lembro-me de pensar que nada estava cooperando.

Ficar a noite toda do lado de Gabriella sem contar o que estava acontecendo estava sendo muito difícil, não via a hora de ficarmos a sós e poder falar tudo. Finalmente estávamos indo embora, quando Emily resolveu dar o seu show, só para não perder o costume. Gabriella se mostrou madura, media as palavras e atitudes; até mesmo quando Emily jogou cerveja nela, achei que seria um basta para ela pirar, mas não o fez, em vez disso, sentiu pena de Emily e foi embora.

Como não suporta ser ignorada, Emily revelou na frente de todo mundo que estava grávida. Quando olhei para Gabriella, ela não estava com raiva, estava decepcionada, tinha o mesmo olhar que meu pai fez quando menti para ele. Uma faca parecia ter sido enfiada no meu peito, então foi embora. Corri atrás dela; quando a alcancei, ela já estava chorando, eu já a tinha visto chorar por tantas razões, mas era a primeira vez que chorava por minha causa. Não tinha palavras a dizer, na verdade tinha muitas, mas nenhuma saiu.

Ela falou que não queria se envolver com nada relacionado àquilo e deixou claro que, se houvesse uma criança, nós não ficaríamos juntos, continuaríamos como amigos. Desta vez parece que puxaram a faca que tinham enfiando no meu peito.

Gabriella pediu para Tim levá-la para casa, eu estava tão mal que concordei que ele o fizesse. Ela percebeu que eu não estava bem, claro que percebeu, e me deu mais um dos seus valiosos conselhos, me fez pensar na criança inocente que estava no meio de tudo, me pediu mais uma vez para eu não ser egoísta e me disse algo que doeu na alma, "seja o homem que eu quero que você seja". Meu pai, enquanto eu crescia, falava para mim "seja o homem que sua mãe sempre quis que fosse", agora, ouvindo Gabriella, era como ouvir minha própria mãe falando para mim. Antes de entrar no carro, ainda me fez lembrar: Romanos 8:28.

Eu pensei, juro que pensei, mas não adiantou, então lembrei que, em uma das nossas muitas conversas sobre Deus, ela me disse "amar a Deus não é apenas um sentimento de amor, amar a Deus assim como toda prova de amor é atitude, cada atitude decente e honesta que temos é uma forma de amar a Deus, mas, quando temos algo para fazer e pensamos em Deus ou deixamos de fazer por causa d'Ele ou tomamos medidas diferentes por Ele, é aí que Deus sente o nosso amor. Ele sente que escolhemos o certo não por nós mesmo, mas por Ele, e aí age em nosso favor". Voltei para o bar com isso em mente, o que foi uma bênção já que meus pensamentos estavam embaralhados, e eu poderia agir sem pensar. Fazia muito tempo que já não suportava mais as maldades e manipulações de Emily, desta vez era a primeira vez que desejava que fosse uma manipulação, queria do fundo do coração que Emily estivesse mentindo para conseguir o que queria.

Ao entrar, todos olhavam para mim, o clima era pesado, e Emily ainda estava de pé de frente ao balcão. Passei pelo piso molhado, onde havia caído a cerveja que ela jogou em Gabriella, e meu coração se enfureceu. Em seguida me lembrei dos conselhos de Gabriella, fui até Emily.

— Olha só quem voltou, cadê sua namoradinha da internet?

— Para com isso! Quero saber a verdade.

— Vamos conversar em outro lugar. — Ela falou já se preparando para sair.

— Não! — Alterei a voz. — Você gritou aqui para todos saberem que está grávida de mim, agora quero saber a verdade na frente de todos também.

— Essa gente não tem nada a ver com essa situação, deixa de ser ridículo.

— Emily, de uma vez por todas responda, você está mesmo grávida, ou é um golpe para me separar de Hella?

— Sim, estou.

— De quanto tempo? — Ela não quis responder. — De quanto tempo? — gritei furioso.

— Três meses.

— E há dois meses não pensou em me contar?

— Eu estava me preparando para falar, mas você ignorava minhas ligações.

— Você já foi ao médico? — Ela arregalou os olhos. — Não soube que tenha vindo a Fairbanks nos últimos meses e só aqui tem médico, então suponho que você não foi ao médico.

— Não, ainda não fui.

— E como sabe que está grávida?

— Eu fiz um teste de farmácia.

— E não pensou em procurar um médico? Sua mãe não te obrigou a ir a uma consulta sendo tão exigente como ela é? Você está mentindo, claro que está, depois de um ano com você, não tem nada de novo, suas expressões quando mente não mudam.

— Eu não brincaria com isso, Noah. Tá pensando que eu sou o quê? — Estou grávida, o que posso fazer?

— Ok, ok. Se está mesmo grávida, vamos ao médico juntos, eu vou assumir a criança e arcar com tudo que precisar. Vou amá--la, mas quero deixar bem claro as minhas palavras para todos aqui ouvirem. Se está mesmo grávida, a Hella já disse que não ficaremos mais juntos, e isso está acabando comigo, mas eu e você nunca mais vamos ficar juntos de novo, com ou sem filho. Se realmente for verdade, vou lutar na justiça para ficar com a criança, porque não creio que você seja equilibrada o suficiente para criar e educar um filho.

— O que você está falando, Noah? — Ficamos juntos tanto tempo, e diz que não tenho capacidade de ser mãe?

No Dom, o pessoal assistia àquela discussão ridícula, dava para ver na cara de uns e outros que concordavam comigo.

— Como eu poderia achar que você tem capacidade de ser mãe? Com dois meses de namoro, me ligava o tempo todo, fingia que estava doente para eu ir te ver, quando terminamos a primeira vez, lembra? Aqui ninguém sabe, mas você escreveu uma carta de suicídio... disse que me culparia pela sua morte. Você surrou duas garotas porque soube que tinham uma queda por mim. Faz escândalos em público o tempo todo, fala mal de todos os nossos amigos pelas costas e na frente finge que nada aconteceu. Se acha essas coisas normais, realmente tem problemas sérios, e eu não vou deixar um filho meu ser criado por você.

— Estou vendo que essa guria te mudou demais, você é outra pessoa, Noah Calford.

— Mudei sim, mas não foi ela, foi por sua causa. Estou no treinamento militar, e estamos estudando personalidades de pessoas problemáticas, é assustador como você se encaixa em muitos requisitos. — Olhei seriamente para ela. — Quer saber, vamos agora ao hospital, vamos pedir um exame de sangue e ver se está tudo bem com o bebê.

— Você está louco? Eu estou me divertindo, vamos amanhã, o bebê está bem, relaxa.

Nesse momento olhei para o copo de cerveja.

— Espera um pouco, por que você está tomando cerveja?

— Como? — ela falou assustada.

— Está bebendo grávida? Até você seria inteligente o suficiente para saber que não deveria fazer isso. — Ela me encarou, franzindo o cenho. — Você não está grávida, não é? — gritei enfurecido.

— Nossa, como você é chato… Ok., não estou, está feliz agora? TODOS estão felizes agora nessa merda? — Por um momento, só por um momento, fiquei com tanta raiva, mas consegui lembrar o que dizia Romanos 8:28. Era a oportunidade perfeita para Deus tirar Emily totalmente da minha vida, depois de tantas mentiras, essa foi a revelação para mim e a todos os presentes, o quão surtada ela poderia ser e as manipulações por fim acabariam.

— Meu Deus, Emily… você é… inacreditável! — Minha voz enfraqueceu. — Tudo isso por ciúmes?

— O que queria que eu fizesse? — Você desfila por aí com essa vagabunda e achou que eu deixaria barato?

— Quero que me esqueça e me deixe em paz. Juro que, se tentar entrar em contato de novo, tentar falar comigo ou com a Hella mais uma vez, abro uma ordem de restrição contra você, todos aqui estão de prova.

O bar estava em completo silêncio. Quando me virei, pude ouvir meus passos contra o piso. Quando fechei a porta atrás de mim, soltei o ar preso nos pulmões e voltei a respirar normalmente.

Tinha muitas coisas que queria falar para Emily, mas Gabriella estava certa, naquele momento também fiquei com pena dela. Desejei do fundo do coração que ela fosse feliz.

Entrei no carro e liguei a chave, mas havia muita confusão em minha mente, eu achei que queria ir correndo contar tudo para Gabriella, mas quando dei por mim, estava parando o carro em frente de casa. Entrei e coloquei meu casaco no cabide, vi que meu pai estava em casa porque o casaco dele estava pendurado no cabide ao lado, fui direto para o meu quarto. Foi quando caí de joelhos no chão, eu não disse nada, nem uma palavra, mas chorei muito, chorei por muitas coisas naquela noite. Chorei pela minha mãe morta, por não lembrar do sorriso dela nem do som da sua voz, chorei pelas outras vezes que chorei de saudades dela. Por Tim ter ido preso e por Duck, que morreu.

Chorei por meu avô que morava longe, e eu tinha saudades. Chorei por Emily e todos os problemas que tinha, que eu não sabia como ajudar. Chorei por meu pai nunca ter se casado e ter dedicado sua vida a mim, chorei muito, muito por ter um ótimo pai. Chorei por Gabriella e tudo que ela sofreu, chorei pela família dela no Brasil, chorei pelas saudades que vou sentir dela e por ser egoísta, mas principalmente chorei por nunca ter falado com Deus. Eu não sei quanto tempo fiquei ali, mas quando me levantei, havia algo de diferente, além de estar mais leve não sei explicar. Fui para o banheiro e lavei o rosto; me olhando no espelho, não parecia ser eu ali, mas lembro de gostar muito do homem que vi. Era alguém sem medos e sem mágoas, parecia estar mais forte; eu sentia uma força firmando meus pés no chão, estava prestes a pegar meu casaco e ir para o ferro velho quando meu pai abriu a porta do quarto e se assustou comigo.

— Nossa... nem lembro a última vez que veio dormir em casa — falou debochando. Quando olhou no meu rosto, percebeu que eu havia chorado e quis saber o que tinha acontecido. Sentamos à mesa e contei tudo o que havia se passado com Emily e Gabriella e a história ridícula da gravidez, mas o que queria contar mesmo era sobre o meu momento com Deus. Então falei, pensei que meu pai acharia que eu estava ficando louco, em vez disso ele me abraçou.

— Eu sei como é, meu filho. Estar aos pés de Deus e chorar… é o melhor momento de um homem.

— Você já passou por isso?

— Sim, quando você era pequeno, eu ia à igreja que sua mãe costumava ir, a acompanhava, era muito bom. Eu amo a Deus, mas não consigo ir mais aos cultos sem ela. Deveria ter te levado e ter te criado na igreja, desculpa, meu filho, fiquei atormentado por um bom tempo. — Desta vez fui eu que o abracei e o consolei.

— Entendo você não ter ido sem a mamãe, principalmente para você, sei que nunca te falei, mas obrigado por ter sido um pai maravilhoso.

— Difícil foi para você, uma criança ser criada por um homem sem uma mãe, você precisava dela, sei que foi difícil.

— Foi menos difícil com você ao meu lado, sempre, o tempo todo. — Meu pai, que nunca tinha visto chorar, estava se derretendo em lágrimas na minha frente, nos olhávamos, nos abraçávamos e tudo ficava cada vez mais leve, eram quase onze da noite. Ele tinha que voltar para o trabalho, dei-lhe um beijo, nos encaramos e sorrimos um para o outro; parecia que um container tinha saído de cima de mim. Nos despedimos, e fui ver a menina por quem estava loucamente apaixonado.

Dentro da caminhonete eu falava com Deus, desta vez em palavras, agradecia a Ele por tudo; estava imensamente grato por Emily não estar mesmo grávida. Chegando ao Ferro Velho, vi do portão que a luz do trailer de Gabriella estava apagada, creio que não estava mais me esperando. Assim que parei a caminhonete de frente, a luz se acendeu, e isso me alegrou, era um sinal de que ela ansiava por mim. Antes que eu saísse do carro, ela abriu a porta, linda como uma noite muito estrelada.

Corri e a puxei contra meu corpo para beijá-la, mas ela levou as duas mãos contra o meu tórax e me afastou. Confesso que fiquei bastante frustrado, com aquilo, mas compreendia.

— Foi longa a conversa, não é mesmo? — ela falou.

— Foi sim, durou algumas horas — respondi

— E o que vocês decidiram? Como vão lidar com tudo isso?

— Simples, eu fico com você, e a Emily vai viver a vida dela como quiser, bem longe de nós.

— Que isso Noah?! E a criança? — Ela parecia prestes a bater em mim.

— Não existe criança alguma! Ela estava inventando tudo para nós separar.

— O quê?! Estou confusa.

Então contei a história completa para ela. Expliquei que a conversa com a Emily não tinha durado nem dez minutos, mas que a minha oração e a conversa com meu pai levaram mais de três horas. Ela chorava e ria de felicidade, por fim marcamos de ir à igreja, o que a deixou ainda mais contente.

Foi assim que entendi tudo que ela me explicou sobre Deus e o seu amor.

# GABRIELLA

Não me surpreendeu que Emily havia mentido para todos que estava grávida, Tim me contou que uma vez ela disse à mãe que a mãe de uma amiga da cidade vizinha havia morrido e que ela ficaria uns três dias para consolar e ajudar a amiga, mas pegou um voo e foi para os Estados Unidos assistir a um show. A mãe dela só descobriu quando as duas mães se encontraram semanas depois no hospital de Fairbanks, falam que a mãe de Emily quase desmaiou quando viu a mulher vivinha diante dela. Uma pessoa que faz esse tipo de coisa pode fazer qualquer coisa, mas o que mais me surpreendeu foi ver a mudança nítida em Noah, ele me olhava diferente, até seu sorriso era mais iluminado ele estava leve e sereno. No dia seguinte, domingo, fomos almoçar na casa dele com o xerife, que fez um belo e enorme salmão assado, eu fiz uma maionese de batatas brasileira, eles amaram. Depois nos deitamos no quarto dele e pegamos no sono.

Mais tarde fomos à igreja, e ele estava confortável. Quem ficou muito feliz de vê-lo foi a tia Dolly, que não parava de alisar os cabelos do sobrinho. Ela me disse:

— A culpa é sua, né? Se não fosse você, meu sobrinho não estaria aqui.

— Culpada! — falei e recebi um caloroso abraço de agradecimento, que retribuí com gosto. Fazia muito tempo que eu não ganhava um abraço de tia ou de mãe, não tinha percebido o quanto sentia falta. Antes de ir para o trailer, passamos no supermercado e compramos um monte de besteira para comermos assistindo a um filme. Por fim, adormeci nos braços de Noah. Foi um dia perfeito para mim, que poderia se repetir pelo resto da minha vida. Cada dia que passava ao lado de Noah era um dia mais próximo da minha partida, era uma conversa que estávamos adiando.

No dia seguinte, Noah passou todo no treinamento, era uma segunda-feira chuvosa, e eu não tinha muito o que fazer. Tim não havia voltado para casa desde sábado, depois que me trouxe do bar do Dom, sabia que ele estava de rolo com uma mulher divorciada, mas não fazia ideia de quem era. Pensei em ligar só para saber se estava vivo, e estava, graças a Deus. Fiquei deitada na cama, entediada. Li alguns livros que havia achado e comprado em algumas feirinhas aleatórias, meu inglês estava melhorando. De repente o xerife abriu o portão com suas correntes sinistras. Abri a porta e o convidei para entrar o mais rápido possível para não se molhar, ele entrou e ficou passando os olhos minuciosamente por tudo.

— Oi, senhor Mark! O que aconteceu? — perguntei com a voz trêmula.

— Lindo esse lugar, é o mesmo trailer que estava jogado lá atrás?

— Sim, o mesmo. O senhor gostou?

— Está incrível, não dá nem para imaginar.

— Obrigada! Sente-se, vou servir um café se o senhor não estiver com muita pressa. — Não parecia que ele estava querendo ir para algum lugar.

— Eu aceito com certeza.

Comecei a preparar o café ainda um pouco nervosa e, para descobrir o que ele realmente queria, perguntei: — Mas... que bons ventos o trazem aqui?

— Na verdade só passei para saber se você estava bem, Noah hoje vai ficar o dia todo fora e encontrei o Tim na Dolly almoçando, então imaginei que estava aqui sozinha, fiquei um pouco preocupado.

— Nossa que gentileza, agradeço a preocupação, mas, com essa chuva, a única coisa que dá para fazer é ficar no trailer.

— É sim — concordou.

Servi uma xícara de café para ele e outra para mim, então me sentei.

— Fiquei preocupado — continuou. — Porque achei que o trailer não era confortável para você, mas, olhando agora, é até maior do que o de Tim.

— É sim, isso porque tirei o banheiro.

— Você não tem banheiro? — perguntou incrédulo.

— Tenho sim, é essa porta aqui. — Apontei para a porta. — Mas eu o desmembrei do trailer e coloquei na parte de fora para ganhar espaço. Como ele não vai andar por aí, não tem problema.

— Ótima ideia! Você é uma garota surpreendente, não me admira a pesquisa forense não ter encontrado nada.

— Não encontraram?

— Nada — disse ele. Eu dei um grito de alegria, pulei e abracei o xerife, para minha surpresa ele curtiu comigo.

— Isso é bom — falei suspirando profundamente.

— Olha, Gabriella, eu vim te convidar para passar essas últimas semanas na nossa casa.

— Por quê? — Eu não estava entendendo.

— Para você ficar mais protegida, mais segura.

— O senhor está pensando que alguém pode estar me procurando?

— Não, creio que não. Se houvesse uma chance de isso acontecer, meu irmão teria nos alertado, ele é muito bom no que faz.

— Isso é de família, eu acho — exclamei. Ele sorriu.

— Acho que sim.

— Xerife, obrigado pela preocupação, mas, se eu ficar com vocês, as pessoas vão fazer perguntas, e eu amo esse trailer, ele ficou fofo demais.

— É bem aconchegante mesmo, você tem razão, está confortável. Se era com isso que eu estava preocupado, não estou mais.

Conversamos mais um pouco, depois ele pegou o chapéu, se levantou e se despediu. Foi um gesto muito bondoso ter vindo me ver e saber como eu estava e se estava confortável. Noah tinha razão, seu pai era um excelente homem. Acho que esses três homens da minha vida tinham carência de companhia feminina.

Noah chegou no fim de tarde, estava radiante. Trouxe um bolo de chocolate extremamente recheado para mim, acho que foi porque disse a ele que minhas regras femininas haviam chegado. Me acabei comendo o bolo, doce era exatamente o que precisava.

— Seu pai estava aqui hoje e me fez um convite peculiar — comentei, limpando o chocolate do rosto.

— O que ele veio fazer aqui?

— Veio ver se eu estava bem, ele viu Tim no porto e soube que eu estava sozinha, ficou preocupado.

— Ele te convidou para ficar com a gente lá em casa?

— Sim, que absurdo não acha?

— Não, acho uma ótima ideia. Você lá em casa o dia todo, pertinho. Eu ficaria bem mais tranquilo. Aqui é longe, você não tem nem como ir ao mercado sozinha.

— Mas meu trailer é tão agradável, e dei o maior duro pra deixá-lo assim.

— Tim amaria ficar com esse trailer.

— Temos apenas três semanas juntos.

— Você poderia ficar lá comigo.

— Noah, isso só complica tudo. As pessoas vão fazer perguntas, é melhor deixar tudo como está.

— São só mais três semanas. — Ele percebeu minha expressão. — Ok, mas saiba que eu amaria ter você em casa comigo.

— Vamos falar sério, você já mora aqui.

— Você quer que eu vá dormir na minha casa, então?

— Não quero, não — falei num tom bem sério.

— Ótimo porque também não quero.

Ter Noah por perto era algo que me fazia sentir paz, sentir segura e amada, embora ele nunca tenha dito que me amava. Ter que deixá-lo estava se tornando um tormento para mim. Eu queria dizer que o amava a cada segundo do dia, mas tudo deixaria as coisas ainda mais difíceis, era notório que ele estava escondendo alguns sentimentos por mim e que também não queria complicar as coisas. Nós estávamos vivendo em negação para adiar o sofrimento da partida o máximo possível. Estava sentada em seu colo, saboreando meu delicioso bolo de chocolate, quando ele tocou na ferida.

— Como vamos fazer quando você for embora?

Me embuchei, com o pedaço de bolo porque estava pensando na mesma coisa. Depois de tossir um pouco, tomar um gole de água, perguntei:

— O que quer dizer com isso?

— Como vamos fazer para continuar juntos?

Dei uma pausa antes de responder.

— Meu bem, acho que não vamos mais ficar juntos. — Ele arregalou os olhos e engoliu a saliva.

— Como assim?

Suspirei profundamente.

— Creio que deve ser muito difícil manter um relacionamento a distância, deve ser torturante para os dois.

— Mas nós damos um jeito. Eu posso viajar para o Brasil.

— Não quero isso, Noah. Não quero te prender em mim e não quero ficar presa a você. Não é de uma cidade para outra, é a distância de uma América para outra, as passagens são um absurdo, e isso é o menos complicado, imagina a incerteza do que o outro está fazendo... pensei muito e devemos seguir com as nossas vidas. — Ele me tirou do seu colo e ficou de pé.

— Do que você está falando? Está dizendo que vamos ter que terminar? — Nós dois estávamos ficando muito tristes com tudo aquilo.

— Estou dizendo que é injusto, namoro a distância se desgasta, o que sentimos é tão maravilhoso, mas o tempo e a distância podem acabar com tudo. Aos poucos vão ter menos ligações, menos assunto em comum, as mensagens vão diminuir, e tudo vai se esfriar até acabar com o que sentimos um pelo outro. — Ele ficou de pé, suspirando tão forte e pesado que eu podia ouvir.

— Mas...

— Mas o quê? — perguntei.

— O que sentimos exatamente um pelo outro? — perguntou ele — Desta vez foi eu quem suspirava, sem saber o que dizer.

— Meus sentimentos por você machucam — falei entristecida.

— Você me ama?

Fiquei com medo de responder. Não queria dizer por que tudo que estava por vir ainda ficaria muito pior, mas não queria mentir.

— O que você sente por mim, Noah? — Ele me olhou com um olhar amedrontado. — Eu o amo, se é isso que quer saber, e isso é muito difícil para mim! — Eu quase gritava.

— Meu Deus! — Ele exclamou vindo até mim e me envolvendo com seus braços. Colocou as duas mãos em meu rosto já molhado por lágrimas.

— Eu também amo você. — Nos beijamos por um longo tempo como nunca havíamos nos beijado antes. Eu não queria que aquele beijo terminasse porque não queria continuar aquela conversa, mas o beijo acabou, e a questão voltou à tona.

— E agora o que vamos fazer?

— Noah, não quero falar sobre isso.

— Você nunca quer falar sobre isso, mas eu preciso falar, estou enlouquecendo. Quero saber o que vai acontecer com esse amor que sentimos quando você partir? — Ele alterou a voz indignado.

— Eu fugi de um sequestro, de uma quadrilha organizada enorme, consegui me libertar e libertar treze garotas sem deixar meus rastros, mas pensar em deixar você é a coisa mais difícil que estou tentando enfrentar. — Ele não sabia o que dizer. Um silêncio tomou conta do recinto, nossos olhares se cruzavam e se desviavam, tentando encontrar uma solução para tudo aquilo. Foi quando quebrei o silêncio.

— Olha, eu estava pensando, e se nós dois fizéssemos um acordo?

— Como assim um acordo? No que está pensando?

— Vou levar seu número e, quando comprar um telefone, envio uma mensagem para você ter meu número também, mas não pode me ligar.

— Do que você está falando? — Ele estava totalmente confuso.

— Um ano… — continuei. — Em um ano, se ainda estivermos sozinhos, voltarei para cá, para você e para sempre. — Ele estava imóvel.

— Se eu voltar, vai ser para sempre. Se você encontrar alguém e estiver feliz com essa pessoa, aí me manda uma mensagem. Eu farei o mesmo. Só mandarei uma mensagem se eu encontrar alguém. Enquanto você não receber uma mensagem minha, saberá que estou sozinha e pensando em você; se eu não receber nenhuma mensagem sua, saberei que estará esperando por mim.

— Como saberei se você está bem?

— Deixarei meus pais avisados que, se acontecer qualquer coisa comigo, devem te avisar. Se em um ano eu não voltar, não me espere mais, nem vá atrás de mim, viva a sua vida e seja feliz. Noah, não quero que fique preso a mim. Sei que se Deus quiser que fiquemos juntos, tudo dará certo, mas temos que entender que existem pessoas que estão só de passagem pelas nossas vidas.

— Espero que não seja nosso caso — disse ele tentando secar as lágrimas que caíam — Tenho que concordar que está certa, mesmo odiando tudo isso. Você merece ser feliz mesmo que não seja comigo, e eu... Bem, vou tentar suportar o tempo sem você, só peço a Deus que eu não enlouqueça... porque só de pensar que você vai é uma dor insuportável. Um ano é muito tempo, Gabriella. Como vou fazer para suportar?

— Mantenha-se ocupado, trabalhe, divirta-se, confie em Deus, porque neste momento não consigo imaginar estar com qualquer outra pessoa no mundo. Se eu pudesse, escolheria você hoje e para sempre. — Ele me envolveu com seus braços fortes e quentes, para mim só confirmava a vontade de ser para sempre sua.

— Então estamos combinados. Te esperarei por um ano inteiro e espero te ter em meus braços novamente.

— Se até dia 31 de dezembro de 2015, eu não voltar, não voltarei mais, ok?! Ficamos combinado assim?

— Combinados.

Eu sabia que Noah não tinha gostado do acordo; sinceramente nem eu estava feliz, mas deixá-lo preso a uma pessoa que poderia nunca voltar para ele seria maldade minha, então cruzamos os mindinhos.

Naquela semana, Noah me levou para pescar um pouco antes de reabrir a temporada da pesca e Tim sair para o mar aberto com o barco. Eu não me saí tão mal quando imaginava; depois de mais de seis horas tentando pescar, peguei um peixe, enquanto Noah pegou mais de trinta.

— Acho que o peixe ficou com pena de mim e se sacrificou — disse a ele, que ria da minha frustração. Eu já estava passando raiva, mas aquele peixinho me animou, nunca fritei um peixe com tanto gosto em toda a minha vida.

Fiz orelhas de gato para comer, e Noah se apaixonou. Tinha feito uma quantidade absurda, então colocamos em latas de biscoitos e distribuímos de presente para os amigos que eu deixaria no Alasca, como a tia Dolly, os pescadores que trabalhavam com Noah, Dom do bar, o xerife, que ficou com a maior quantidade, os policiais que trabalhavam com ele e Tim, é claro. Também fiz uma mousse de maracujá; Noah e ele se maravilharam e só depois se tocaram que não deixaram nem um pouquinho para o xerife provar.

Era quarta-feira da penúltima semana, eu precisava trocar a passagem e pagar a diferença absurda para voltar antes da data prevista. Noah estava no treinamento; mais um mês apenas, e ele seria um policial oficialmente, como eu queria estar aqui para vê-lo se formar. Tim me levou até a delegacia para o xerife resolver a situação da passagem para mim.

— Bom dia, xerife Mark! — falei quando entramos.

— Bom dia, princesa! Venham, sentem-se aqui — respondeu apontando as cadeiras na sua frente.

— Precisamos garantir a passagem — falei ao me sentar em sua frente.

— Sim, sim, eu estava pesquisando isso mesmo. Noah me pediu. — Assenti com a cabeça. Para cada policial ou conhecido que nos via juntos, ele falava "essa é a minha nora" com orgulho, e eu morria de vergonha, não pelo que ele falava, mas pelo fato de eu não ser ninguém em especial, mas ele fazia parecer algo muito importante. Eu apenas sorria para as pessoas, toda encabulada. Depois de ser apresentada umas três vezes, falei:

— Senhor Mark, preciso lhe pedir um favor. — Ele percebeu pelo tom em minha voz que era algo importante. — Na verdade preciso pedir um favor para vocês dois — falei me dirigindo a Tim sentado do meu lado

— Diga como posso ajudar.

— Vou pedir algo difícil e sei que talvez possam não concordar comigo ou me entender, mas preciso da ajuda de vocês mais uma vez.

— Está me deixando preocupado novamente, diga logo — disse o xerife.

Não contem para o Noah o dia da minha partida.

— O quê? — Senti um nó se formar na minha garganta.

— Não quero que Noah saiba quando eu vou... vou dizer que partirei dois dias depois da data programada e peço que façam o mesmo. — Olhei para Tim neste momento.

— Mas por que isso? Não é justo com ele, Gabriella; ele é louco por você — respondeu Tim.

— É por isso mesmo. — Respirei fundo tentando parecer calma e sensata. — Eu não vou conseguir me despedir dele, xerife. Se Noah estiver comigo, nunca vou conseguir entrar naquele avião. Cada vez que falo com minha mãe, ela chora desesperadamente, não posso deixar de ir, minha família está aflita e muito preocupada, sei que eles só vão descansar quando eu estiver em seus braços. Mas deixar Noah para trás está me matando, sei que não vou entrar naquele avião se ele estiver comigo. Tenho certeza que Noah fará algo especial no meu último dia, ele deixou várias dicas sobre isso. Só vai tornar tudo mais difícil. Por favor, xerife, eu não quero magoá-lo, mas não estou suportando a dor. — Minha cabeça parecia que explodiria de tanta dor e até meu estômago doía.

— Mas vai ser muito sofrimento para vocês, Gabriella. Não sei se posso fazer isso. — disse o xerife passando as mãos no rosto e apoiando a cabeça na mão esquerda.

— Vamos sofrer de qualquer maneira, despedidas são horríveis, vai ter que ser como tirar um esparadrapo sobre a pele... de uma vez só. Eu não vou para lugar nenhum se Noah estiver comigo. Quando olho para ele, quero que me peça em casamento, que diga que estará ao meu lado onde quer que eu vá. Quero que me peça para não ir. O que eu faço com tudo isso?

— Meu Deus, eu não queria estar na pele de nenhum de vocês — disse Tim de pé atrás de mim, me virei para ele por cima do ombro.

— Exatamente. — Mark pegou meu passaporte e passagem para fazer a mudança, ficando para o dia 21 de junho às seis da manhã, no aeroporto de Miami, para aterrissagem no aeroporto em São Paulo no Brasil.

— Terá que sair daqui no voo das 14h do dia 20 de junho. Está tudo certo, paguei as diferenças. — Eu tinha um pouco mais de trezentos dólares dos quadros que vendi, mas Tim, Noah e Mark não me deixaram pagar por nenhuma das passagens nem as despesas da minha ida.

— Nem sei como agradecer, obrigada por me ajudar tanto! Espero que possa retribuir a todos vocês um dia. Nem que seja com uma receita de brigadeiro.

— Eu aceito! — manifestou-se Tim levantando a mão, rimos para tirar a tensão que pairava sobre nós. Por fim, o xerife, contrariado, aceitou em dizer a Noah que eu só viajaria no dia 23, essa foi a mentira mais difícil que já contei na vida, e com certeza ele também. Tim, que odiou meus termos, acabou aceitando. Depois de muita relutância, entendeu o quanto fazer tudo aquilo e tomar essa decisão estava sendo difícil para mim. Eu ainda tinha outro motivo.

A vida no Brasil não era fácil, conseguir dinheiro para viajar para outros países era bem difícil. Conhecia meus pais, nunca mais me deixariam sair do país sozinha. Eu não queria que Noah me esperasse porque eu não voltaria. Talvez, se ficasse com raiva de mim, seria mais fácil de desapegar, mas tinha absoluta certeza que não entraria naquele avião se ele estivesse lá.

Estava tudo certo entre o xerife, Tim e eu; nenhum de nós três estava à vontade com aquele plano, mas sabíamos que, para minha segurança e para a paz da minha família, eu precisava embarcar naquele avião. Por Deus, dia 20 cairia na segunda-feira, e Noah passaria o dia todo em treinamento. Faltava apenas uma semana para a minha dolorosa partida. Naquele dia tive que contar a Noah que a passagem estava comprada para o dia 23. O semblante dele caiu. Falar sobre a minha partida era muito difícil, mais do que podíamos imaginar, a sensação de que poderíamos nunca mais nos ver pairava sobre nós.

— Noah, tudo vai ficar bem, não vai?

— Sabemos que vai ser uma grande droga, tudo isso é uma grande droga, eu não estou aguentando mais.

— Do que está falando? — perguntei, para ter certeza se ainda falávamos da minha partida.

— É ridículo, posso ir com você. O que me impede?

— Sua carreira.

— Eu posso voltar e me formar ano que vem.

— Fala sério, está dizendo que quer largar tudo pelo que você lutou para ir atrás de mim?

— Por que não?! É uma decisão minha! Posso decidir o que é mais importante para mim, não acha?! — Ele usava um tom furioso na voz e estava sendo muito teimoso. — Você não quer que eu vá, né?

— Não diga isso, não sabe o quanto é difícil ter que te deixar aqui.

— Não parece, Gabriella.

— O quê? — perguntei indignada.

— Não parece que está sendo difícil essa partida para você. Parece que quer ir de uma vez.

— Não seja egoísta, Noah. Minha família está sofrendo muito.

— Por que não posso ser egoísta? Eu te amo e te quero perto de mim. — Ele fez uma pausa enquanto olhava para mim, então baixou o tom de voz, se aproximando mais. — Não estou pedindo para não ir embora, Gabriella, estou pedindo para me deixar ir com você.

— Noah, o que você está dizendo. Não sabemos o que vai acontecer comigo. Não sabemos se vou conseguir passar pelo aeroporto, se vou conseguir chegar à minha casa. Muitas coisas podem acontecer, e, se ligarem você a mim, podem até achar que seu pai estava envolvido com os criminosos, teríamos que explicar e provar muitas coisas — falei o mais calma que pude para evitar gritos desnecessários e fazê-lo entender. — Tudo isso já não é difícil o suficiente para você ficar dificultando ainda mais? — Ele me olhou, com o cenho fechado, suspirou profundamente.

— Acho que sabe que nunca mais vai voltar, por isso me pediu para esperar durante um ano, para durante esse período eu perder as esperanças. Quer saber, Gabriella? Acho que já perdi. — Ele virou as costas e saiu do trailer, eu estava sentada em choque na cama. Quando me levantei para ir atrás dele, já tinha ligado a caminhonete e estava dando ré.

— Noah! — gritei em vão. — Não vá — sussurrei olhando ele sair pelo portão com as lágrimas nos olhos embaçando minha visão. Mesmo que eu corresse até o portão, não o alcançaria. Talvez eu quisesse deixá-lo ir. Noah estava com medo e precisava lidar com aquele sentimento. Liguei para seu pai e contei o que acontecera, pedi para ficar de olho em Noah para ele não fazer nenhuma besteira. Larguei o telefone e chorei deitada de bruços na minha cama.

# NOAH

Eu tinha apenas alguns dias com ela, e o tempo soava como uma ampulheta com milhares de toneladas de areia caindo sobre mim, me sufocando. Quando ela me disse a data de sua partida, senti como se não conseguisse respirar.

No meu último esforço para não morrer sufocado, pedi que me deixasse ir com ela, eu faria qualquer coisa para estarmos juntos, mas sempre havia uma desculpa. Estava claro, ela não me queria tanto quanto eu a queria. Todos os sentimentos que estavam em mim eram frustrantes e acabei explodindo. Nunca havia falado com dureza com Gabriella, mas eu estava enlouquecendo com tudo aquilo.

No caminho na estrada, senti vontade de jogar a caminhonete contra uma árvore, aí quem sabe ela entendesse como me sentia. Odiava quando ela me chamava de egoísta, por isso não bati contra uma bendita árvore, pois ela me acusaria novamente de ser egoísta e não pensar nela e em como sua família se sentia. Mas, eu entendia sim... Tanto que estava tentando suportar toda aquela dor, porque sabia que havia um pai e uma mãe esperando por ela, mas eu tenho o direito de sentir a dor também, a dor deles não diminuía a minha.

No caminho, Tim passou por mim em sua picape e parou quando me avistou, mas eu não estava bem para falar com ninguém e o ignorei. Logo em seguida, meu celular começou a tocar, achei que era Gabriella me pedindo para voltar, mas era Tim, preocupado. "Não quero conversar, Tim". Fui para o Dom e pedi umas doses de uísques para esquecer tudo aquilo. No dia seguinte, de uma maneira que não sei explicar, acordei na minha cama.

A dor de cabeça era alucinante. Somente depois de abrir os olhos e ver o brilho do sol na janela do quarto sendo refletida pelo meu guarda-roupas, compreendi que estava no meu quarto. Precisava ir para o treinamento, um dos requisitos para ser tornar um policial era não faltar. "Caramba, Noah, o que você fez?" Aí percebi, Gabriella estava deitada ao meu lado, acabei acordando-a com o susto que levei.

— Noah! Já acordou? Como você está?

— Gabriella, como você veio parar aqui? — Ela me olhou com uma cara indignada.

— Do que você se lembra dessa noite? — perguntou, e isso não parecia bom.

— Do que eu deveria me lembrar? — Fui dar um beijo nela, mas ela virou o rosto e saiu da cama. — Aonde você vai?

— Já que está vivo e bem, vou para meu trailer, onde não vou destruir a sua vida. — Dei um pulo da cama, estava óbvio que eu tinha feito uma grande besteira, mas ela não queria me dizer o quê.

— Gabi, calma! Eu não lembro de nada da noite passada. — Minha visão estava embaçada por conta da dor de cabeça. — Falta uma hora para eu ir para o treino, diga o que houve, por favor.

— Não vá ao treino hoje, fique em casa e descanse, já falei com seu pai. — Ela amarrou os cabelos e colocou o casaco. Estava prestes a sair, quando segurei seu braço e pedi para esperar. Ela o puxou retirando a minha mão.

— Não me siga, Noah. — Eu estava seminu e tive que colocar a roupa antes de ir atrás dela. Quando cheguei à sala, Gabriella já havia saído, calcei minhas botas o mais rápido possível, sai correndo e, quando fui gritar seu nome, ela estava encostada me esperando na caminhonete.

— Vou tomar um café na Dolly e, já disse, não me siga, não acredito que esses são meus últimos dias aqui e terei que passá-los sem você. — Ela disse num tom muito triste.

— Gabi. — Segurei no braço dela novamente, desta vez ela não relutou; em vez de brava, estava triste demais para brigar, ficou apenas de cabeça baixa.

— Eu não estava bem ontem, não estava no meu normal, me desculpa por não lembrar de nada, me desculpa se te magoei — implorei.

— Você estava bebendo no Dom.

— Disso eu lembro.

— Bebeu umas cinco doses de uísque, uma atrás da outra, pediu mais uma, mas o Dom não quis servir, então você ficou bravo e começou a gritar. Pediu uma cerveja, Dom deu a cerveja, e parece que a mistura não fez bem, você chorou, vomitou e resmungou coisas que ninguém entendia. Dom não quis ligar para seu pai, então ligou para o Tim, que me disse o que estava acontecendo, e eu vim com ele para te ajudar, mas, assim que me viu, você gritou para todo mundo o quanto eu era horrível e... palavras suas, "a pior mulher que você já conheceu". — Ela fez aspas com as mãos. — Disse que nunca deveria ter ido falar comigo no banco do porto e que colocaria fogo no lugar para não ter que se lembrar que tinha me visto ali em algum momento da sua vida. Repetiu várias vezes que nunca deveria ter me conhecido, porque eu... destruí a sua vida e me mandou embora. — Ela não chorava, não gritava, contava o que havia acontecido como se houvesse ocorrido com outra pessoa. — Depois vomitou e caiu resmungando um monte de coisas, seu pai chegou porque alguém tinha ligado para ele, e você disse: "Pai a leva embora, tira essa mulher da minha frente!". Trouxemos você para casa, eu te dei um banho, seu pai me ajudou a te pôr na cama, você segurou minha mão e disse que era melhor eu ir embora mesmo, que não aguentava mais tudo isso e que não queria me esperar.

— Meu Deus! O que eu fiz? — falei baixinho enquanto olhava para ela.

— Segundo muitas teorias e experiências, os bêbados sempre dizem a verdade, então eu estraguei mesmo a sua vida.

— Sabe que não, Gabi. Eu te amo, mas estou destruído por saber que você vai embora. Não estou sabendo lidar com essa situação e não sei como vou ficar. Eu preciso mesmo ir para o treino, não posso te levar para casa para não me atrasar, mas precisamos conversar. Fica aqui em casa, não precisa ir para o ferro velho hoje. Sabe que eu não queria falar nada daquilo, né?

— Espero que não, sei que é uma situação complicada. Vai se arrumar que eu vou tomar um café na sua tia.

Eu era mesmo um idiota.

# GABRIELLA

Noah ficou furioso quando soube a data da minha partida e insistia que deveria ir junto, mas eu sabia que não era o que ele queria. Ele amava o Alasca e sonhava em se tornar um policial, além disso, nem sabia o que aconteceria comigo. Isso o deixava mais frustrado ainda, ele tinha medo de algo me acontecer e não estar por perto, mas eu não poderia fazer isso com ele. Já tinha me metido em tudo aquilo por ter feito escolhas erradas, tudo de agora em diante não poderia ser decidido de uma hora para outra, precisava pensar nos outros também.

Quando Noah saiu, ele não estava bem, e eu tinha a sensação de que algo poderia acontecer. Chorei por um bom tempo, depois Tim e eu tivemos que ir correndo para o Dom porque soubemos que Noah estava bêbado e mal se aguentava de pé. Quando chegamos, Noah apontou para mim e me humilhou na frente de todos, eu sabia que ele estava magoado, Tim me falou no carro que Noah nunca bebia a ponto de perder o juízo.

Ele me acusou de estar estragando a vida dele, e eu sabia que era verdade. Se ele me amava como dizia amar, deveria mesmo ser verdade. Eu também estava mal com a minha partida; se pudesse, também me embriagaria até cair em algum lugar, só para esquecer tudo, mesmo que só por um instante. Mas tinha que continuar firme, não tinha chegado até ali, passado por tantas coisas, para perder o controle quase no fim.

Tomando o café na Dolly, sozinha, podia ver o banco em que me sentei no primeiro dia, aquele que Noah sentiu vontade de queimar. Lembrei de tudo que tinha passado em apenas quase dois meses e todas as coisas que Noah tinha feito por mim.

Queria ligar para minha mãe e dizer: "Estou bem mãe, vou me casar com um homem maravilhoso e um dia vou visitar vocês". O mais difícil é que ela não teria certeza se eu estaria falando a verdade ou se eu estaria sendo obrigada a dizer isso. Sabia que não era fácil assim, morria de saudades deles. Mas, ainda assim, tinha certeza apenas de uma coisa: entrar naquele avião e abandoná-lo seria a coisa mais difícil que eu faria até aqui.

Depois do café, fui para casa a casa de Noah e comecei a fazer o almoço, fiz carne assada de panela com batatas, macarrão e brócolis ao vapor com abóbora. Enquanto colocava a mesa o xerife Mark chegou.

— Caramba! Senti o cheiro lá de fora! — Conversamos sobre o comportamento de Noah e concluímos que seria um processo muito difícil para ele quando eu me fosse. O pai dele teria que redobrar a atenção. Ele tentou me convencer de falar a data certa para Noah, mas não aceitei.

— Senhor, sei que posso parecer egoísta, mas preciso ir para casa e, se o Noah estiver lá, acabarei ficando. — Ele concordou.

Noah, chegou, e a primeira coisa que fez foi se desculpar com o pai, depois quis conversar comigo.

— Primeiro almoço, depois falamos. — Ele foi ao banheiro lavar as mãos e se sentou à mesa, Noah revirava a comida no prato de um lado para o outro.

— Está ruim a comida? — perguntei.

— Estômago embrulhado.

— Para mim, está ótimo — respondeu o Xerife. — Ele está de ressaca, logo passa.

Naquela tarde Noah e eu tivemos uma longa conversa e decidimos que o acordo de um ano estava de pé. Se um de nós encontrasse o amor em outra pessoa, os dois seguiriam em frente. Na última semana, passamos todos os dias juntos, fomos caçar, ele pegou um cervo, eu chorei ao ver o animal abatido, ele degolou o bichinho na minha frente e tirou as entranhas, depois cortou em pedaço e colocou em cima do triciclo e fomos para casa. Foi uma sensação bem estranha que não consigo definir.

Acampamos fora sob as luzes da aurora boreal, só não pude aproveitar mais porque o medo de um urso aparecer tomou conta de mim. No fim de semana, Noah me levou para um lindo vilarejo de pescadores na província de Kenai, o lugar era indescritivelmente lindo.

No domingo de manhã, ele já havia preparado outro passeio cheio de aventura, mas implorei para ficarmos no trailer, só namorando e aproveitando um ao outro. Sabia que partiria no dia seguinte, mas Noah achava que teria mais tempo comigo. Comemos, namoramos e conversamos sobre muitas coisas. Em um momento, Noah perguntou se eu imaginava nossa vida juntos.

— Claro que sim. Todos os dias imagino minha vida com você — respondi. — Ele sorriu, querendo fazer muitas perguntas, mas continuei a falar. — Caso eu não fosse para o Brasil, gostaria de comprar um terreno parecido com aquele em que acampamos, o mesmo que me levou na primeira vez para ver a aurora boreal. Compraria um terreno assim e faria um lindo chalé de madeira, desses de troncos roliços, com fogão à lenha, um estúdio para poder pintar, um quintal grande para fazer um parque lindo para as crianças.

— Crianças? — perguntou surpreso.

— Sim! — afirmei. — Você não quer filhos? — Ele estava com um sorriso bobo no rosto. — Eu quero dois. E você?

— Dois acho que está bom, mas três ou quatro seria melhor.

— Tudo isso, está doido?

— Pensa uma família bem grande — continuou a conjecturar empolgado. — Filhos fortes e bonitos podíamos fazer um grande celeiro e criar animais, com uma enorme estufa cheio de produtos orgânicos. — Ele estava apoiado em um braço enquanto falava, sorrindo, deu uma pausa e olhou para mim com ternura. — Você seria uma mãe incrível.

— Você acha?

— Acho sim. Eu seria o xerife, e meus filhos e filhas teriam muito orgulho. Sempre fui muito sozinho na infância, gostaria de uma grande e barulhenta família.

— Então preciso voltar em um ano para começarmos bem rápido. De preferência, assim que eu voltar. — Ele pulou em cima de mim e beijou meu corpo todo. Causava uma dor terrível pensar que eu iria embora. Então fizemos amor, com uma mistura de emoções: carinho, saudade, desespero, angústia e desejo.

A noite estava acabando, e eu não conseguia dormir, estava tão ansiosa que achei que estava tendo um ataque cardíaco. Noah ressonava ao meu lado em um sono profundo. Ele se levantou às seis da manhã, eu estava sentada à mesa tomando um chá.

— Amor? — Ele me chamou pela primeira vez.

— Bom dia, meu amor — respondi, sorrindo. Ele se levantou e ganhei um beijo maravilhoso, ele tomou um pouco do meu chá e se despediu.

— Vamos jantar num lugar bacana mais tarde, fique bem bonita, quer dizer… tome banho e se vista, bonita você já é, mesmo com essa cara de sono. — Noah se vestiu, escovou os dentes e foi para o treinamento. Eu queria beijá-lo ardentemente e falar muitas coisas, mas o deixei ir.

Depois que ele se foi, deitei-me na cama e acabei pegando no sono por exaustão com lágrimas secas no rosto. Acordei perto das dez da manhã quando Tim bateu à minha porta. Trouxe uma pequena mala de viagem, a qual arrumei rapidamente com as poucas coisas que levaria, fomos para a cidade encontrar o xerife, que me daria o passo a passo de como me portar para não levantar suspeitas e como deveria agir se percebesse algo de estranho. Sentíamos o peso da culpa por estar escondendo tudo aquilo de Noah. Pedi para entregarem uma carta a ele depois que fosse embora.

As horas custavam a passar, eu estava na sala da casa de Noah, a sensação de que ele entraria pela porta a qualquer momento estava me sufocando. Por fim chegou a hora de irmos para o aeroporto, e foi uma despedida terrivelmente difícil, Tim me pedia para mandar mensagens se qualquer coisa acontecesse, e o xerife repetia as mesmas instruções "não chamar atenção" e "pedir ajuda somente se fosse extremamente necessário". Eu apenas concordava e chorava. Pedi várias vezes que eles cuidassem de Noah. Entrei no avião.

Era tarde demais para qualquer arrependimento.

# GABRIELLA

*Brasil, 2014*

A viagem durou um pouco mais de oito horas, consegui desembarcar no aeroporto de Miami sem problemas, mas tive que passar a noite ali, para embarcar no outro dia de manhã para o Brasil. Nas primeiras horas, eu estava tensa, sempre preocupada se alguém me reconheceria ou se meu nervosismo chamaria a atenção dos muitos policiais que estavam por ali o tempo todo. Tomei um café e comprei um livro, muito bom por sinal e triste também. Mas só pensava em Noah, estava perto da hora que ele voltaria do treino, e minha aflição foi aumentando. Teria apenas que lidar com aquela dor.

As horas pareciam minhas inimigas, e acabei dormindo. Tive um sono perturbado por meus pensamentos e todo o louco movimento daquele aeroporto gigantesco. Para não perder meu voo, fiquei próxima à cabine de embarque, mas não tão próxima a ponto de alguém me procurar por ali e me encontrar. Eu estava ficando meio paranoica. Troquei de roupas no banheiro e fiz uma maquiagem para dificultar o reconhecimento facial, vesti um sobretudo preto, botas extravagantes pretas e calça preta. Coloquei um piercing falso no nariz e penteei o cabelo seco, para dar bastante volume, deixei-o solto e repartido ao meio, nem eu me reconheci no espelho, era com certeza outra pessoa. Caso alguém estivesse me procurando, isso dificultaria as coisas.

Depois de muita espera, consegui embarcar, quase nove horas de voo e finalmente eu estava aterrissando no Brasil.

Já no Aeroporto Internacional de Congonhas, desci do avião com náuseas, e cada passo que eu dava estava mais perto de casa e mais longe de Noah. Lembrar dele doía. Já havia chorado tanto que nem mais lágrimas tinha, só ficou a tristeza torturante.

Desembarquei e passei pela fiscalização sem problemas algum. Na minha cabeça, eu estava sendo seguida o tempo todo, então fui direto para o banheiro e tirei toda aquela roupa. Era inverno no Brasil, mas nada comparado ao Alasca. Coloquei uma calça jeans clara, uma bota cano curto bege de salto e um suéter de lã rosa, limpei toda maquiagem do rosto e fiz uma trança rápida bagunçada no cabelo, para dar a impressão de que estava feita há muito tempo. A única coisa que poderia me denunciar era a mala, mas, sobre isso, eu tinha que torcer para quem estivesse me seguindo não percebesse. Apenas joguei um casaco meio bagunçado sobre ela para disfarçar um pouco.

Saí do aeroporto e peguei um táxi até a estação de metrô, de lá coloquei uma jaqueta e soltei o cabelo. Em vez de pegar um metrô, sai em outra entrada e peguei um táxi para a rodoviária. Quase quatro horas depois, consegui um ônibus para Santa Catarina, direto para Florianópolis, já era 22 de junho, e eu só pensava se Noah estava sentindo minha falta como eu sentia a dele. Em Florianópolis, só teria ônibus para Campo Alegre no dia seguinte, então consegui um taxista que aceitou me levar até lá. Foram mais três horas de viagem. Ele fazia perguntas demais, e eu tentava desviar delas respondendo o básico, até ele entender que eu não queria conversar. Pedi que me deixasse no centro da cidade de Campo Alegre, para não saber meu endereço. Esperei até vê-lo sumir de vista, entrei em uma padaria e fiquei ali por quase uma hora, só então peguei um táxi direto para casa

— Chegamos — disse o taxista. — Meu coração congelou, e um frio tomou conta de toda a minha região torácica, eu não conseguia respirar, paguei o homem tremendo de nervoso, e ele me perguntou se estava tudo bem. Apenas consenti com a cabeça e desci.

# NOAH

Após o ridículo vexame, Gabriella, como sempre, me entendeu. Eu não estava bem, e lidar com perdas não era meu forte. O equilíbrio emocional de Gabriella me incomodava um pouco. Depois de tudo que passou, ela não surtava, apenas dizia para confiar em Deus, eu realmente tentava confiar, mas não conseguia chegar nem um pouco ao nível dela. Gabriella falava que sem fé era impossível agradar a Deus, não sei qual era o tamanho da minha fé, mas com certeza era menor que um grão de mostarda, porque nada do que eu queria acontecia. Porém, com Gabriella, as coisas aconteciam exatamente ou até melhor do que ela imaginava. Eu me achava inteligente e seguro até conhecê-la e ver que ela não se deixou abalar mesmo depois das terríveis situações que viveu; ela fazia eu me sentir emocionalmente fraco perto dela. Eu a admirava.

Então tentei ter fé, aceitar o inevitável e aproveitar os últimos dias com ela. E cada dia era melhor que o outro, ao menos quando estávamos caçando, pescando e acampando, eu era mais forte, mostrava que podia cuidar dela, e ela parecia apreciar muito a minha masculinidade. No dia em que acampamos, ela estava bastante temerosa com medo de ursos, então ficava o mais próximo possível de mim, confiando que eu a protegeria.

Eu sentia a obrigação de não deixar que nenhum mal acontecesse à minha garota e gostava de me sentir assim. Nos dias seguintes, passei todo tempo possível mostrando a ela que valeria a pena voltar para mim. Passei a segunda-feira inteira pensando nela. Meu coração queria se entristecer com sua partida breve, mas me esforçava para aproveitar o tempo que tínhamos juntos.

Preparei uma surpresa e não via a hora de buscá-la. Finalmente o treinamento terminou, já havia mandado mensagem para ela ficar pronta, pois não queria perder tempo. Fui para casa tomar um banho. Quando cheguei, vi a caminhonete de Tim e o carro de meu pai em frente de casa, imaginei que Gabriella estava me esperando ali. Assim que entrei, dei de cara com Tim sentado no sofá da sala e meu pai sentado na velha poltrona preta do meu avô. Ambos com os semblantes caídos.

— Boa tarde — murmurei, meio apreensivo. Gabriella não estava com eles. Rapidamente olhei para o banheiro, pois ela poderia ter vindo tomar banho e me esperar, mas a porta estava entreaberta.

— Filho, precisamos conversar. — A voz dele estava fraca e mais rouca que o normal.

— O que ouve?

— É melhor você sentar, irmão — sugeriu Tim.

— Falem logo! Onde está a Gabriella? — Minha voz falhava, será que ela foi pega? Será que sofreu algum acidente? Eles se entreolharam, e meu pai soltou um suspiro profundo. — Pai, o que aconteceu com a Gabriella? — insisti. Eu não queria ouvir resposta alguma, a não ser que estava tudo bem.

— Ela… foi embora, Noah. — Tim respondeu com a voz embargada.

— Como assim embora? — Aquelas palavras não faziam sentido nenhum.

— Ela embarcou hoje para Miami e amanhã embarca para o Brasil — acrescentou meu pai. Sua voz já estava longe em minha mente, precisei de um tempo para assimilar as informações, que continuavam a não fazer sentido algum.

— Do que vocês estão falando? Estão caçoando de mim, né? — Com certeza eu não estava gostando da brincadeira. — Onde ela está?

— Filho, não estamos de brincadeira. Gabriella nos fez prometer que não contaríamos que ela viajaria hoje.

— Do que estão falando? Pelo amor de Deus. — Minha visão já estava turva, e o chão parecia se mover ao meu redor. Meu amor...

— Gabriella não queria se despedir. Disse que, se você estivesse aqui, ela não entraria no avião.

— Aaaaah... — esbocei. Meu coração começou a acelerar rapidamente, minha respiração começou a ficar pesada, meus pensamentos ficaram confusos, e minha visão continuava turva, comecei a ficar tonto. Tentava manter a calma, mas meus pés não pareciam estar fixos ao chão.

— Pai, o que está acontecendo?

— Meu filho, eu sinto muito — disse ele se aproximando de mim. — Ela precisava ter coragem para ir, e, se você estivesse lá, ela não voltaria para a família, foi muito doloroso para ela. — Ele esticou a mão direita em minha direção e nela havia uma folha de papel branco, dobrado. — Ela pediu para te entregar. — Eu ainda não respirava normalmente e meu coração acelerava cada vez mais.

— Vocês... — sussurrei.

— O quê? — perguntou Tim.

— Vocês fizeram isso, mentiram para mim, sabiam que ela me deixaria. Como tiveram coragem de fazer isso comigo... vocês três? — Dei tapa no papel, que caiu longe. — Pai, me diz que é mentira, por favor — falei com a voz trêmula e embargada.

— Meu filho... — Ele não terminou a frase porque não sabia o que dizer.

— Pai! — supliquei — Pai, meu Deus, o que eu vou fazer? Não posso perdê-la. — Minhas pernas estavam bambas, e comecei a suar frio. Tim juntou o papel e colocou na minha mão, agarrei-o com força e o esmaguei entre os dedos, coloquei no bolso do casaco e saí o mais rápido possível. Estava tão tenso que não derramei nenhuma lágrima. Entrei na caminhonete e dirigi sem rumo, indignado por Gabriella simplesmente ter me abandonado.

Quando dei por mim, estava estacionando em frente ao trailer dela. A primeira lágrima caiu. Desci do carro e dei alguns passos até a porta. O tempo parecia passar em câmara lenta, levei a mão na maçaneta fria, dentro de mim ainda havia esperança de que, quando a porta se abrisse, ela apareceria com seu sorriso perfeito e encantador, mas, ao abaixar a maçaneta, a porta se abriu e, em vez do sorriso dela, toda a minha dor e solidão estavam lá dentro esperando para me abraçar. Meu pai chegou logo depois de mim e Tim logo atrás dele.

Entrei no trailer, e algumas coisas não estavam lá, mas, no canto ao lado da cama, estavam as botas amarelas glamourosas dela. Não, não, não. A segunda e terceira lágrimas começaram a descer. Ainda podia sentir o perfume dela. Os dois estavam na porta me olhando. Eu queria parecer forte, mas eu a amava demais, não conseguia imaginar que levaria um ano para vê-la ou, na pior das hipóteses, nunca mais a veria. Então desabei.

Um mar impetuoso vinha na minha direção, parecia que eu me afogaria a qualquer instante. Coloquei a mão no bolso e tirei o papel todo ameaçado, precisava ver a desculpa que ela teve coragem de escrever para mim. Relutei em abrir, mas enfim o fiz. Meu pai e Tim entraram quando me viram com o papel na mão; pela expressão deles, era notável que não tinham aberto para ler. Quando tive coragem de abrir, em letras garrafais, estava escrito apenas:

"Vou voltar para você, meu amor. Obs.: Perdoe-me... também foi difícil para mim."

— Tá de sacanagem comigo? — falei olhando para o papel. Essa não podia ser a mensagem dela. Ela havia mentido para mim, feito meu pai e meu melhor amigo mentirem também, sumiria por um ano inteiro, isso se realmente fosse voltar, pois era possível mandar uma porcaria de mensagem pedindo para mim seguir minha vida porque encontrou alguém, e não teve a decência de se despedir. Eu não fui o egoísta naquela situação. Ela sim.

Sentado na cama segurando aquele papel, chorei como uma criança. Meu pai me abraçou, e Tim abraçou nós dois, éramos três homens dependente do amor dela. Gabriella passou pouco tempo conosco, mas o suficiente para plantar em nós suas sementes de fé e carinho, era extremamente atenciosa e simpática com qualquer um de nós três, eu sabia que eles estavam tristes também. Para meu pai ela era a filha que ele sonhara em ter, para Tim era uma irmã e amiga, e para mim era meu mundo.

Era possível amar tanto alguém em tão pouco tempo? Será que eu conseguiria um dia gostar tanto de outra pessoa como gostava dela? Como pode uma desconhecida de repente se tornar o meu tudo. Gabriella me deixou aqui, e agora não sei como continuar...

# GABRIELLA

Mesmo estando no país onde passei a maior parte da minha vida, eu estava novamente em um lugar totalmente desconhecido. Era a terceira vez que isso acontecia seguidamente, agora estava numa cidade desconhecida, diante de um portão grande de ferro da cor marrom que eu nunca tinha visto antes e estava enfrentando grandes conflitos dentro de mim, tentando ter coragem para tocar a campainha. Pensei em tudo que tinha feito para chegar até ali. "Caramba, acho que estou aqui fora mais de cinco minutos parada." Finalmente apertei o botão, e em um toque apenas pareceu que um portal se abriu diante de mim. Uma voz infantil, familiar e suave soou no interfone.

— Quem é? — Era a doce voz da Bianca. Suspirei com os olhos cheios de lágrimas.

— Sou eu!

— Eu quem? — Ouvi a dúvida em sua voz.

— Como assim quem? Oras, sua irmã. Não reconhece a minha voz, Bianca? — Ela não disse nenhuma palavra a mais, apenas deu de ouvir um grito dentro da casa, e o portão eletrônico se abriu.

Lá estavam elas, as quatro mulheres mais lindas da minha vida, correndo para o portão. Entrei o mais rápido que pude, mas as gêmeas eram mais rápidas e chegaram até mim primeiro, logo veio Gislaine e mamãe. Eram tão perfeitos e aconchegantes aqueles abraços.

Ficamos por algum tempo ali, abraçadas, de pé no meio da garagem, havia muitas lágrimas. Repousei minha cabeça nos ombros da minha mãe, simplesmente não queria sair daqueles abraços e risos. Com muita dificuldade, consegui entrar na casa, mas não parecia a minha casa, não era meu lar.

Entramos na cozinha, e minha mãe trouxe uma xícara de café com leite bem quente como eu gosto. Ela estava mais magra e um pouco mais velha, foram meses bem difíceis, ela também me achou magra e abatida e disse que me levaria ao médico no dia seguinte. Gislaine ligou para o papai, que não levou nem meia hora para chegar. Quando o portão se abriu, um carro diferente estacionou na garagem, até o carro tiveram que trocar por minha causa. O homem mais lindo do mundo inteirinho desceu e veio em minha direção. Ele cheirava a tinta e solvente, um cheiro que sempre incomodava minha mãe, mas eu e as meninas reconhecíamos de longe, amávamos aquele aroma. Ele segurou nas minhas duas mãos, depois passou uma das mãos pelo meu cabelo, nossos olhos estavam marejados, me deu um grande abraço de urso, como eu imaginava que seria cada dia que pensava nele.

Mamãe já estava preparando o jantar, enquanto eu contava tudo o que aconteceu, cada detalhe. A história não acabava nunca porque sempre me interrompiam com perguntas ou histórias dos noticiários sobre as treze garotas brasileiras. Comi aquela comida quentinha e caseira da minha mãe, e o sentimento de estar segura finalmente tomou conta de mim. Só fomos dormir porque nossos olhos não aguentavam mais abertos, as gêmeas dormiram uma em cima da outra no sofá pequeno enquanto eu estava deitada no sofá grande com a cabeça sobre o colo da minha mãe e os pés no colo do meu pai. Gislaine debruçada no ombro do papai, sentada no braço do sofá. Enfim o sono nos venceu e fomos todos para cama, um quarto todo arrumado com as minhas coisas estava esperando por mim. Era difícil de acreditar que eu finalmente tinha voltado pra casa. Cansada, desmaiei na cama quente e familiar.

Assim que acordei, ainda com os olhos fechados, tateei a cama procurando por Noah, mas, ao abrir os olhos, dei-me conta de que estava muito, muito longe dele. Cheguei à conclusão de que não poderia ter tudo o que queria; se ficasse com minha família, perderia Noah; se quisesse ficar com Noah, teria que deixar minha família para trás. E ambos eram meu porto seguro. Eu tinha passado a noite toda contando sobre minha vida no galpão, a fuga e meus dias com Noah. Gislaine acabou fazendo a pergunta que meus pais estavam evitando fazer ou até mesmo pensar.

— Então você vai voltar para ficar com o Noah?

Meus pais se entreolharam entristecidos, eu não queria causar mais dor a eles, então apenas respondi que por ora eu estava onde queria estar. Eles sorriram um ao outro com um suspiro de alívio, e meu coração apertou ainda mais. Naquela manhã outra guerra estava começando em minha vida, teria que aprender a suportar a saudade que estava sentindo de Noah, e um problema ainda maior estava se formando.


Na última semana, eu estava tendo muitas tonturas e fortes dores no estômago, mas não quis contar a Noah para ele não se preocupar, afinal não poderia ir para um hospital no Alasca sem correr riscos. Minha mãe me levaria ao médico naquela semana, pois estava com medo de que algo pudesse ter acontecido comigo durante todo o tempo que estive fora.

— E se você pegou uma doença daqueles porcos do galpão? — ela perguntava, e eu respondia assegurando que eram extremamente cuidadosos com isso. — Não me importo, vamos ao médico amanhã pela manhã. — Ela disse várias vezes. Sabia que não mudaria de ideia, pois sempre foi bem cuidadosa comigo e com as meninas.

# NOAH

Suportar os dias, foi o concelho do meu pai.

— Encontre algo importante para fazer. — Ele me instruiu.

— O que você achou para fazer? — perguntei.

— Você — disse com um sorriso satisfatório.

Mas ela não estava aqui. Teria que encontrar outra inspiração para o tempo voar por mim, porque ultimamente parecia mais que o mundo estava servindo de casa para um caracol lento e preguiçoso. Entrei no carro, no fim da tarde, três dias depois da partida de Gabriella. Quando peguei a chave, senti o pequeno chaveiro frio na palma da minha mão e li a frase inscrita nele: "Não é sacrifício se for por amor".

Precisava achar algo que me ajudasse a suportar aquele ano, então dirigi até o lugar do nosso acampamento, onde ela deslumbrou a aurora boreal pela primeira vez. Parei a caminhonete lá em cima e, admirando a aurora boreal, chorei. Comecei a orar e pedir a Deus para me ajudar, apertava a pequena cruz entre os meus dedos, lia e relia a pequena frase. "Caramba, caramba."

Então pensei que, se eu vendesse a minha sociedade do barco, com o que eu já tinha economizado, seria possível comprar aquelas terras e passar o tempo construindo a casa idealizada por ela. Eu me peguei pensando que tudo, talvez, poderia ser uma grande perda de tempo, pois ela poderia nunca mais voltar, mas Gabriella me ensinou a ter fé. Certa vez perguntei o que era exatamente fé, e ela me disse que acreditar mesmo sem ver ou sem poder tocar, esperar crendo que chegaria o que pedimos, isso é ter fé. Disse também que sem fé era impossível agradar a Deus. Eu queria ter a certeza que ela tinha; sempre que precisava de alguma coisa, ela tinha certeza de que, de alguma maneira, daria certo.

Ela me ensinou ainda que, para uma coisa dar certo, a nossa vontade tem que estar alinhada à vontade de Deus. Como eu não compreendia isso, ela me explicou. Não pode ser uma vontade egoísta, tem que ser algo que seja justo, para você e para as outras pessoas envolvidas, porque Ele é o Pai de toda a justiça e não age, de forma alguma, injustamente. Se o seu desejo, de alguma forma, causar danos no presente ou no futuro a você ou a alguém, a resposta de Deus será não, então, quando pedires ao Pai que tudo pode, seja justo e saberá que a vontade dEle é a mesma que a sua.

Pensando em tudo isso, olhei novamente para a frase no chaveiro; se eu fizesse a casa por amor, então não seria um sacrifício. Pedi a Deus que me permitisse fazer a casa para Gabriella, para criarmos uma família juntos, pelo amor que eu sentia por ela e pelo amor que ela sentia por mim. Ela ficaria extremamente feliz se voltasse e encontrasse um lugar para chamar de lar. Seus pais não ficariam mais preocupados porque saberiam que sua filha está bem abrigada com um homem que daria a sua própria vida por ela. Essa foi a minha oração, desta vez não se tratava de mim. Pensei apenas em fazê-la feliz, seus pais e eu estaríamos felizes com a felicidade dela. Creio que foi o pedido mais justo que já fiz. Senti em meu coração uma chama aquecer e, pela primeira vez, senti esperanças de que ela voltaria para mim. Pude enfim chorar de alegria.

Agora precisava dar início ao meu motivo para seguir em frente. Faltava menos de um mês para meu treinamento acabar e eu começar a trabalhar como um policial na comunidade, usaria meu tempo livre para fazer a casa. Eu tinha um ano.

Dediquei o máximo de tempo aos meus treinamentos. Durante as tardes, comecei a fazer trabalhos na cidade para arrecadar uma renda extra e iniciar as construções. Meu pai tinha uma pequena poupança guardada para mim, e pedi a ele o resgate desse dinheiro. Explicando o motivo, ele não pensou duas vezes e me cedeu sem problema. Meu pai se alegrou com a ideia de eu encontrar algo para fazer, estava certo de que me chamaria de louco ou coisa assim, mas não o fez. Em vez disso, sentou-se comigo com papel e caneta na mão e me convidou para desenhar o projeto da casa.

Naquela semana me dediquei mais aos treinos, não via a hora de começar a trabalhar para poder investir na casa. Conversei com o Tim e os rapazes, eles combinaram de comprar a minha parte do barco. Meu pai tinha passado o barco cem por cento para mim, eu já tinha vendido cinquenta por cento a Tim, agora os três se reuniriam para comprar a outra parte.

# GABRIELLA

Meu dia começou mais agitado, ainda bem cedo as meninas andavam pela casa de um lado para o outro se arrumando para ir para escola. Meu pai passava o café na cozinha, o cheiro invadia a casa toda, e minha mãe estendia as roupas no varal no quintal nos fundos da casa. O sol iluminava as roupas claras recém estendidas. Quando cheguei à cozinha, meu pai me recebeu com um forte abraço e uma xícara de café bem quentinho. Minha mãe, quando me avistou, agradeceu novamente a Deus por eu estar em casa, coisa que ela já tinha feito umas mil vezes desde que eu voltara, me deu um beijo na testa e pediu para eu me arrumar, pois iríamos ao médico.

— Tem necessidade disso mesmo? Ela está bem. — disse meu pai. Minha mãe o encarou com indignação, e ele não disse mais nada.

— Preciso mesmo ir ao médico — interrompi o olhar dela para meu pai. — Estou com dor de cabeça terrível a dias e dores no estômago. — Minha mãe olhou para meu pai com aquele olhar que significava "viu". Comi uma fatia de bolo de cenoura com chocolate, mas não me caiu muito bem.

As meninas foram para escola a pé, pois era bem perto, deixamos meu pai no trabalho, ele estava pintando um mural para uma escola de música da cidade, como eu queria ficar ali pintando, mas precisava saber o que estava acontecendo com meu corpo que, nos últimos dias, gritava que não estava bem.

Fomos a uma clínica particular, minha mãe pediu vários exames, inclusive de gravidez. Eu já estava bem preocupada com essa possibilidade, mas, quando ela falou com a moça da recepção sobre isso, fiquei apavorada. Como assim ela desconfiava disso também? Uma aflição tomou conta de mim. Enquanto esperávamos, conversamos, e ela disse que não importava; depois de tudo que eu tinha passado, se isso tivesse acontecido, teríamos que ser gratas. Disse que uma criança seria uma bênção e para eu não me preocupar que eles me ajudariam.

Foi então que eu contei para ela a minha verdadeira preocupação. Não era a possível gravidez que estava me deixando preocupada, no galpão nós tomávamos injeções anticoncepcionais. Eu tomei uma por mês, assim que cheguei, até pensei que fosse droga injetável, mas Patrícia disse que era uma injeção contraceptiva e fiquei mais tranquila.

A questão é que, antes de fugir daquele galpão infernal, não tomei a injeção para o mês seguinte, que foi o mês que passei no Alasca. Se eu estivesse grávida, seria de Noah. Minha mãe ouvia tudo atentamente e com um semblante de quem estava apavorada.

— Então, se estiver mesmo grávida, está me dizendo que é do rapaz pelo qual você está completamente apaixonada? — Ela falava já com os olhos úmidos, a ponta do nariz estava avermelhada, como sempre ficava quando tinha vontade de chorar.

— Gabriella Marques! — chamou a enfermeira, quebrando o gelo que estava pairando sobre minha mãe e eu. Fui chamada para fazer o teste rápido de gravidez, ela me fez algumas perguntas, depois me entregou um copo pequeno de plástico e pediu para eu ir ao banheiro e fazer uma pequena quantidade de xixi ali dentro. A perna de minha mãe tremia tanto, que dava para ouvir o barulho do salto contra o piso do chão. Fiz o que me pediram, sabia que não era o bebê que estava deixando a minha mãe nervosa, mas o fato de eu querer estar como o pai da criança. Em um minuto o resultado estava concluído. "NEGATIVO"

Eu não estava grávida, um sentimento confuso tomou conta de mim, era alívio e preocupação. Se eu não estava grávida, então o que estava acontecendo comigo? Fui de uma sala para outra, conversei com um médico, que pediu exames de sangue para doenças sexualmente transmissíveis, entre outras. Deveríamos aguardar os resultados em até sete dias. No caminho minha mãe atribuiu minhas dores ao estresse e perguntou se eu estaria disposta a fazer terapia, porque, depois de tudo o que tinha enfrentado sozinha, seria o tratamento ideal para mim, segundo ela. Pedi para me dar um tempo, que eu pensaria sobre isso, mas estava mesmo era preocupada com os exames. O tempo passava, e havia dias em que eu me sentia bem, outros nem tanto; com muita luta naquela semana minha mãe deixou eu ir trabalhar com meu pai.

Eu amava pintar, pintar com meu pai então era bom demais. Ele me deixou pintar sozinha um lindo piano de cauda na sala de instrumentos, ao lado ele desenhou uma musicista muito delicada tocando um violoncelo, era realmente uma obra de arte. Meu pai era um artista incrível, eu gostaria muito de ser como ele. Ficou muito admirado com meu trabalho, que combinou harmonicamente com o dele. Éramos, sem cerimônias, fãs um do outro.

Os dias passavam muito devagar, pareciam não ter fim, as noites eram longas e solitárias, estava cercada de todas as pessoas que amava, mas só conseguia pensar em Noah. Tirando o trabalho com meu pai, não sentia vontade de fazer nada. Preferia ficar sozinha com meus pensamentos e lembranças. Na semana seguinte, fomos levar para o médico o resultado dos exames. Meus pais estavam comigo, mas confesso que a parecença dos dois me deixava ainda mais nervosa.

— Gabriella Marques! — A voz máscula do dr. Carlos me deixava nervosa. Ele mal olhou para nós quando entramos, estava com todos os resultados dos meus exames em seu computador.

— Sentem-se — disse. Olhando para mim, perguntou como eu estava me sentindo. Expliquei que, na última semana, tinha sentido dores de cabeça e tonturas, e de vez enquanto sentia dores no estômago. Ele nos disse que, segundo os exames, estava tudo bem comigo, não tinha nada de suspeito. Atribuiu meus sintomas ao estresse e me aconselhou procurar um psicólogo. Minha mãe me deu aquela olhada de quem está sempre certa, eu não olhei para ela, mas podia sentir seu olhar.

O médico também perguntou se eu tinha passado alguma situação complicada nas últimas semanas, e eu respondi apenas que tinha terminado um relacionamento muito significativo para mim. Meus pais abaixaram a cabeça tentando se mostrar fora daquela situação. Eu não poderia contar para o médico que tinha vivido nos Estados Unidos, ninguém poderia me ligar à história das treze garotas brasileiras, de jeito nenhum. Então atribui meu possível estresse a um recente término, o que não era mentira. O doutor Carlos disse que provavelmente logo eu melhoraria e que não seria nada sério; se eu quisesse, ele poderia me encaminhar para uma consulta com o psicólogo.

— É bom ter alguém para conversar — falou. Quando saímos do consultório a primeira coisa que minha mãe disse foi:

— Eu não disse que era estresse.

Sorri meio sem graça, mas não estava certa disso, algo parecia muito errado com meu corpo, eu me sentia mais magra e mal tinha fome. Ao meu pedido, meu pai me levou para comprar um celular e um chip novo. Em casa reabilitei o aparelho e ativei o chip no CPF e no e-mail da minha mãe. Fora o número dos telefones da minha família, o único contato que adicionei foi o de Noah, mas não consegui mandar nenhuma mensagem.

Na sexta-feira da segunda semana em casa, fui à congregação que meus pais estavam frequentando. Era uma igreja pequena e simples como eu gosto, tinha um grupo com mais ou menos uns oito jovens e, assim que eu cheguei, me convidaram para participar; me senti muito feliz com o convite, com certeza eu participaria, pois sentia muita falta da igreja. Jesus era o único psicólogo que queria na minha vida. O culto foi maravilhoso e me trouxe muita paz, mas, deitada em meu quarto, olhando para o teto, só pensava em Noah. Já faziam duas semanas que eu o tinha deixado sem nem me despedir. Eu estava com meu celular na mão olhando para o contato dele no meu WhatsApp, pensando se deveria ou não mandar uma mensagem para ele.

Depois de muito pensar, percebi que quem estava sendo egoísta era eu. O provável é que, àquela altura, a raiva dele já tivesse passado e ele provavelmente estaria preocupado comigo, se havia chegado bem ou não. Ficamos pouco tempo juntos, confesso que não entendia porquê meus sentimentos por ele eram tão fortes, mas cada dia estava mais difícil de suportar a saudade. Precisava me ocupar e encontrar um propósito, se não acabaria cometendo uma loucura. No meio de tantos pensamentos, acabei me perdendo e, quando dei por mim, já havia mandado uma mensagem para Noah.

# NOAH

Perdido em meus pensamentos, eu voltava o tempo todo ao dia em que vi Gabriella pela primeira vez, especificamente o momento em que ela se virou para mim e vi seu lindo rosto. Mesmo estando abatido, seu estado físico não conseguia esconder sua beleza latina, seu cabelo bagunçado lhe dava uma aparência selvagem, e seus lábios largos e volumosos, que se alinhavam perfeitamente com maçãs do rosto avermelhadas pelo frio, me encantaram. Nenhum homem em sã consciência não acharia aquela garota linda, mas o que me encantou foi o seu olhar. Além de seus olhos esverdeados serem lindos, eram repletos de mistérios. Enquanto ela me encarava, seus olhos mandavam mensagens pedindo ajuda, eu não poderia negar, me apaixonei naquele banco tenho certeza, pois, a cada segundo que passava do lado dela, mais queria ficar.

Sobre o terreno no monte, meu pai gostou da ideia de eu comprá-lo e me contou que o dono daquelas terras era o pai de Dom. Achei que pertencia à prefeitura ou a alguma imobiliária, mas era particular, e isso poderia dificultar meu sonho. Segundo meu pai, caso aquele terreno não desse certo, tinham ótimos terrenos à venda na cidade, mas Gabriella queria aquele, e eu queria fazer algo significativo para ela e que ocupasse meu tempo. O pior que poderia acontecer, segundo Tim, era eu ter que vender as terras depois, ou viver com outra pessoa lá, mas para mim nenhuma das duas hipóteses eram viáveis. Eu queria fazer a casa dos sonhos de Gabriella e, quando ela voltasse, teria um lugar para chamar de lar. Ela disse que, se voltasse, seria para sempre e para se casar comigo, bem sentia que podia acreditar nisso.

Meu pai e eu iríamos juntos falar com o dono; como meu pai era muito respeitado na cidade, tinha que usar isso a meu favor. Saí do treino e fui fazer a cobertura do telhado da casa de uma vizinha, o que me rendeu mais de duzentos e vinte dólares. Cada centavo era importante, pois a casa que desejava fazer precisaria de dinheiro e dedicação. Eu tinha passado o treinamento todo ansioso pensando no que dizer ao sr. Brown, sei que teria que fazer uma proposta ambiciosa para ele não negar. Não queria fazer uma oferta sem ter uma boa quantidade em dinheiro e não queria desistir fácil caso ele negasse a venda.

Então fiz um voto com Deus, assim como Gabriella me ensinou. Eu daria dez cestas básicas a dez famílias carentes, se Deus abençoasse a compra do terreno, e fiz uma campanha de sete dias de oração. Só depois desses sete dias eu faria uma proposta de compra do terreno. A campanha de oração também foi algo que aprendi com ela, nos dias em que esteve comigo, fazia orações para tudo que desejava, inclusive para mim. Como eu via que tudo que ela fazia dava certo, resolvi tentar.

No início da campanha, eu estava bem nervoso e preocupado, mas no quarto dia as minhas súplicas já estavam diferentes. A certeza invadia a minha mente, e eu estava bem tranquilo. Em vez de dizer "Pai, me ajuda a comprar as terras", eu falava "Pai, faz a tua vontade mesmo que não seja a minha", com a certeza de que Deus sempre faria o melhor para mim. Se não desse certo a compra do terreno, eu não questionaria.

No sétimo dia da campanha, fiquei mais tempo de joelhos do que de costume. Orei por Gabriella, e algo me deixou preocupado. Quando pensava nela, sentia um pouco de aflição, sentia que precisava de mim. Agradeci muito a Deus naquela noite por tudo. Depois me deitei com um sentimento de que deveria estar ao lado dela.

Acabei a campanha, e no dia seguinte íamos à casa dos Browns. Eram quatro da tarde, e meu pai foi até onde eu estava trabalhando, para irmos juntos falar com o velho Brown.

— Você parece nervoso? — Meu pai indagou a caminho da fazenda do sr. Brown, que era bem longe da cidade.

— Estou um pouco ansioso — respondi com a voz fraca.

— Não se preocupe, tem muitas terras livres em Fairbanks, não será difícil comprar um bom lote de terra por aqui.

— Mas a questão, pai, é que só aquela terra me importa.

— Entendo! — Ele respondeu, sabendo o real motivo de aquelas terras serem importantes para mim.

Depois de mais de quarenta minutos andando por estradas de chão, finalmente chegamos. Na entrada da fazenda havia uma placa feita em madeira, pintada de branco, com uma escrita em letras mal feitas vermelhas que dizia "proibida entrada de caçadores". Seguimos em frente por mais uns dez minutos de carro, era mesmo um território enorme, com carros velhos, enferrujados, largados por todo o lugar, havia também máquinas antigas, como tratores e guinchos, eu nunca tinha passado perto das terras do sr. Brown.

De longe pude avistar uma casa e, um pouco mais adiante, um grande galpão de madeira. Estacionamos de frente ao galpão, cachorros amarrados, em suas casinhas, latiam de uma maneira ensurdecedora. Havia, mais ou menos, uns quinze cachorros, algo muito comum no Alasca. Estávamos observando aqueles animais magricelos ouriçados com nossa parecença quando um homem branco alto e muito magro apareceu diante de nós, parecia muito judiado pelo tempo, aparentava ter quase uns setenta anos e andava um pouco curvado para frente, dando a impressão que cairia a qualquer instante. Tinha braços compridos e magros, usava botas grandes e sujas, que pareciam ser pesadas demais para seu corpo frágil.

— Senhor Brown, quanto tempo! — disse meu pai.

Vagarosamente ele se aproximava de nós, meu pai foi em sua direção para suavizar um pouco todo o esforço que o velho aparentava estar fazendo, e fiz o mesmo. Já próximos, meu pai estendeu a mão para cumprimentá-lo, mas o velho seguiu olhando firme em seus olhos e disse antes de apertar a sua mão.

— O que faz aqui, xerife? — Parecia que não se importava muito com a hierarquia política.

— Viemos lhe fazer uma vista de negócios por assim dizer — respondeu meu pai com um sorriso.

— Que tipo de negócios? — perguntou ele sério.

A conversa durou mais de uma hora, já estava bem frio e começou a escurecer. Depois de uma história nada resumida da vida do sr. Brown, ele nos contou que estava muito cansado de tudo, que precisava doar seus cachorros, que ele e a esposa não conseguiam dar conta de tanto trabalho e que seus dois filhos não tinham interesse na vida da fazenda. Ele queria ficar apenas com os animais pequenos e a horta da esposa, disse que venderia quase tudo para ter dinheiro para uma velhice mais tranquila e que já estava em seus planos vender as terras do mirante.

Eu queria pular e gritar de alegria, mas me contive, mesmo porque não fazia ideia do valor que pediria. Seguindo a conversa, ele pediu para meu pai fazer uma oferta, nos olhamos, e sugeri em valor oferecendo 30 mil dólares a menos que a quantidade que eu possuía. O velho ergueu as sobrancelhas, mas não respondeu, engoli a saliva e não disse nada. Meu pai e ele se encaravam, por fim ele pediu dez mil a mais da minha oferta, eu ofereci apenas cinco mil; ele me encarou e mandou eu sair da frente dele, que ele não tinha tempo para perder comigo. Eu sorri e disse:

— Fechado então, pago o valor que o senhor está pedindo. — Neste momento eu estava suando frio. Apertamos as mãos e fechamos o negócio, depois disso ele pediu para sua esposa trazer cerveja para nós, meu pai recusou, pois ainda estava de serviço, mas eu aceitei.

De volta para casa, eu ria à toa, meu pai olhava para mim sorrindo também, sabíamos que tínhamos feito um ótimo negócio. Ficou combinado de assinarmos os documentos da terra, que eu faria a transferência do dinheiro no dia seguinte. Ainda tinha 20 mil dólares para iniciar a construção.

Depois de um bom banho e de um sanduíche, deitei-me na cama cansado, mas contente pela negociação. Coloquei o celular em cima da mesa de cabeceira, cheguei a pensar em colocar no silencioso para não ser incomodado, mas, por cansaço, acabei não fazendo. Alguns minutos depois, cochilei, quando de repente um alarme de mensagem do WhatsApp tocou me acordando. Irritado, peguei o celular com a intenção de silenciá-lo, mas, quando o desbloqueei, um número desconhecido apareceu no quadro de notificação, uma pressão apertou meu peito e respirei um ar frio que pareceu congelar meus pulmões, +55 47... Essa combinação de códigos era do Brasil da região onde moravam os pais de Gabriella, eu sabia disso porque a vi digitando várias vezes quando ligava para eles, depois que eles foram embora do Rio de janeiro. Olhando para a tela, não conseguia abrir a mensagem, minha preocupação era que o conteúdo pudesse destruir todas as esperanças que eu tinha, mas eu queria muito, mais do que queria aquelas terras, então por que não conseguia abrir? Fiquei um tempo olhando o celular, que desligava a tela, e eu tinha que ligar várias vezes. Por fim abri, e estava escrito:

"Espero que me perdoe por tudo. Como prometido, enquanto eu for sua, a única mensagem que você receberá será esta. Espero nunca receber uma mensagem sua também. Dói estar aqui, tão longe de você. Preciso saber se estou perdoada... apenas isso. Romanos 8: 28... Até.".


Estava tudo em português, copiei e colei no google tradutor, eu tremia e respirava com dificuldade. Lendo a mensagem traduzida, eu chorava, ela estava bem, me amava e sentia minha falta. Mesmo estando com a família que tanto amava, sentia minha falta. Usando o versículo, entendi que ela estava bem e segura e que tinha dado tudo certo, eu queria contar como me senti quando ela foi embora e sobre o maravilhoso negócio que fiz no terreno, ela certamente ficaria orgulhosa de mim. Queria falar que construiria uma casa para ela voltar e que a amava muito, mas não seria justo, ela se sentiria pressionada a voltar, e eu queria dar a ela o mesmo que me deu, liberdade para escolher. Entendi por que Gabriella não quis manter um relacionamento a distância, ela não queria me prender a uma pessoa que podia ou não voltar, me deixou escolher se eu queria ficar preso a ela ou não. Uma luz pareceu iluminar a minha mente e finalmente entendi o cristianismo que ela tentou me explicar. Livre arbítrio.

Me levantei e corri até a porta da entrada, no aparador estava meu chaveiro, voltei para o meu quarto, peguei a pequena cruz de latão prateada, virei a frase para cima, coloquei na palma da minha mão, tirei uma foto com as mãos ainda trêmulas e enviei para ela. Não tinha dúvida de que ela entenderia o recado. Ela visualizou, naquele exato momento, a milhares de quilômetros de distância, nós estávamos juntos. Eu tinha tanta coisa para falar e para perguntar, mas apenas olhava para a palavra "on-line", e as lágrimas escorriam.

Eu me perguntei se ela fazia o mesmo, deitei-me na cama com o celular na mão e, por um bom tempo, ela apareceu on-line. Será que estava conversando com alguém? Provavelmente não, ela não teve tempo para isso nem era esse tipo de garota. Não podia ter contato com suas amigas do passado, ninguém podia saber que ela tinha voltado dos Estados Unidos. O mais provável era que estava olhando para a mesma coisa que eu. Logo a palavra desapareceu; por várias vezes até pegar no sono, eu olhei para o celular, ela dormiu com certeza, pois era madrugada no Brasil. Então fui descansar também, feliz por ter tido contato com a minha amada.

Na manhã seguinte, enquanto tomava meu café, reli a mensagem de Gabriella um milhão de vezes, mostrei para meu pai, que ficou feliz e aliviado por ela estar bem, printei e enviei para Tim, que respondeu imediatamente:

— Graças a Deus... Estava aqui pensando o que teria acontecido com ela, agora podemos relaxar um pouco.

— Verdade, amigo, mas creio que logo ela estará aqui conosco — respondi.

Um pouco antes do horário de almoço, já estava tudo certo entre o sr. Brown e eu, os papéis estavam assinados e já havia transferido o dinheiro. Estava com os documentos das minhas terras nas mãos quando entrei na lanchonete da tia Dolly, me sentei na banqueta próximo ao balcão e pedi o prato do dia, que era um ensopado de carne de cervo que eu amava. Coloquei a pasta de documentos em cima do balcão e, como sabia que minha tia era muito curiosa, não levou nenhum minuto para perguntar o que era. Depois da minha explicação, ela ficou me encarando, tia Dolly não tinha costume de se meter na minha vida, mas toda vez que tinha a oportunidade me dava um conselho. Ela e minha falecida avó que cuidaram de mim na infância para meu pai poder trabalhar, e ela sempre tinha aquele conselho de mãe que eu sentia falta.

— Noah, você se apaixonou pela garota, não foi? — perguntou me encarando. Eu não disse nada e ela prosseguiu. — Meu querido, se você está comprando essas terras por causa dela, tenha certeza de que ela vai largar a família no Oregon primeiro, porque, se ela não fizer isso, você vai sofrer muito.

Ela não conhecia a história de Gabriella, e eu também não tinha permissão de contar, mas dava para ver que não queria que eu me magoasse, eu apenas ouvia. — Espero que ela valha a pena todo seu esforço, porque você merece ser feliz. — Enquanto falava, colocava a mão na minha cabeça e acariciava meus cabelos como seu eu tivesse sete anos de idade. Em seguida esticou o braço e pegou o prato da mão da cozinheira, colocou na minha frente e disse:

— Coma. — Depois se retirou para atender um grupo de pessoas que entravam.

# GABRIELLA

Ele estava online e leu a minha mensagem, mas não enviou nenhuma resposta. Da maneira que o deixei, imaginei que ficaria furioso comigo, mas pensei que, com o passar dos dias, me compreenderia. Eu hesitei tantas vezes em entrar naquele avião, que ele não poderia imaginar; se estivesse comigo naquele momento, provavelmente eu não teria entrado. De repente recebi uma mensagem, uma foto do pingente que eu lhe dei e a frase, que era autoexplicativa. Ele me amava e estava esperando por mim. Fiquei olhando para aquela foto até cair no sono. Grata por ele não ter dito nada a mais, porque tudo que eu precisava saber estava naquela imagem.

No dia seguinte, coloquei a foto de sua linda e forte mão com a cruz como papel de parede do meu celular e como foto do perfil do WhatsApp; enquanto ela estiver lá, ele vai saber que estou pensando nele. Era sábado, e o grupo de jovens tinha me convidado a participar de um culto. Cheguei lá meia hora antes de o culto começar, não tinha ninguém na igreja, cogitei voltar para casa, mas resolvi esperar. Logo chegou um jovem que deveria ter mais ou menos a minha idade, era moreno claro, alto e entroncado com cabelo bem curto estilo militar. Estava vestido de social, com uma guitarra nas costas, pendurada por uma alça atravessada no seu peito. Ele veio até mim, estendeu a mão, estava muito cheiroso, e me cumprimentou com o costume da igreja, dizendo "a paz do Senhor". Deu um lindo sorriso, e respondi o mesmo. Enquanto eu estendia a mão para ele, ouvimos vozes próximas, três garotas do grupo estavam chegando, antes mesmo de eu perguntar o nome dele, elas gritaram "Vitor" e vieram em nossa direção. Todos deram abraços nele e começaram a conversar, eu fiquei meio de lado, mas por mim estava tudo bem. Uma delas estava com a chave e abriu a igreja, entramos, e elas ficaram ao redor dele. Eu fui me sentar, coloquei a minha bolsa em cima do banco, me ajoelhei, pensando em Noah, chorava pedindo ao Pai que um dia pudesse estar com ele novamente.

Não percebi o tempo passar. Enquanto orava, ouvi o culto iniciar e, quando dei por mim, estava cercada de jovens. De uma maneira estranha, o guitarrista Vitor, que estava ao lado do púlpito com a banda, não parava de me olhar, ou era apenas impressão minha. Confesso que fiquei constrangida. Foi um culto maravilhoso, no final praticamente todos vieram me cumprimentar. A caminhada para casa era um pouco longa, mas eu estava tranquila, gostava de ficar sozinha para curtir minhas lembranças e chorar sem ninguém me criticar. De repente ouvi um assobio, parei e fiquei tentando identificar, pois praticamente não conhecia ninguém; era o Vitor segurando o cabo da guitarra e correndo. Olhei para minha bolsa e verifiquei se a Bíblia estava dentro, pois pensei que tinha esquecido algo na igreja para ele correr daquela maneira atrás de mim. Olhei mais adiante para ver se tinha outros jovens por perto, pois o assobio poderia ser para outra pessoa, mas as minhas coisas estavam comigo, e não tinha ninguém por ali. Ele parou na minha frente ofegante, se curvou e colocou as mãos no joelho para poder controlar a respiração.

— Você... anda rápido, hein — falou pausadamente.

— O que faz aqui? — perguntei esperando uma resposta que não fosse a que eu estava imaginando.

— Estou indo para lá também, vamos juntos? — Era exatamente o que eu imaginava.

Já havia passado várias vezes por situações iguais aquelas, então apenas consenti, e seguimos andando. Sempre as mesmas coisas, várias perguntas básicas sobre a minha vida, mas eu não estava interessada em saber nada sobre ele, além de seu nome. Já sabia que era músico, cristão e o tipo que as garotas babavam. Mas naquele momento eu só pensava em Noah. No fim, Vitor pareceu ser mais interessante que o normal, era um rapaz bem cristão e não tinha uma conversa boba, trabalhava numa empresa de contabilidades, fazia faculdade de educação física e era muito inteligente também.

— Você não fala muito, né? — perguntou. Olhei para ele e respondi:

— Desculpa, estou com uma dor de cabeça horrível.

— Que pena, vou orar por você. — Achei muito fofo em dizer isso.

Como as pessoas da igreja sabiam que eu estava nos Estados Unidos por causa de meus pais, essa era a conversa principal das pessoas que se aproximavam de mim, e eu tentava ser a mais breve e menos mentirosa possível, com Vitor não tinha sido diferente. Conversamos e andamos, e eu nem percebi que já estávamos bem perto de casa.

— Você mora aqui perto? — perguntei avistando meu portão.

— Sim, duas casas depois — ele respondeu.

— Nossa... por essa eu não esperava — falei alto demais sem perceber.

— Somos vizinhos, isso não é legal? — Ele deu um sorriso grande.

— Sim, acho que sim. — Neste instante já estávamos em frente ao meu portão. Dei a paz, toquei a campainha, ele ficou parado esperando-me entrar e, quando eu já estava na parte de dentro do terreno, gritou:

— Passo aqui para irmos juntos amanhã às seis e meia. — E o portão se fechou.

Lembro de ter ficado com pena de o portão ter fechado bem na cara dele, mas ele achar que eu queria sua companhia para ir para o culto já era um pouco demais. Espero não ter dado nenhuma esperança para ele pensar que eu queria alguma coisa a mais, Vitor era realmente lindo, mas não era quem eu queria.

No domingo meus pais foram fazer uma visita a outra congregação, mas eu tinha me comprometido a cantar no grupo de jovens, por isso não pude acompanhá-los. Exatamente às seis e meia, Vitor tocou a campainha da minha casa; minha mãe, que já o conhecia e estava de saída, abriu o portão e o convidou para entrar, eu queria morrer de vergonha. Gislaine correu para meu quarto para dizer que o garoto mais lindo da igreja estava ali, para uma adolescente ela estava empolgada demais.

— Qual é a sua, garota? Se controla e diz que eu já estou indo! Ela me deu uma piscadela irritante, que deu vontade de jogar o sapato na cara dela. Coloquei um vestido branco com flores grandes vermelhas estampadas e um suéter vermelho, achei que estava maravilhoso e quis que Noah pudesse me ver daquele jeito. Meu vestido parecia mais largo que o normal, e eu ainda estava com muita dor de cabeça. Não quis falar nada para minha mãe, porque ela me levaria a um psicólogo, e eu não queria isso de maneira alguma.

Quando cheguei à cozinha, Vitor estava de pé encostado na entrada da porta com a guitarra pendurada nas costas, minha família havia acabado de sair, e estávamos só nós dois ali. Engoli a saliva e não falei nada, apenas acenei com a mão para ele esperar e fui buscar minha bolsa no quarto. Fiquei tão brava com minha mãe que não tinha palavras para descrever; ela provavelmente fez de propósito, porque no fundo tinha medo que eu quisesse voltar para o Alasca. Eu até compreendia o ponto de vista dela, mas aquilo já era golpe baixo. Voltei e tentei agir o mais natural que pude, mas estava furiosa por dentro, rapazes brasileiros eram diferentes, ou Noah, o único rapaz americano que conheci, é que era diferente, porque os brasileiros vão direto ao ponto e não enrolam muito, mas Noah era calmo, paciente e respeitoso. Estava meio apavorada com o que poderia estar passando na cabeça de Vitor. Assim que saímos de casa, ele perguntou:

— Está melhor?

— Como? — perguntei sem entender.

— A dor de cabeça, passou?

— Na verdade, vai e volta, mas por agora estou bem, obrigada por perguntar.

— Você já foi ao médico? — Ele parecia mesmo preocupado.

—Já sim, está tudo bem, ele acredita que é emocional — respondi.

— Menos mal, precisa se cuidar, é muito bonita para sofrer assim. — Parei e o encarei.

— Como assim sou bonita para sofrer? Quer dizer que pessoas feias podem sofrer? Ou você achou uma maneira de me elogiar com essa frase mal colocada? — Ele arregalou os olhos e franziu o cenho assustado.

— Responda!

— Desculpa, me expressei mal.

— Você se expressou pessimamente. — Ele consentiu com a cabeça. Me virei e continuei a andar, ele seguiu ao meu lado. Então continuei: — Não adianta ser bonito, atraente e fazer faculdade, tem que pensar antes de falar. A inteligência está em como falamos e agimos, e não no grau de escolaridade — falei num tom sério.

— Você está tentando me dar uma lição de moral ou só arrumou uma maneira de dizer que me acha bonito e atraente? — Olhamos um para o outro em silêncio e rimos alto.

— Cala boca! falei empurrando o braço dele. — Não fica se achando, não gosto de andar com gente exibida.

— Eu que digo isso, eu não gosto de gente exibida, e você parece bem convencida — Ele disse rindo da minha cara.

— Você que foi até a minha casa, está andando comigo por que se sou exibida?

— Porque você está solitária.

— Você está mesmo fazendo péssimas escolhas de palavras. Estou muito bem sozinha, não pedi a companhia de ninguém e, se você está pensando que vou babar por você igual às outras garotas, está muito enganado.

— Estou brincando — disse ele esbarrando seu corpo contra o meu. Seguimos jogando conversa fora.

Depois do culto, os jovens do grupo foram comer fritas, mas eu estava com dor de cabeça novamente e não quis ir. Foi o momento certo para mostrar ao Vitor que eu não andaria atrás dele. Enquanto eles estavam ocupados, distraídos uns com os outros, saí de fininho, assim não chamei a atenção dele. No caminho me senti tonta, e a visão ficou turva.

Já em casa, minha família tinha acabado de chegar, entrei cambaleando pela porta, olhei para minha mãe, ela estava de costa para porta e não me viu, chamei por ela, mas minha voz não saía. Bruna me viu e percebeu que eu não estava bem e gritou: "Mamãe!". Eu apaguei.

Quando acordei, estava no hospital. Minha mãe chorava ao meu lado, minha visão ainda estava turva, eu estava com ânsia de vômito e não sabia bem o que estava acontecendo.

— Mãe… por que estou aqui? — Minha voz estava fraca, percebi que não tinha força nenhuma no corpo.

— Você desmaiou e deu um susto enorme em nós. — As lágrimas dela escorriam sem esforço, e eu via a preocupação em seu olhar.

— Mãe, desculpa, eu não queria incomodar mais.

— Não fale besteira, sabemos que você não quis fazer nada do que aconteceu, mas preciso saber, filha, se você contou tudo, tudo mesmo, para nós? — Olhei pra ela e vi seu olhar de medo, então disse:

— Mãe, não há nada que eu não tenha contado sobre o que eu vivi lá, prometo que não escondi nada. Passei cada dia querendo compartilhar tudo com a senhora, mas…

— Mas o que, Gabriella? — Ela disse em tom ansioso.

— Tem uma coisa que eu não tenho falado, para não deixar você e meu pai tristes. — Ela apertou a minha mão e disse com a voz embargada:

— Eu sei, e é culpa minha, você está guardando isso. Eu sabia e não deixei você falar sobre o assunto. Será que é por isso que você está assim? — Ela me conhecia muito bem.

— Eu o amo, mãe, e não estou suportando a saudade dele.

Parecia que uma faca tinha sido arrancada dos meus pulmões quando disse aquilo. Ela me encarou sabendo o que isso implicaria, que um dia eu voltaria para o Alasca. Não disse nada, apenas segurou minha mão com uma força de quem jamais soltaria. Sabia que a estava magoando, mesmo não sendo minha intenção, mas não importava o que decidisse, qualquer escolha que fizesse machucaria alguém.

Não queria ser uma pessoa egoísta, mas eles precisavam saber como eu me sentia. Os médicos falavam que eu estava com uma possível depressão; mesmo que fosse o caso, eu sentia que algo muito sério estava acontecendo com meu corpo, mas não tinha coragem de contar para minha mãe. Só implorava a Deus para cuidar de mim, não poderia crer que, depois de tudo por que passara, Deus me deixaria morrer. Estava certa de que me recuperaria.

As horas passavam, e nada dos médicos virem falar conosco. Olhávamos uma para a outra, aflitas e ansiosas esperando pelos resultados dos exames. Finalmente uma enfermeira me buscou para fazer uma ultrassonografia.

# NOAH

Depois do almoço na tia Dolly, entrei na caminhonete, me sentei, arrumei o cinto de segurança, olhei o movimento da rua para poder sair e vislumbrei o banco em que conheci Gabriella. Queria não me apegar tanto a essas memórias, para ver se o tempo passava mais rápido, mas eram coisas difíceis de esquecer. Eu a via sentada ali no meus pensamentos e nos meus sonhos. Dias atrás havia uma pessoa sentada sozinha naquele banco, eu sabia que não era ela, mesmo assim meu coração disparou, e, ao passar bem na sua frente, pude constatar que era apenas um senhor de idade já avançada, mas ainda levou um tempo para meus sentimentos se acalmarem.

Liguei o carro e parti, fui ao terreno do mirante que agora era meu. As terras eram demarcadas por uma cerca de arame comum e, para tornar o lugar das obras mais seguro, o primeiro passo era cercar tudo com cercas elétricas para poder manter os ursos do lado de fora. Não machucaria os ursos nem os mataria, mas os assustaria o suficiente para ficarem longe. Sentei-me no capô da caminhonete, com papel e caneta na mão, e comecei a fazer meus planos, me lembrei do susto que dei nela quando do nada engatilhei a arma para nos proteger dos ursos, a primeira vez em que estivemos juntos ali, ri sozinho.

Passei um bom tempo no terreno, o ar estava frio, mas a luz do sol era agradável, fiquei pensando se Gabriella viria mesmo viver comigo algum dia. Precisava crer que sim. Analisei como faria a casa, o tamanho que teria; falamos em ter quatro filhos, então o mínimo de quartos seriam quatro, uma suíte para nós dois, um quarto para meninos e outro para meninas, se fosse o caso de termos os dois. O quarto extra seria onde ela daria aula para as crianças e área de recreação, segundo sua exigência. Deixou isso bem claro quando falamos sobre filhos. Também não podia esquecer o ateliê de pintura, que era um sonho dela, eu não me importava tanto como seria a casa, meu desejo era fazer uma área externa para ensinar meus filhos a escalar e a atirar, um mini centro de treinamento. Quando falei isso a primeira vez para Gabriella, ela achou estranha a ideia, mas não disse que não, meus três hectares de terra tinham espaço para fazer muitas coisas.

Queria que ela ficasse completamente encantada quando visse tudo. Depois que terminei o esboço básico do projeto, percebi que tinha muito trabalho pela frente, mas eu tinha um ano para fazer tudo e estava bastante empolgado. Graças ao desapego do sr. Brown, eu tinha um dinheiro legal para iniciar.

Já em casa sentado, meu pai e eu começamos a fazer o orçamento dos materiais, ele parecia tão empolgado quanto eu. Não foi difícil meu pai se apegar a Gabriella, ela era muito carismática e uma donzela em perigo, o sonho de todo policial. Era muito educada também e tinha um olhar intensamente forte segundo ele, fazia-o se lembrar de minha mãe.

Fui dormir com a cabeça turbinada de ideias, por isso acabei demorando para pegar no sono. Várias vezes olhei o celular para ver se ela tinha enviado algo, mas nada. Fiquei muito feliz quando vi a imagem que tinha mandado como foto do perfil de seu no WhatsApp. Não me contive e coloquei no meu status uma foto que tirei na frente da caminhonete no terreno, queria que ela pensasse naquele lugar e que olhasse para mim.

Naquele momento já deveria estar dormindo, várias vezes pensei dane-se, vou ligar para ela, preciso ouvir sua voz, mas não sabia como estavam as coisas por lá. Ela poderia estar sendo perseguida por alguém, e, se eu ligasse, ficaria com medo ou nervosa, eu não queria deixá-la preocupada, então não o fiz. Tinha que aprender a esperar. Gabriella tinha sido bem específica em suas preocupações, por isso combinamos de não nos relacionar a distância.

Acabei dormindo imaginando como seria minha vida com ela e nossos filhos naquela casa e como iniciaria as obras. Confesso que, volta e meia, o sentimento de que eu nunca mais a veria queria me consumir, mas me lembrava de suas palavras e depositava minhas esperanças em Deus.

Nas semanas seguintes, passei pelos últimos dias de treinamento, enfim poderia ser um policial de verdade. O grande dia chegou, já estava tudo preparado para minha formação, queria que Gabriella me visse, ela ficaria muito orgulhosa. Coloquei, pela primeira vez, meu uniforme, que meu pai ficou meia hora passando a ferro, era algo que eu podia fazer, porque sempre passava os uniformes dele, mas ele fez questão de passar para mim. Cheguei a ver lágrimas em seus olhos enquanto ele passava a roupa.

— Está tudo bem, pai? — perguntei. Ele esfregou os olhos.

— Sua mãe ficaria muito orgulhosa. — Ele não olhou para mim enquanto falava.

— Eu sei, obrigado por dizer isso. — Ele saiu de onde estava e me abraçou, um abraço forte e firme que me dizia muitas coisas.

— Estou muito orgulhoso de você — falou meu pai, e eu me senti como uma criança que ganha um doce.

— Eu que deveria dizer isso. — Me afastei um pouco do seu abraço e olhei para ele. — Tenho muito orgulho do senhor, quero me tornar um homem tão digno quanto você. — Ele me envolveu com seus braços fortes e me deu uns tapinhas nas costas. Aquele momento ficará guardado para sempre em mim.

Coloquei o uniforme, e tiramos uma selfie, os dois uniformizados. Coloquei no meu status para Gabi ver, ela visualizou a última que coloquei e tinha certeza de que veria essa também.

A cerimônia foi gratificante e muito cansativa. Agora eu era realmente o policial que sempre quis ser, já havia mandado o pedido para trabalhar na delegacia central da cidade com meu pai, e a resposta veio um dia antes da cerimônia, estava liberado para começar no meu posto imediatamente. Estava muito feliz, era exatamente onde eu queria, já que não poderia estar com Gabriella.

Foi uma fase difícil todos aqueles meses treinando para realizar um sonho de criança, um sentimento que veio à tona no momento em que recebi meu distintivo, algo que quis muito a minha vida toda. Só nesse momento entendi por que ela não quis que eu a seguisse, havia lhe contado como me sentia em relação a ser policial, ela sabia que era algo que eu desejava muito. Gabriella não teve a oportunidade de realizar seu sonho, alimentado desde a infância, que também era seguir os passos do pai, ela não foi egoísta, pensou em mim. O sentimento de me formar policial era indescritível, eu realmente estava muito feliz. De certa forma, deveria agradecer a ela por não deixar largar tudo. Mesmo querendo estar com ela a cada minuto da minha vida, era bom demais realizar um sonho.

Em casa coloquei todas as fotos que achei que ela gostaria de ver no status, nunca fui muito de ligar pra rede sociais, usava o celular somente para o necessário, mas agora tudo que fazia queria registrar, colocava o que podia para ela me ver. Só a casa queria que fosse um segredo, não queria que se sentisse forçada a voltar, queria que ela voltasse por escolha própria.

# A CASA

Graças aos meus três hectares de terras, eu tinha madeiras o suficiente para construir uma vila inteira. O primeiro dia, em que fomos demarcar a área da casa e cavar as sapatas para iniciar os fundamentos, foi bem trabalhoso. Mesmo sendo quase fim de verão, ainda estava bem quente, e precisava fazer o máximo que podia antes que o outono terminasse porque no inverno é impossível construir no Alasca, às vezes, já no meio do outono, é impossível fazer qualquer coisa por causa do clima imprevisível. Meu pai e Tim foram me ajudar, cavamos o dia todo mais de dezesseis buracos de um metro de profundidade; era sábado, estávamos lá desde de cedo e saímos quase ao anoitecer. No domingo Tim e eu fomos para o terreno cortar árvores para fazer os fundamentos da casa, meu pai estava trabalhando, então nós dois cortamos dezesseis árvores para descascá-las, tínhamos que cortar no tamanho certo e enterrar nos buracos cavados no dia anterior. Aluguei uma retroescavadeira para puxar os troncos, era só o segundo dia, mas o trabalho já estava bastante difícil. O terreno para cortar as árvores era íngreme e de difícil acesso.

Foi complicado, mas demos conta. Por causa da construção, meu pai me permitiu trabalhar no terceiro turno, então eu trabalhava a noite toda, saía às cinco da manhã, dormia até às nove e ia para o terreno fazer o que fosse possível até às quatro da tarde. Dormia até às oito da noite e começava tudo de novo. Para minha sorte, as noites no Alasca não são tão agitadas, dava para tirar uns cochilos às vezes.

Passei a semana seguinte derrubando árvores sozinho, depois as prendia, uma a uma, com uma pesada e grossa corrente na retroescavadeira, e levava para o lugar da construção. Foi um total de quatrocentas e dezesseis toras até finalizar as obras. Eu tinha três meses para fazer o máximo que podia, descasquei tronco por tronco, havia dias em que minhas mãos, rachadas e cheias de calos, sangravam, mas eu não podia parar; cada vez que pensava em desistir, era como se o céu tocasse o coração de Gabriella, e ela, que quase nunca publicava algo, deixava uma mensagem no status para mim, sempre a mesma: Romanos 8:28. Eu tinha certeza que deveria continuar.

A casa foi construída em seis meses, tirando os meses parados, por causa do fim do outono, que naquele ano trouxe neve antecipadamente e deixou meus planos para o fim do inverno rígido. Assim que a primavera começou a derreter a neve, pude retornar às atividades. A estrutura principal e a cobertura da casa estavam de pé, e eu precisava passar para as próximas fases. O isolamento térmico atrasou mais de duas semanas para ser concluído, ainda precisavam chegar da capital de Juneau as vidraças e portas sob medidas.

Sempre que meu pai podia, ele me ajudava, Tim tinha ido para uma temporada de pesca em alto-mar, às vezes eu contratava dois rapazes da vila, um amigo que fiz no trabalho também aparecia para dar uma força, ele era bem forte e entendia mais de construção do que eu, se chama Thomas e foi um grande parceiro. Creio que essa amizade é fruto das orações da Gabriella, porque, além de ser um cara muito legal, ele era cristão, mais uma vez Deus confirmando a passagem de Romanos em minha vida.

Havia momentos em que eu ficava muito triste, mal sentia fome, trabalhar na polícia e na casa era muito difícil, mas Thomas sempre tinha palavras para me animar, novamente parecia que era Gabriella falando comigo. Acabei concluindo que eles, através da sua crença, tinham uma compreensão das coisas bem diferentes de mim e das demais pessoas com quem eu me relacionava. Toda vez que davam algum tipo de conselho ou de correção, se parecia muito com os conselhos que meu pai me dava, quando usava as palavras da minha mãe.

A casa foi toda feita de troncos roliços, sobrepostos na vertical, com dois pisos; na parte de baixo, uma sala de estar com lareira na entrada, com acesso à sala de jantar, e à cozinha, tudo conceito aberto, e um belo lavabo na parte debaixo da escada. Uma escada de um metro e vinte de largura por dois e meio de altura (inclinada) dava acesso ao segundo andar, de frente à escada, havia uma pequena área de descanso, à esquerda nossa suíte e à direita três quartos e um banheiro para toda a família. Ao lado da suíte, o ateliê de Gabriella. Toda a parte da frente do segundo andar era com enormes janelas, de mais de dois metros de altura, que deixavam a luz do sol entrar e nos permitia admirar a linda vista da cidade de Fairbanks e obviamente a aurora boreal.

Faltavam apenas dois meses. Já tinha se passado um ano inteiro. Ela partiu em junho, mas o combinado era até 31 de dezembro que Gabriella poderia voltar. A casa estava praticamente pronta, faltavam apenas a instalação dos aquecedores, decidi não decorá-la, senti que deveria deixá-la fazer. Uma amiga design de interiores queria me ajudar, mas neguei, queria que Gabriella o fizesse. Além de ser ótima decorando, tinha seu lado artístico, algo que eu queria ver por toda a casa.

Já não tinha muito o que fazer na casa, mas eu ia até lá todos os dias, me sentava em um dos degraus da escada e pensava em muitas coisas. Era uma das épocas mais lindas do ano, e eu queria muito que Gabriella estivesse comigo, sinceramente já não me satisfazia apenas como o status dela, pensava demais. Depois que acabei a construção da casa, comecei a sentir um grande vazio. Tentava me agarrar à fé, mas eu não era muito bom nisso. Muitas vezes, pensei em mandar uma mensagem para ela dizendo que eu tinha seguido em frente, várias vezes tive a oportunidade de ficar com outras mulheres, mesmo meu corpo querendo, sabia que não era ela, então desistia. Lembro-me de um sábado em que estava de folga e passei o dia todo na construção da casa, levantando um dos pés direito da sala de jantar muito pesado. Acabei pisando em uma ferramenta e caindo de costas no chão, por pouco o tronco não caiu em cima de mim; se tivesse acontecido, teria me machucado gravemente.

Lembro que fiquei tão frustrado que larguei tudo e fui para o bar do Dom beber para desestressar, à certa altura, já tinha bebido demais e estava prestes a ir para casa, quando uma amiga do ensino médio se aproximou de mim. Conversa vai, conversa vem, me pediu para deixá-la em casa, nós tivemos uma paquera na adolescência, mas nada sério. Não consegui negar a carona e, quando estávamos na frente da casa dela, eu a beijei, ela ficou surpresa e quis prolongar o beijo, mas, assim que toquei seus lábios, me arrependi, acabei sendo muito frio com ela e indo embora.

Eu precisava de uma esperança, algo que não fosse "Romanos 8:28", porque isso não estava mais funcionando. Olhava o tempo todo para aquele celular e nada, às vezes sentia uma vontade estranha que ela mandasse uma mensagem dizendo que seguiu em frente e que eu estava livre para seguir também, mas, nas maiorias das vezes, eu só pensava em revê-la, implorava aos céus para me permitir viver esse momento, mas não acreditava tanto nisso.

No segundo domingo do mês de outubro de 2015, eu mal consegui dormir por causa de uma briga de bar que tivemos que atender, na noite anterior, que acabou com um jovem gravemente esfaqueado. Tinha que estar cedo para receber a empresa que instalaria os aquecedores na casa do mirante, Thomas e eu colocaríamos os últimos painéis solares no telhado, algo que dava muito trabalho. Eu estava cansado fisicamente e psicologicamente exausto, e Thom veio me falar de fé. Não conseguia mais ter fé ou paciência, não suportava mais toda aquela situação.

Que tipo de amor Gabriella sentia por mim, talvez eu a tivesse idealizado, para ela podia ser o suficiente aquela frase no status, mas para mim não. Teve um período em que estava me acabando de fazer a casa, e ela ficou três meses sem mandar nenhuma mensagem, estava no meu limite já, pensei em vender a casa e ir procurá-la no Brasil, esquecer todas as promessas que fizemos. Nem sei por que ainda não tinha feito isso, ela não fazia ideia do que passara construindo aquela casa, não achava justo o que estava fazendo comigo.

Essa foi minha resposta a Thomas. Todos os dias eram angustiantes esperando uma mensagem. E se ela fosse uma sociopata brincando com meus sentimentos? Tantas coisas passavam pela minha cabeça que às vezes acreditava que estava ficando louco.

A casa do mirante estava pronta, eu me sentei num dos degraus da escada principal, olhando para tudo que tinha feito, cada detalhe me lembrava a situação, o clima e o tempo em que cada tora daquela tinha sido colocada. Literalmente estava morrendo de medo, era um sentimento horrível de sentir. Eu não estava acostumado a me sentir assim, mas, desde que ela se foi, esse sentimento foi ganhando vida própria dentro de mim. Certa vez estava com Thomas numa patrulha, e ele estava contando sobre uma prisão bem interessante que fez antes de nos conhecermos, o que me fez pensar em Gabriella indo embora sem me dizer nada. De repente meu coração começou a acelerar e cada vez foi ficando mais rápido, o ar começou a faltar, parecia que alguém estava me sufocando com as mãos. Thomas me fez sair da direção, tomou a frente da viatura e correu comigo para o hospital. Quando chegamos, eu estava numa crise de choro terrível, achei que estava morrendo, nós dois achávamos que eu estava tendo um ataque cardíaco, mas, depois de ser atendido, descobri que estava tendo uma crise de ansiedade.

Foi uma dolorosa experiência, nunca tinha passado por nada perto daquilo, aquela foi a primeira de inúmeras crises que se seguiram. Queria que ela soubesse dessas coisas, queria fazê-la se sentir mal em me deixar aqui nesse estado. Construir a casa foi uma maneira de me manter ocupado até Gabriella voltar, mas não estava mais me ajudando. O sentimento de alegria de construir a casa era frustrado pela espera que nunca terminava.

As pessoas à minha volta me diziam para parar de esperar porque aquilo estava acabando com minha saúde física e mental. Não tinha como negar que estavam certas, meu pai chegou a dizer que se arrependera de ter me apoiado a fazer a casa e que não suportava mais me ver daquela maneira. Volta e meia, eu tinha uma crise de ansiedade, fui obrigado pelos médicos a tomar remédios para controlar as crises. Meu pai implorou para eu parar de ir à casa por um tempo, pois cada vez que eu ia, voltava mais triste; ficava frustrado toda vez que via a casa vazia. Houve vezes, confesso, que senti vontade de pôr fogo em tudo.

Estávamos na última semana de outubro, e fazia mais de duas semanas que Gabriella não postava nada no status, então ela trocou a foto do perfil do WhatsApp. Em vez da minha mão segurando a pequena cruz, havia uma foto dela de costas com a luz do sol à sua frente e seus maravilhosos cabelos revoltos pelo vento, e seus braços acima da cabeça com as mãos unidas como em posição de oração. Embaixo a frase: só penso em você.

Eu não sabia se era para mim aquela frase ou para outra pessoa, mas queria desesperadamente que fosse para mim. Um sentimento de calma encheu meu coração, não sei dizer por quanto tempo olhei aquela foto, cheguei a tirar um print e, volta e meia, olhava para ela. Pude relembrar até o cheiro dos seus cabelos e a maciez da sua pele, eu realmente não estava pronto para desistir, não por enquanto. Ansioso acabei enviando uma mensagem para ela, que dizia o seguinte: "Você vai mesmo voltar?".

Assim que enviei, me arrependi, era praticamente um ultimato, exatamente o que ela disse que não queria fazer comigo. Ela não visualizou. Depois de ter trocado a foto do perfil, não ficou mais on-line, fazia dois dias que eu tinha enviado a mensagem, e ela não a vira, me senti tão arrependido que a apaguei, não sabia por que ela havia sumido do aplicativo. Eu estava sofrendo tanto com ansiedade que acabei ligando, cada toque da chamada fazia meu coração acelerar, cheguei até a imaginar que tinha ouvido sua voz, mas a verdade é que não tive êxito.

Então era isso, Gabriella provavelmente tinha encontrado outra pessoa, mas não sabia como me dizer, ou simplesmente tinha me esquecido mesmo, ou nunca gostou de mim como eu gostava dela. Tim sempre me dizia que era impossível que Gabriella não gostasse de mim, ele tinha certeza de que ela voltaria, eu já não sabia mais o que pensar. Achei que enlouqueceria com tudo aquilo.

Na noite seguinte ao dia que liguei inutilmente, tive outra crise de ansiedade, foi pior que as outras, e estava sozinho em casa. Era minha folga, e eu tinha passado o dia dando uma faxina na casa do mirante, não quis contar para meu pai, porque ele ficava furioso toda vez que eu ia para lá. Na hora da crise, estava olhando para a foto de Gabriella pela milésima vez; quando não estava mais suportando a dor, fiquei de joelhos e clamei por misericórdia divina. De certa forma, queria morrer, mas, por outro lado, tinha medo da morte. Aos poucos a dor foi passando, não sei dizer se foi a oração ou se foi naturalmente, fiquei tão assustado que tomei um dos comprimidos que o médico me deu para dormir e capotei na cama.

No dia seguinte, acordei com o despertador gritando no meu ouvido e a primeira coisa que senti foi uma forte dor de cabeça. Meu pai estava tomando um chá na cozinha para ir dormir, pois tinha acabado de chegar do trabalho, eu estava me aproximando, terminando de vestir a farda, quando ele me chamou para conversar.

— Noah — falou com a voz imponente.

— Oi, pai! Por que essa voz tão séria?

— Sente-se. — Me sentei sem questionar.

— Estava pensando e acho melhor você vender a casa do mirante de uma vez por todas.

— Do que você está falando? — perguntei meio cético.

— Isso está acabando com você, eu não quis interferir e até te ajudei, mas está se autodestruindo e não posso assistir a isso. Existem outras mulheres, você é jovem e vai se apaixonar de novo, já chega disso.

— Você se apaixonou de novo, depois que a mamãe se foi?

— É diferente.

— O que é diferente? Você está sozinho desde os trinta anos, era jovem também, por que não seguiu em frente?

— Porque eu tinha você, nunca me senti sozinho, mas está definhando, meu filho. Vive triste, doente, nem eu fiquei assim depois que sua mãe se foi.

— Vá trabalhar, e vamos voltar a conversar sobre a venda da casa, não quero discutir sobre isso.

Eu queria dar a ele mil motivos para não vender a casa, mas não consegui, me levantei da cadeira e fui trabalhar. Faria um turno de doze horas e, antes de começar, fui tomar um café na tia Dolly. Estacionei de frente ao banco do porto, aquele lugar era como um imã para mim; era outono, e estava bastante frio, havia poucas pessoas na rua, e um vento gelado soprava. Corri para o restaurante, comprei meu café e fui trabalhar.

Não tive muito o que fazer naquele dia, meio-dia já estava completamente entediado, foi quando recebi a ligação da tia Dolly me convidando para almoçar lá, ela tinha feito ensopado de cervo, que eu adorava.

# PETTER

Eu não perderia um ensopado de cervo de jeito nenhum. Ao me aproximar do restaurante, vi sentada no banco do porto uma mulher com uma criança, lembro-me de pensar que eram loucos de estarem naquele frio. Estacionei bem na frente ao banco, como de costume, e desci do carro pronto para correr, não queria ficar exposto ao vento frio, olhei rapidamente para a mulher e o bebê sentados ali bem agasalhados, mas desviei o olhar e me concentrei em correr. Quando dei meus primeiros passos em direção ao restaurante, ouvi uma voz me chamar:

— Noah! — Por um instante soou como a doce voz rouca de Gabriella. Quando parei e olhei para o lado, em direção ao banco, mal dava para ver o rosto da pessoa quase todo coberto pelo capuz de pelúcia, mas pude reconhecer aqueles lindos olhos, o perfeito nariz e os lábios carnudos perfeitamente desenhados. Naquele instante, achei que meus olhos estavam me pregando uma peça, podia ouvir cada batida do meu coração, porque o mundo todo em volta se silenciou.

— Gabriella?! — gritei de onde eu estava sem mover um músculo do lugar. Com medo de estar enlouquecendo de verdade.

— Noah... — ela disse com um suspiro de felicidade. Achei que teria uma crise de ansiedade, porque meu coração pulsava muito alto, devagar me virei em sua direção, e cada passo que eu dava pareciam eternos, pensei em correr, mas estava com medo de estar enganado, então, passo por passo, fui até ela e parei na sua frente a encarando.

Era mesmo ela, levantei a mão e vagarosamente toquei seu rosto muito gelado, as lágrimas dela molharam minha mão, enquanto eu conferia cada pedacinho da sua face. Não chorei porque não tinha certeza se era real, então ela quebrou o silêncio.

— Pode me beijar. — Coloquei minha mão na sua mão, a puxei contra meu corpo e a beijei. Era mesmo a minha Gabriella.

— Que saudades, meu amor! — ela falou assim que nossos lábios se afastaram, foi quando eu percebi que havia um bebê entre nós.

Eu a encarei, e ela sorriu para mim. Olhei para o bebê e para ela algumas vezes e, não sei por que, não consegui dizer nada. Eu ainda não estava acreditando naquilo, mas ela seguia me encarando e sorrindo, talvez esperando que eu falasse algo.

— Este pequeno é o Petter. — Pensei em dizer tantas coisas quando a visse novamente, mas a única coisa que saiu foi:

— Petter?

— Sim, seu filho, Petter.

— O quê?! — "Como meu filho", pensei. Fazia muito tempo que não nos víamos, e ele era um bebê, como seria meu filho? Ou eu estava num sonho muito doido ou estava perdendo o juízo de vez.

— Noah, você não está feliz em me ver?

— Não estou entendendo bem o que está acontecendo... como assim meu filho?

Ela me encarou lendo a expressão no meu rosto e entendeu que eu estava confuso.

— Podemos ir ao restaurante para conversar, aqui está muito frio para o bebê. — Olhei ao redor para pegar as malas, mas não havia nenhuma.

— Onde estão suas bagagens?

— Na tia Dolly, eu não pretendia ficar tanto tempo aqui fora. Podemos?

— Sim, claro — falei. Eu tinha tantas coisas para dizer, mas nem as minhas pernas correspondiam às minhas vontades. Ela segurou em minha mão e disse:

— Vamos! — Eu a segui, cada passo ao lado dela era desconfortavelmente estranho, porque eu parecia estar vagando em uma realidade virtual, enquanto para ela parecia tudo normal.

— Noah, tenho muitas coisas para te contar, cada dia longe de você foi um verdadeiro pesadelo para mim — Ela falava enquanto seguíamos para a tia Dolly.

— Eu imagino. — Foi o que disse. Aquela criança estava tornando a volta da mulher que eu tanto esperava muito difícil para mim. Assim que entramos no restaurante, minha tia correu e me abraçou.

— Nem acreditei quando Gabriella entrou por essa porta, tive que te enganar para fazer uma surpresa. — Eu sorri meio confuso, deixei minha tia falar à vontade enquanto Gabriella se ajeitava com a criança numa mesa. Minha tia enfim se retirou para buscar o café, me sentei de frente para Gabriella, a mulher a qual tanto esperei, querendo uma explicação plausível para toda a dor que ela me causou. Por que retornou com uma criança nos braços?

— Você está bem? — Ela me perguntou. Queria xingar, brigar com ela, fazer se sentir culpada, ao mesmo tempo queria beijá-la e abraçá-la.

— Não, desde que você foi embora. — Eu estava sério e frio, não conseguia tirar os olhos da criança. Quando a tia Dolly trouxe o café, falou enquanto acariciava o cabelinho do bebê:

— Noah, o Petter é igualzinho a você quando era bebezinho. — Olhei para Gabriella, que ainda me encarava sorrindo. Assim que minha tia se retirou, Gabriella falou:

— Sei que saí daqui de uma forma que te magoou, senti vontade de pular umas mil vezes daquele avião e voltar para você. — Involuntariamente começou a chorar. — Me perdoe, minha intenção não era ficar tanto tempo longe, tinha decidido que, se tudo estivesse bem no Brasil, em seis meses eu voltaria, ligaria para você me comprar as passagens, porque, assim que entrei no avião, soube que não suportaria ficar longe de você, mas teve uma coisa que eu não te contei.

— O quê? — perguntei ainda me mantendo frio.

— Noah, o Petter vai fazer sete meses de idade; quando saí daqui, estava com duas semanas de gravidez, mais os nove meses, são exatamente os 16 meses em que estivemos longe um do outro. Estou falando isso porque você parece cético quanto a ele ser seu filho.

Enquanto falava, ela cobriu a frente do corpo com uma fralda de pano, aconchegou o bebê, uma das crianças mais lindas que eu já tinha visto, no seu colo, levantou o suéter de lã e o amamentou.

— Então ele é mesmo... meu filho?

— Eu não estaria aqui se não fosse. Vamos agora mesmo fazer um teste de DNA se quiser.

Antes de ela terminar a frase, levei as duas mãos ao rosto e, com os cotovelos apoiados na mesa, chorei como um bebê. Achei que teria uma crise de ansiedade, mas era um choro diferente, sentei ao lado dela e abracei os dois. Meu pequeno Petter ficou incomodado com o meu braço interrompendo seu almoço, mas não consegui soltar, a beijei várias e várias vezes, eu acariciava a cabeça do bebê, e as lágrimas escorriam. Ela sorria e chorava ao mesmo tempo, por fim consegui situar a minha mente e ver que finalmente o que eu mais queria estava acontecendo.

— Amor... — sussurrei. — Por que não me contou? Por que teve a criança sozinha? Eu poderia ajudar de muitas formas. Por que me deixou aqui sem saber de nada? Eu merecia fazer parte disso — falei entre soluços. — O sorriso dela desapareceu, era nítido no seu olhar que tinha algo a mais.

— Noah, vamos almoçar, estou com muita fome, esse garotinho suga toda minha energia, depois conversamos. Por ora só quero ficar perto e poder te olhar. — Consenti com a cabeça, finalmente pude sentir alegria de tê-la em minha vida novamente.

O pequeno parou de mamar, ela o fez arrotar e o entregou a mim, ele era macio e fofinho com o cheiro mais perfeito do mundo. Era loirinho, com alguns cachinhos bem finos, bochechas vermelhas e lábios gordinhos com cor de morango, narizinho pequeno e olhos azuis como os meus. Não tinha como negar, ele era exatamente como o bebezinho que estava no colo da minha mãe numa foto que tínhamos em cima da lareira. Era igualzinho a mim. Gabriella e eu sorríamos e chorávamos ao mesmo tempo. Petter estava encantado mesmo era pelas abotoaduras do meu uniforme.

— Esperei por esse momento desde que descobri que estava grávida — ela murmurou. — Obrigada, Pai! — agradecendo a Deus.

Assim que a comida chegou, Gabriella fez o gesto para pegar Petter e me pediu para sentar do outro lado para poder almoçar melhor, ela parecia fazer tudo de uma maneira natural, comendo com o bebê no colo e dando muita atenção a ele. Era linda e, segurando meu filho no colo, conseguiu ficar ainda mais bonita. Eu mal conseguia comer, não tirava os olhos dos dois. Sorria sem parar, era tudo de verdade, ela estava ali e com um presente inesperado. O melhor presente do mundo. Ela percebeu que eu não parava de olhar e começou a contar:

— Eu não via a hora de estar com você; cada dia que passei no Brasil, planejei esse momento, aconteceram umas coisas que preciso te contar, me perdoe não ter contado antes. Mesmo que não me queira de volta, você tinha que conhecer seu filho. — Estendi meu braço e toquei sua mão como sempre fria. Quando estava prestes a respondê-la, a porta do restaurante se abriu, fazendo a campainha tocar, era meu amigo Thomas. Assim que passou pela porta, me viu e veio na minha direção, me cumprimentou e perguntou:

— Posso me sentar com vocês?

Com um sorriso bobo, me levantei e os apresentei:

— Thomas, esta é Gabriella, minha namorada.

A expressão no rosto dele era impagável. Gabriella estendeu a mão para ele, se desculpando por não se levantar, pois estava com a criança no colo.

— Gabriella? A Gabriella do Brasil?

— Sim, eu mesma — ela falou, exibindo seu lindo sorriso.

— Cara... Você voltou, tenho ouvido muito sobre você.

— Sinto muito, ele deve ter me descrito como uma monstra sem coração.

— Na verdade, esse cara sofreu bastante, mas enfim você está aqui. — Ela consentiu com a cabeça.

— Esse é meu filho, Petter — falei pela primeira vez.

— Você tem um filho?

— Pois é, eu sou pai, acredita? — Eu não conseguia parar de sorrir.

— Nossa, ele é a sua cara. Parabéns, amigão! — Ele me deu um tapinha nas costas. Era a primeira vez que eu apresentava meu filho a alguém e a segunda vez que alguém dizia que ele era a minha cara, era algo maravilhoso de se ouvir. Eu era pai.

Depois de mais algumas conversas, Thomas nos deixou a sós. Conversando com ele, me lembrei da casa. Desde que vi Gabriella no banco, me esqueci completamente da casa, ainda bem que Thomas não tocou no assunto, ele sabia que era uma surpresa.

Infelizmente meu horário de almoço estava terminando. Precisava conversar tanta coisa com a minha amada, mas agora teríamos todo o tempo do mundo. Peguei as malas e as coloquei na viatura, levei ela e o bebê para minha casa. Meu pai já havia saído para trabalhar.

— Eu não queria deixar vocês sozinhos aqui — comentei.

— Meu amor, vai trabalhar em paz! Quando voltar, estarei aqui, vou colocar Petter para dormir e vou fazer o mesmo, estou muito cansada. — Ela falou e me deu um beijo quente e doce.

Entrando na viatura, uma saudade arrebatadora já tomou conta de mim, voltei correndo e bati à porta, a meu pedido ela tinha fechado por dentro.

— Gabriella, sou eu, abra a porta — falei para ela não se assustar. Quando abriu, estava sem o bebê nos braços, olhei para ela intensamente, a peguei no colo, joguei suavemente seu corpo contra a parede e a beijei por um longo tempo.

— Não suportava mais a saudades de você — falei várias vezes, enquanto a beijava, e a ouvi repetindo eu também.

— Noah, você está gato demais com essa farda — falou me obrigando a beijá-la novamente. — E você é ainda mais linda como mãe. — Rimos juntos, mas infelizmente tive que voltar ao meu posto.

Dirigindo até a delegacia, eu voltava aqueles últimos momentos várias e várias vezes. Gabriella voltou, senti-me tantas vezes frustrado, ansioso e agora ela estava de volta, e eu era pai de um lindo e saudável garotinho.

Acho que nunca senti algo tão forte dentro de mim; cada vez que pensava em Petter, meu coração parecia crescer mais e mais. Cheguei à delegacia uns segundos antes de Thomas, que veio correndo até mim falar que a fé valia a pena. Ele estava certo, fui cruel duvidando tanto de tudo que Deus fazia por mim. Ele a trouxe de volta como pedi milhares de vezes, me arrependi de tudo que reclamei.

Pedi a Thomas para não contar ao meu pai, queria fazer uma surpresa. Gabriella disse que faria um jantar, e eu queria convidar mais uma pessoa especial, combinei com meu pai para ir jantar em casa às dezenove horas. Ele me achou diferente e não entendeu muito bem a minha alegria, já que tinha me dito horas antes que conversaríamos sério sobre a venda da casa.

Liguei para Tim e também o convidei para ir jantar lá em casa. Além de saber que ele tinha saudades de Gabriella, ela implorou que eu o avisasse de sua volta, mas eu queria que fosse uma surpresa para ele também. As horas de repente estavam andando lentamente, me sentia ansioso de uma forma diferente, estava tão feliz que não sabia como agir direito. Fazendo a ronda, passei pela minha casa umas três vezes para ter certeza de que estavam bem, não poderia esquecer o passado de Gabriella; agora, além de cuidar dela, tinha meu filho para proteger. Meus instintos protetores estavam mais aguçados do que nunca.

# GABRIELLA

Quando eu estava no aeroporto com Petter, ainda no Brasil, muitas coisas passavam na minha cabeça. Pensei, é claro, em mandar mensagem para Noah, era muito difícil não ouvir a voz dele e contar tudo que havia acontecido, mas eu já tinha esperado tanto, e seria maravilhoso aparecer na frente dele de surpresa. Ficava imaginando ele correndo para mim, me tirando do chão com seus braços fortes e me beijando por um longo tempo. Quando visse Petter pela primeira vez, será que teria dúvidas de que seria seu filho? Estava ansiosa para estar nos braços dele novamente e tinha muitas coisas para contar.

Ao aterrissar no Alasca dois dias depois de sair do Brasil, eu estava muito cansada de carregar meu bebê gordinho no colo, mas estava muito feliz. Assim que cheguei, peguei um táxi e fui direto para o restaurante da tia Dolly, pois queria que Noah me encontrasse no banco do porto, achei que seria mais especial. Cheguei ao restaurante no mesmo minuto em que Noah saía de lá com um copo de café, ele entrou na viatura, estava encantador com a farda da polícia. Eu quis gritar seu nome e correr para ele, mas estava toda descabelada, suja e com Petter dormindo no meu colo.

Quando nos conhecemos, eu estava horrorosa; depois de tanto tempo sem vê-lo, não queria que me visse como uma mãe relaxada, queria estar linda e cheirosa quando o encontrasse, então o deixei partir. Quando entrei no restaurante, a tia Dolly parecia que tinha visto um fantasma, ela pegou o telefone para ligar para Noah imediatamente, mesmo antes de me cumprimentar, mas, ao perceber o que ela faria, implorei que não fizesse. Então me sentei e expliquei tudo, que queria fazer uma surpresa e que ele não sabia do menino. Tia Dolly não sabia sobre o meu passado, ela achava que eu estava no Oregon, mas inventei uma desculpa esfarrapada sobre um ex malvado, e ela engoliu, eu acho. Não gostei nem um pouco de mentir para aquela simpática senhora. Petter acordou, e ela se encantou, chamava-o de Noazinho porque era a cara do pai, até comentou que não precisava de DNA, porque ele era idêntico ao pai quando era bebê.

Tia Dolly ficou com a criança enquanto eu comia as deliciosas panquecas com xarope de bordo, ela desapareceu com meu filho na cozinha, exibindo-o para todos, incluindo clientes. Ela me permitiu tomar um banho e me arrumar no banheiro dos funcionários, estava me sentindo bem melhor, passei a manhã toda com ela. Na hora do almoço, pedi para ela ligar para Noah, era dia de peixe frito, mas ela disse que tinha ensopado de cervo, porque ele amava. Era de se esperar que não negaria, mas eu não esperava que ele viria imediatamente. Agasalhei bem o bebê, coloquei o casaco e fui para o banco, estava muito frio, fazia muito tempo que eu não sentia um frio daqueles. Petter estava tão agasalhado que parecia um pacote de presente, era difícil carregá-lo no colo. Assim que cheguei ao banco, meu coração começou a acelerar, as palpitadas chegavam a machucar; quando avistei a viatura entrando na rua, minha respiração ficou tão profunda que estava me causando vertigem, parei de tremer de frio, e meu rosto começou a queimar. Ele parou do outro lado da rua, de frente para mim; antes de descer do carro, pude vê-lo olhando para nós, mas não me reconheceu. Ele passou por trás da viatura e estava indo direto para o restaurante, sabia que ele amava ensopado de cervo, mas não esperava por essa. Foi quando gritei seu nome.

Ele parou, e eu o via como em câmera lenta; se virou na minha direção, e eu abri um largo sorriso para ele. A expressão no olhar dele era nítida, ele me reconheceu, mas também parecia confuso, era compreensivo, ele não sabia que eu vinha. Em todos os meus sonhos com aquele momento, imaginei que ele correria até mim alucinado de alegria, mas ele andava vagarosamente em minha direção, parecia pensativo. Assim que parou na minha frente, pude sentir sua respiração pesada; olhando para seu lindo rosto, via suas narinas abrirem e fecharem; com o cenho cerrado, me olhou nos olhos, deslizou as pontas dos seus dedos ainda quentes pelo contorno do meu rosto, como uma pessoa com deficiência visual quando faz uma leitura em braile. Percebi que ele não estava crendo que eu estava mesmo ali, pedi para ele me beijar, porque queria que sentisse que era eu mesma e porque estava ansiosa para sentir seu beijo novamente.

Ele não hesitou, mas também não me beijou imediatamente, em vez disso colocou sua mão esquerda sobre a minha mão direita, mas não suavemente como fez no meu rosto, ele a segurou e a apertou firme, pude sentir o calor da mão dele aquecendo a minha, de repente fui puxada contra seu corpo, e finalmente me beijou. Por falta de como me expressar melhor, posso dizer que fui ao céu, e voltei, foi assim que me senti ao ser beijada pelo meu amor novamente.

Quando o beijo terminou, ainda estava nas nuvens, e ele viu que era eu, mas me olhou diferente quando percebeu Petter nos meus braços.

Eu estava muito contente em poder apresentar pai e filho, mas acabei o confundindo ainda mais. Algo dentro de mim me alertava que isso poderia acontecer, afinal, eu tinha saído de uma vida em que poderia ter ficado grávida, mas graças a Deus isso não aconteceu, então precisava explicar tudo o que havia acontecido desde o momento em que tinha ido embora. Se preciso fosse, eu provaria através de exame de DNA. Ali fora estava frio demais, e o convidei para termos aquela conversa no restaurante da tia Dolly, lá consegui esclarecer as coisas.

A afeição de Noah, ao compreender que Petter era mesmo seu filho, foi maravilhosa, enfim pude ver o olhar de admiração que tanto esperei. Quando ele se levantou e veio nos abraçar, meu coração sentiu paz. Ver meu bebê no colo do pai era algo indescritível. Só Deus sabe o que passei para chegar até esse momento. Depois do almoço, ele precisava voltar para o trabalho, e as emoções ficaram tão abaladas que nem consegui dizer o quão lindo ele estava na farda de policial.

Ele nos deixou em sua casa, o clima estava meio suspenso ainda entre nós, dava para perceber que Noah guardava rancor de mim. Quando tranquei a porta depois que ele saiu, me senti vazia. Depois que eu explicasse tudo a ele, talvez me perdoasse, mas tinha que esperar um tempo para lhe contar tudo. Eu havia acabado de deitar Petter no centro da cama de Noah e estava ajeitando os travesseiros ao redor dele como uma barra de proteção, já que nas últimas semanas ele não ficava mais parado em cima da cama, rolava de um lado para o outro, quando ouvi uma batida na porta e fiquei apreensiva, mas ouvi Noah avisando que era ele. Pensei que tinha esquecido algo, mas, ao abrir a porta, ele me encarou profundamente, fazia muito tempo que ninguém me olhava daquela maneira, para ser sincera ele tinha sido o último. Fiquei arrepiada dos pés à cabeça, ele deu um passo para frente, encostou seu corpo no meu, envolveu suas mãos em minha cintura e, me agarrando com uma força abrupta, me encostou contra a parede e me beijou, por um longo e perfeito tempo. Depois me disse:

— Feche a porta, não saia para lugar nenhum, não posso te perder de novo. — Me deu mais um beijo curto. — Volto daqui a pouco, descanse, meu amor. — Meus olhos estavam marejados, eu estava arrepiada, consenti com a cabeça, e ele se foi.

Voltei para o quarto para terminar de ajeitar as coisas para Petter, ainda estava tonta pelo que tinha acabado de acontecer, Noah estava com a barba por fazer, e meu rosto foi arranhado por ela, mas eu estava amando aquela sensação. Depois de ajeitar meu bebê, fui tomar um banho rápido para tirar o frio do meu corpo, não conseguia relaxar no banho com Petter sozinho no quarto e, em menos de cinco minutos, eu já estava do seu lado novamente. Tirei do freezer uma carne de caça para fazer no jantar e fui descansar um pouco, dormi até às quinze e quarenta. Foi um curto sono, mas muito rejuvenescedor. Petter se debatia querendo mamar, mas estava tão cansado com a viagem que não parecia querer acordar, como era guloso. Troquei sua fralda, e ele continuou dormindo. Eu não tinha muita experiência com carne de caça, mas era boa cozinheira, então fiz um ensopado com batatas e cenouras, legumes no vapor, salada fresca e arroz. Para sobremesa fiz um bolo de cenoura com chocolate que aprendi com a minha mãe. Imaginei que nunca tivessem comido um antes.

Bem antes de eu terminar o jantar, Petter acordou, fiz uma caminha para ele no tapete da sala, e ele ficou lá bem confortável. Se estivesse com a fralda trocada e a barriga cheia, era um bebê calminho. Já estava perto das dezenove horas, e eu estava ansiosa demais porque era a hora que Noah disse que voltaria. De repente ouvi um barulho lá fora, alguém estacionara. Aflita, fui até a janela e não acreditei quando vi, gritei, saltitei de felicidade, corri para a porta e, antes mesmo de ele bater, abri a porta e gritei:

— Tim… não creio… que saudades!!! — Tim congelou, ficou parado na frente da porta sem saber o que fazer, dei um tapa no ombro dele e disse: — Deixa de ser bobo, sou eu mesma.

— Meu Deus, é você?! Como? — Ele estava branco como um fantasma.

— Já estava na hora de eu voltar, não acha? — Foi quando ele entendeu e me abraçou me levantando centímetros do chão, nós dois choramos de alegria.

— Entre, quero te apresentar a uma pessoa — falei caminhando para sala.

— Você trouxe uma brasileira para mim? — Cala a boca e venha conhecer o pequeno Petter. — Eu apontei para meu filho sentado no chão da sala. Tim olhava boquiaberto.

— Você tem um bebê?

— Tenho sim, e você é titio — falei sorrindo. Ele se aproximou e desceu até o chão ficando de cócoras de frente para Petter.

— Ele é a cara do Noah… É dele, né? — consenti com a cabeça.

Tim não conteve as lágrimas, admirando o bebê ficou ali por um tempo, e eu corri para cuidar da comida no fogão, contando em voz alta o quanto estava com saudades dele. De repente ele se aproximou de mim e me deu um caloroso abraço, o abracei de volta, um abraço forte, quente e familiar, como de um irmão. Ele ficou na cozinha conversando e matando a curiosidade sobretudo, me disse que eu amaria a namorada dele, mas eu disse que era ciumenta e não queria ele namorando qualquer uma. Enquanto matávamos a saudades um do outro, ouvimos outro carro chegar.

Tim foi para a porta, e ouvi a voz do xerife Mark gritando porque Tim tinha invadido a casa dele. Tim respondeu que tinha ido jantar. Eles fizeram um agito do jeito masculino deles e entraram. Tim seguia na frente, o xerife no meio e por último Noah. O xerife, sentindo o cheiro da comida, perguntou:

— Você está cozinhando?

— Eu não, quem está cozinhando é sua nora.

— Você finalmente trouxe sua namorada para eu conhecer? — Eles ainda estavam tirando as roupas pesadas e colocando no cabide em frente à porta.

— Nossa, fiquei emocionado, você me considera tanto assim para chamar minha namorada de nora?

— Se eu não chamar, quem vai? — Tim ficou emocionado.

— Quem fez a janta foi sua outra nora, a do outro filho — disse seguindo com eles para a cozinha.

— Do que você está falando? — Foi quando nossos olhares se cruzaram, e ele paralisou. Noah deu a volta e veio para o meu lado. Quando ia abrir a boca para falar algo, Petter resmungou na sala, o xerife olhou para ver quem fazia a balbúrdia, e não conseguiu expressar nada.

— Oi, senhor. Quanto tempo! — Ele voltou os olhos para mim.

— Como?!

— Ela chegou hoje pela manhã e surpreendeu todo mundo — esclareceu Noah.

— Eu achei que estava vendo um fantasma — completou Tim.

— Meu Deus... Garota, é você mesmo? — Ele deu três passos para frente e me abraçou, eu devolvi o abraço.

— Xerife, você está com o mesmo perfume que estava no dia que fui embora, gosto desse cheiro — murmurei, e todos sorriram, enquanto ele segurava com as mãos a minha bochecha.

— Pai, esse é seu neto, meu filho, Petter. Dá para acreditar?

— O quê?! Como assim? — Ele ficou cético como Noah.

Eu peguei Petter no colo e o levei até ele. Parado na frente do neto ele derramou suas lágrimas e disse:

— Meu Deus parece que estou vendo Noah bebê. — Sorrindo, estendeu o braço e pegou o menino.

— Por isso você estava com dor de cabeça quando foi embora, reclamou de dor nos últimos dias antes de ir.

— Não lembro de ter contado ao senhor sobre isso — disse.

— Não contou, mas murmurou algumas vezes baixinho "ai que dor de cabeça". Lembro-me de ter pensado "tomara que não esteja indo embora grávida". Fiquei preocupado, cheguei até a sonhar algumas vezes com crianças. Quando a mãe de Noah ficou grávida, sentiu dores de cabeça logo nas primeiras semanas, e eu sonhava com crianças também.

— Nossa!!! Depois de jantarmos, quero conversar com vocês sobre tudo que aconteceu. Sinto que não devo explicações apenas para o Noah, mas para os três que se arriscaram muito e cuidaram de mim, como namorada, irmã e uma filha.

Durante o jantar, o xerife não soltou Petter. disse que era craque em comer com filho no colo. Ele estava babando pela criança, exatamente o que eu esperava. Tirei muitas fotos para enviar para minha família, depois rimos, conversamos. Eles deixaram bem claro que Noah havia sofrido muito, o que já imaginava, mas senti que estavam escondendo algo. "Será que Noah está de rolo como alguma garota?", pensei.

Mas deixei isso para outro momento, o pequeno Petter quis mamar, e, enquanto fui amamentá-lo no quarto e fazê-lo dormir,

Mark ligou para a delegacia avisando que iria mais tarde. Depois de tudo resolvido e como Petter estava num sono profundo, voltei à mesa e servi o bolo, o que os deixou bem animadinhos. Enquanto comiam, resolvi explicar-me.

# NO BRASIL

— Como vocês acabaram de ficar sabendo, eu tive algumas dores de cabeça antes de sair daqui, comprei uns remédios para dor e tomei até chegar no Brasil, mas a dor não passava, na verdade ia e vinha, às vezes fracas, às vezes forte. Foi bem complicado os três dias de viagem, mas, quando cheguei, era notável que estava mais magra. Em poucos dias, eu havia perdido quase quatro quilos, minha família ficou muito feliz em me ver, e minha mãe não me deixava só nem um minuto.

Ela me achou magra demais e, no dia seguinte, pediu para fazer vários exames, porque eu estava reclamando de dor de cabeça, enjoo e tontura. Além de exames de IST's, ela pediu exame de gravidez, e todos deram negativos.

— Como assim? — perguntou Noah, confuso.

— Falso negativo — murmurou Mark

— Sim — respondi. — Mas se acalma — falei colocando minha mão sobre a dele. — Então o médico disse que não era nada preocupante, que eu podia estar passando por alguns problemas emocionais e nos indicou um psicólogo, mas eu não queria ir porque, mesmo que fosse emocional, não poderia contar a minha história. Alguns dias depois, comecei a ir à igreja, fui ao grupo de jovens num sábado e ao culto num domingo, ainda sentindo dor de cabeça. Não quis falar para minha mãe porque ela me obrigaria a ir ao psicólogo, mas, no domingo à noite, quando voltei do culto, já não tinha mais força para caminhar, com muito custo me arrastei até a porta para pedir ajuda e desmaiei.

— Amor!!! — Noah exclamou.

— Calma — falei. — Quando acordei, estava no hospital, com minha mãe chorando ao meu lado. Mal tinha forças para falar, e ela ia me explicando o que estava acontecendo. Os exames de sangue tinham constatado uma forte anemia, por eu reclamar de dor no estômago, iam fazer uma ultrassonografia. Quando fizeram esse exame, constataram que eu estava grávida de poucas semanas, três para ser exata, o que nos deixou chocadas.

Queríamos entender por que não tinha aparecido nos exames de urina ou de sangue, e a única coisa que eu queria era contar para você, mas fui obrigada a fazer exames mais específicos para descobrir por que, a cada dia, eu perdia peso e por que tanta dor e fraqueza. Os resultados foram muito complexos, e muitos médicos foram chamados para avaliar.

Enquanto eu não recebia diagnóstico nenhum, tive uma convulsão e quase morri. Quando acordei, minha mãe estava apavorada, tentou se acalmar para me explicar o que acontecera, estava com hipoglicemia. Depois de trinta e seis horas de espera, dois médicos vieram conversar comigo e disseram que meu bebê estava me matando.

— Como assim? — Mark indagou. A expressão deles era de pânico.

— Deixe-a contar — pediu Tim.

— Meu corpo estava, podemos dizer, rejeitando a gravidez. Os hormônios causados pela gestação me faziam muito mal, algumas mulheres têm esse tipo de reação, mas os médicos não sabiam dizer o porquê. A rejeição do meu corpo era a mais grave que eles tinham visto, deixaram bem claro que fariam de tudo para nos ajudar, mas que talvez o bebê ou eu não sobreviveríamos. Eu estava ansiosa para te contar, Noah, desde o primeiro batimento cardíaco que ouvi, mas, quando os médicos me disseram que um de nós poderia morrer, achei que ainda não era hora de falar. Eles disseram também que era para ter calma, pois, com o tratamento certo, poderia haver uma melhora. Assim começou a luta pela minha vida e a do Petter. Em três dias com o tratamento, era para começar a surtir efeito, talvez até pudesse voltar para casa, mas isso não aconteceu. No segundo dia, eu piorei bastante, comecei a vomitar e a gritar de tanta dor, convulsionei e desmaiei duas vezes, então me colocaram em coma induzido para poder realizar o tratamento com remédios injetáveis.

— Meu Deus, você passou tudo isso sem mim — falou Noah pesaroso.

— Calma — eu disse pela terceira vez. — Depois de 48 horas me tiraram do coma, eu estava mais calma, mas minha cabeça ainda doía, pedi água e meu celular para minha mãe. Pedi que ela escrevesse no meu status o versículo de Romanos.

As lágrimas nos olhos de Noah começaram a cair, e continuei.

— Eu não lembro de muitas coisas daqueles meses no hospital, mas...

— Meses? — perguntou Tim confuso.

— Sim, eu fiquei toda a gestação no hospital, exatamente 37 semanas. Continuando... entre fortes dores, perda de peso e o coma, as poucas vezes em que consegui falar com minha mãe, pedia para ela pôr a frase no meu status, eu dormia a maior parte do tempo por causa dos calmantes. Uma vez minha mãe avisou que eu estava consciente, e vários médicos apareceram no quarto e me contaram que na minha situação o melhor a fazer era retirar o bebê já que estava no início da gravidez. Eu lembro que fiquei pensando em tirar uma vida, eu não conseguiria fazer aquilo, me explicaram que não estava formado e, se sobrevivesse, poderia não ter uma mãe. Eu chorei sem forças, as lágrimas só caíam. Estaria tirando a vida do meu filho, era terrível imaginar que tiraria também a vida do filho do homem que eu amo. — Nenhum dos três homens conseguia conter as lágrimas. — Lembro de o médico dizer que talvez, se por um milagre, ele sobrevivesse e eu também, o bebê poderia vir com deficiências. — Eu olhei para ele e disse: "Só Deus vai tirar essa criança de dentro de mim, se meu filho vier deficiente, ou se for para ficar sem mãe, Deus não vai deixá-lo vingar e vai me causar um aborto espontâneo, mas só Deus tira essa criança de dentro de mim". Minha mãe segurava firme a minha mão concordando com tudo que eu falava.

A essa altura, Noah, estava banhado em lágrimas, suspirando bem forte, se esforçando para ouvir o restante da história.

— Os médicos não tiveram nosso consentimento, então foram obrigados a continuar o tratamento. Todo dia era algo novo, fui colocada uma bolsa para fazer necessidade porque não consegui mais me levantar. Minhas irmãs menores estavam sendo criadas pela minha irmã do meio e pelo meu pai, minha mãe ia em casa apenas duas a três horas a cada dois dias, revezando com meu pai para cuidar de mim. Ela não dormiu uma noite sequer longe de mim.

"Certa vez acordei de um coma induzido, e meu pai estava de joelhos segurando a minha mão, brigando com Deus, perguntando por que aquilo com a filha dele. Quando abri os olhos, chamei: 'Pai, para de reclamar, tem gente que passa por coisas piores'. Ele concordou com a cabeça e chorou muito.

"Recebi visita de muita gente, irmãs do círculo de oração, pastores, todos levavam a esperança maravilhosa de Deus. Certa vez um pastor me falou sobre o céu e que a morte não era algo ruim, lembro de ter pensado na frase que Jesus disse a Pedro 'Homem de pouca fé'. As semanas viraram meses, e o bebê saiu da fase em que poderia fazer o aborto; quando eu soube disso, fiquei feliz, mas pensei que ainda não podia contar para o Noah, não podia dar a ele um filho e depois tirá-lo, nem levá-lo para o Brasil por causa de nós e ele me ver morrer. Não poderia, não conseguia fazê-lo."

— Meu Deus… — murmurou Noah ainda em prantos.

— Quando o médico deu a notícia de que não era mais possível fazer o aborto, eu disse a ele com a voz fraca: 'Deus não quis tirar o bebê'. Ele ficou tão irritado que respondeu assim: 'Mas quem disse que isso é uma coisa boa?' e foi se retirando. — Doutor — chamei com a minha pouca energia. Ele se virou e eu respondi. — Eu digo que é a melhor coisa. — Ele esboçou um haaaaam, pelas narinas e se foi.

"Minha mãe falava sobre tudo comigo, mesmo que eu não respondesse. Quando eu estava fora do como, ela dizia: 'Não dorme, fica comigo, não gosto de te ver dormir'. Acho que ela tinha medo de eu não acordar mais. Numa madrugada tive outra convulsão, foi bem feia, estava no quarto mês de gestação. Depois que me acalmaram, me induziram ao coma mais uma vez.

"Nessa noite sonhei que dirigia a caminhonete do Noah, não via, mas um bebê chorava no banco de trás, e eu o acalmava dizendo 'já estamos chegando'. Do meu lado no banco da frente, tinha um lindo menino loiro de uns cinco anos com a boca suja de chocolate, eu estava indo com eles para aquele terreno alto onde nós vimos a aurora boreal pela primeira vez. — Noah deu um gemido de dor ao ouvir essa frase, e eu o acalmei.

"Quando fui retirada do coma, me lembrei de cada detalhe do sonho e disse para minha mãe não se preocupar que Deus tinha me mostrado em sonho que ia ficar tudo bem, ela chorou muito e agradeceu várias vezes a Deus. O som do bebê chorando é o mesmo que Petter faz quando quer mamar, mas o choro não era dele, pois no sonho meu primogênito estava com a boca lambuzada de chocolate ao meu lado.

"Depois daquele dia, o tratamento começou a dar algum resultado. Embora estivesse muito fraca, não tive mais convulsões, nem fui mais para o coma induzido, porém dormia quase o tempo todo. Quando estava no sexto mês de gravidez, convenceram minha mãe que o bebê já poderia ser retirado e que ficaria mais fácil de salvar nós dois naquele período, mas eu não permiti, nem meu pai. Nós concordamos que, se eu tinha aguentado até ali, aguentaria os meses que estavam por vir.

"Voltei a comer, mas muito pouco, não era o suficiente para nós dois. Quando estava fechando as quarenta semanas, os médicos, desacreditados que tínhamos chegado até ali, pediram para meus pais assinarem um termo de responsabilidade, porque eu poderia morrer, e eles deveriam escolher entre mim e o bebê."

— Misericórdia, disse Mark.

— Mas eles escolheram nós dois e disseram para os médicos que eles não tinham o poder de determinar quem vive e quem morre, apenas Deus tem esse controle. Disseram que queriam nós dois vivos e que isso não era negociável. Nas muitas conversas entre mim e minha mãe, estávamos de acordo. Caso acontecesse algo comigo, ela criaria o bebê até um ano e depois ligaria para você buscá-lo. Não queria que, além de não ter uma mãe, ele crescesse sem um pai.

Nesse momento eu e os rapazes só chorávamos. Noah suspirando disse: — Não acredito nisso.

— Então a hora de Deus mostrar o poder que só Ele tem chegou, hora da minha cirurgia de cesariana, que ocorreu, para a surpresa dos médicos, maravilhosamente bem. Levei dois dias para poder ver meu filho porque estava muito debilitada. Quem cuidava dele era minha mãe. Petter nasceu com 2,670 quilos, forte e saudável, além de perfeito. Eu comecei a reagir aos tratamentos no terceiro dia; no dia seis tiraram todo tipo de sonda e cano de oxigênio de mim, fiquei só no soro; no dia nove ele mamou no meu seio pela primeira vez, e no décimo quinto dia voltamos para casa.

# NOAH

Gabriella disse que tinha algo para me contar, e podia ler em seus olhos que era algo sério. Mesmo não passando muito tempo ao seu lado, conhecia aquele olhar. Não questionei porque sabia que queria me contar com calma. Mesmo depois de mais de um ano, e de ter sentido muita raiva, ela não mudou, era a mesma Gabriella que estava tomando chá quando eu a deixei pela última vez. Só que agora estava com meu bebê nos braços. Quando ela voltou do quarto depois que fez o pequeno Petter dormir, seu semblante de recém-chegada havia desaparecido, estava séria, serviu um delicioso bolo e começou a nos explicar por que não sabíamos de Petter.

Assim que começou a falar, lembro-me de ter pensado, ainda com o remorso e lembranças de tudo que passei que ela nem fazia ideia, que era bom que a desculpa fosse plausível para ter me deixado no estado deplorável que fiquei.

Bem... não demorou muito para eu me arrepender do pensamento que tive. Quanto mais falava, mais eu me sentia egoísta, como ela várias vezes afirmou que eu era. Senti pena de mim mesmo, muitas vezes reclamei e briguei com universo, com Deus e com quem mais pudesse estar no controle de tudo, eu só queria brigar com alguém forte o suficiente para me matar e acabar de vez com a minha dor.

Jamais poderia imaginar que Gabriella estava sofrendo mais do que eu, ou mais do que já havia sofrido antes dentro daquele galpão. Cada palavra dela a respeito do coma, da convulsão, do aborto fazia eu me odiar ainda mais. Quando disse que somente Deus tiraria aquela criança de dentro dela, eu não consegui entender a sua fé.

Como um homem de 1,89m e 92k, policial, caçador pescador e construtor, podia ser mais fraco que aquela garota de 1,70m, com apenas 65k? Eu não conseguia entender como sua fé a deixava tão forte. Enquanto implorava para morrer o tempo todo, para acabar com a minha dor de esperar por ela, Gabriella implorava para viver, sem reclamar da sua dor, só para poder voltar para mim.

Ela tinha algo que nunca vira em ninguém. Como fui egoísta... Quando estava sentindo pena de mim, e dizendo para não me culpar porque não sabia o que ela estava passando, ela contou que acordou de um coma induzido e que seu pai chorava brigando com Deus, ela o consolou dizendo: "Tem gente que está passando por coisas piores". Só Gabriella tinha o poder de fazer eu me sentir um total egocêntrico, em nenhum momento achei que alguém pudesse estar sofrendo mais que eu.

Ela enfrentou mais uma terrível experiência por amor. Por amor a sua família, fugiu daquele Galpão, por amor a eles me deixou aqui. Mesmo me amando, sem saber se voltaria, ela falava inúmeras vezes que eles estavam esperando por ela.

Sempre falava essas coisas, não se entregou à polícia, que seria mais fácil, por consideração ao barqueiro. Dessa vez, por amor a mim, quase morreu para poder voltar e, por amor ao nosso filho, deu toda a força e saúde do seu corpo físico. O principal é que, em todas as situações, deu a Deus sua imensa fé.


Quando ela terminou de nos contar, já não havia mais lágrimas para derramar, então olhou em minha direção e me pediu perdão por suas decisões. Eu a abracei e chorei tanto que meu pai veio me ajudar a me recompor novamente, pedi mil desculpas e perdão, contei que senti raiva, vontade de morrer, de mandar mensagens e acabar com tudo. Pedi perdão por ter beijado outra garota, mas Gabriella, por algum motivo, não se importou ou se perturbou com nada daquilo. Ela olhou em meus olhos, segurou meu rosto com as duas mãos, estava tão envergonhado que não conseguia olhar nos olhos dela, e me disse:

— Me responda! Você me perdoa?

— Não tenho nada para perdoar — respondi. — Você sofreu muito mais que eu. — Então ela me disse algo que nunca imaginei.

— Tem sim, eu não sofri como você, pois eu tenho fé em um Deus que sei que, não importa o tamanho da minha dor ou a minha situação, Ele cuidará de mim, então para mim é mais fácil passar por tudo isso, mas você ainda não conhece esse Deus, então seus menores problemas podem te consumir por inteiro. Então, sim, acredito que tenha sofrido bem mais que eu. Você me perdoa?

— Sim — respondi. — Ela chorou em paz, repousei a cabeça em seu ombro e fiquei ali por um tempo. "Preciso aprender a viver assim", pensei. Então olhei para o céu e, não sei por que, falei em voz alta: — Eu te perdoo, Deus, por ter levado a minha mãe. E obrigado por ter me trazido a Gabriella e o meu filho.

— Meu Deus... meu filho! — Meu pai exclamou. Ele me levantou da cadeira e me abraçou muito forte, eu precisava mais do que imaginava daquele abraço. Logo em seguida, Tim nos abraçou também, e alguma coisa aconteceu dentro de mim que me mudou para sempre.

Depois de toda essa conversa, Gabriella começou a limpar a mesa, mas Tim e eu dissemos para deixar conosco, sabíamos que a viagem tinha sido cansativa, ela concordou e, no mesmo momento, nosso filho resmungou no quarto. Ela abandonou tudo o que estava fazendo e correu até ele, que só queria mamar.

Deixei Tim com a difícil tarefa de limpar a cozinha e a segui até o quarto, ela estava deitada na cama ao lado de Petter, o ajeitou bem perto do seu corpo e o virou de lado, oferecendo sua refeição. Deitei-me de frente para os dois e fiquei admirando-os, já que Gabriella tinha feito sinal para eu não fazer barulho.

Era mesmo eles... Petter usava um tip-top azul claro quase da cor dos seus olhos e uma meia fina e branca cobria seus pezinhos.

Ela me viu olhando para eles, suavemente tirou umas das meias e colocou a minha mão no pezinho dele, era redondinho, rosado e perfeito. Não me contive e dei um beijinho, mas Petter rapidamente contraiu a perninha, não querendo ser perturbado, nós rimos, e eu não imaginava se era possível me sentir mais abençoado. Sussurrei que já voltava e fui até a cozinha. Tim estava terminando de limpar tudo, conversei com meu pai e ele, pedi para não falarem nada da casa e se poderiam me fazer um favor.

Expliquei tudo e fui tomar um banho, pois queria ficar bem juntinho da minha amada. Quando voltei ao quarto, Gabriella já estava dormindo, Petter tinha rolado para o outro lado, e ela caíra deitada sobre o próprio braço ainda com o seio exposto. Esbocei um sorriso e arrumei com calma sua blusa, a cobri com uma coberta e fui dormir no sofá, pois os dois estavam atravessados na cama, e eu não conseguiria dormir do lado de um bebê, tinha medo de machucá-lo. Levantei duas vezes durante a noite para ver se estavam bem, na segunda vez Gabriella estava do outro lado da cama, e Petter onde ela estava antes. Eram cinco da manhã quando fomos acordados com o choro de Petter mais alto do que imaginei que um bebê pudesse chorar. Dei um salto do sofá com o susto e corri para o quarto, Gabriella já estava de pé com ele no colo tentando acalmá-lo.

— Ele está bem? — perguntei.

— Como está o bebê? — Meu pai perguntou logo atrás de mim.

— Está tudo bem, ele está com cólica apenas, dei mamar e apaguei, esqueci de colocá-lo para arrotar, por isso está com cólica.

— O que posso fazer para ajudar? — perguntei sem fazer ideia da resposta. Ela apontou para a bolsa no canto do quarto e pediu que eu pegasse o remédio de cólica, então o administrou. Petter ainda chorava bastante, ela estava muito cansada, era nítido, pedi para ela me dar o bebê, ele estava bem agitado. Ela se sentou na cama enquanto eu tentava acalmar Petter, que as pouco começou a ficar mais calmo. Quando percebeu que Petter estava bem, Gabriella se deitou e dormiu rapidamente. Fiquei imaginando quantas noites como aquela ela havia passado, e eu não estava lá.

Aos poucos meu lindo e gordinho bebê foi se acalmando, mas levou mais de meia hora para voltar a dormir. Meus braços já estavam dormentes, e minha coluna queimava de dor. Em apenas uma hora e meia, eu teria que sair para trabalhar; quando finalmente dormiu, tentei colocá-lo na cama, e ele voltou a acordar, fiquei mais uns cincos minutos balançando-o, então me deitei devagar e o coloquei sobre o meu peito de barriga para baixo, ele pareceu estar bem confortável, então puxei dois travesseiros coloquei um de cada lado do meu corpo, caso ele rolasse, e dormimos os três. De vez em quando, eu abria os olhos para ver se estava tudo bem. Quando o celular despertou, meu pai já estava na porta, deu umas batidas e falou.

— Filho, hoje você está de folga. Te vejo depois do trabalho.

Respondi apenas com um ok e voltei a dormir.

Não levou meia hora para Petter acordar novamente, Gabriella levantou, trocou sua fralda e o amamentou. Ele não voltou a dormir, na verdade nenhum de nós. Petter acordou cheio de alegria e bom humor, Gabriella tinha uma fantástica disposição para cuidar dele, mas, nos últimos três dias, estava com ele no colo o tempo todo, e isso a deixou bem desgastada.

# GABRIELLA

Finalmente estava com Noah, exatamente o que desejei desde o momento em que saí do Alasca. Eu tinha um plano em mente quando fui embora, convencer minha família a me deixar voltar, algo que, com toda a certeza, não seria fácil. Caso eles negassem, eu pediria para Noah ir para o Brasil para eles o conhecerem, assim seria mais fácil de entenderem que eu estaria bem e que não estaria sofrendo de nenhuma síndrome de Estocolmo.

Mas minha realidade foi bem diferente. Quando contei a eles tudo que passei, Noah, que tinha sofrido por achar que eu o havia abandonado, chorou muito. Sei que ele queria estar comigo, mas já havia perdido a mãe, não queria que perdesse sua pouca fé caso eu ou o bebê não sobrevivêssemos. Depois daquela dolorosa conversa, Noah em prantos me pediu perdão por ser egoísta e por ter beijado uma garota. Ouvi-lo dizer aquilo rasgou meu coração, mas o que poderia exigir dele de onde eu estava? Fiquei magoada e achei melhor não tocar no assunto, já que ele confessou e mostrava-se muito arrependido.

Durante a madrugada, Noah veio me ajudar com o Petter. Eu não sei como, mas desmaiei assim que percebi que ambos estavam bem, quando acordei Noah estava com o bebê de bruços deitado em sua barriga do mesmo jeitinho que eu fazia com Petter quando ele tinha cólica. Fiquei emocionada por ver aquela cena, mas, quando o pequeno acordou feliz da vida, Noah parecia um bagaço. Acho que não dormiu direito desde que Petter acordou na madrugada, estava mais do que na hora de dividirmos essas tarefas.

— Bom dia, amor! — falei

— Bom dia! — ele falou vindo em minha direção, me deu um beijo e um no bebê. — Você deu um castigo no papai hoje não foi. — Rimos juntos e fomos tomar café.

Nas horas seguintes, Petter teve toda a atenção do pai enquanto eu ajeitava as minhas coisas no quarto e lavava nossas roupas sujas da viagem. Noah me disse que seu pai tinha dado o dia de folga para ele e que à noite o vovô cuidaria do neto para termos um momento só nosso.

Eu estava apreensiva por deixar Petter com o avô, mas, dada sua profissão e o fato de ter criado Noah, acreditava que ele daria conta já que Petter era um bebê bonzinho e, sinceramente, eu estava ansiosa para ficar a sós com meu amado. Estava terrivelmente frio, até os ossos da coluna doíam, como eles suportavam, eu não sei. Tinha esquecido o quão frio era o Alasca. Era mais provável Petter se adaptar antes de mim.

Passamos o dia como eu desejei, como uma família, vendo TV, comendo, namorando e cuidando do filho, momentos perfeitos.

# NOAH

Acordei cansado, mas extremamente feliz. Aquele corpinho quente e macio em cima do meu tórax era estranhamente a sensação mais gostosa que já tinha sentido. Abrir os olhos e ver Gabriella diante de mim, linda com seus longos cabelos revoltos, aquele sorriso encantador, era surreal. Como recebi folga, pude ter um momento com a minha família, vê-la arrumando as roupas dos dois nos armários, mesmo sem dizer nada um para outro, me fazia pensar que não tinha dúvidas que era minha. Ela tinha feito sua escolha, tinha voltado para ficar comigo e para sempre, como me dissera.

Eu estava bastante ansioso com a tarefa que tinha dado ao meu pai e a Tim. Pelo que conheço dos dois, nunca fizeram nada assim antes, então esperava que não fizessem nenhuma besteira. Gabriella, desde que a conheci, havia passado por inúmeras situações difíceis, mas, a partir daquele momento, meu dever era fazê-la feliz, e eu estava disposto a me comprometer com muito prazer.

Depois de um dia todo paparicando mais meu garotinho que a mãe dele, pedi para Gabriella se aprontar para jantar comigo. Ela deixou o leite de Petter pronto na geladeira e foi se arrumar. Tomou um longo banho, e um doce aroma de flores tomou conta da casa toda, lembrei-me dos dias em que ela tomava banho aqui e de seu cheiro maravilhoso, ainda não me parecia real. Mesmo eu sendo rude com Deus, Ele tinha atendido o meu pedido ou o dela, de alguma forma Ele achou que eu merecia ser feliz.

Quando ela saiu do quarto, estava com um lindo vestido pero-lado de renda, longo, de mangas cumpridas lindo, parecia um anjo. Seu cabelo estava preso num rabo de cavalo bem alto, e seu rosto parecia de uma princesa; ela não usava maquiagem, nem precisava. Estava com um brilho rosado nos lábios, colocou um sobretudo. Eu a esperava de calça jeans e um blazer, com uma camisa azul marinho, me sentia bem estiloso, mas nada comparado a ela.

Meu pai chegou e, quando me viu, me elogiou, disse que eu nunca me vestia tão bem. Quando ele notou Gabriella na porta do quarto, esboçou:

— Nossa! Você parece uma princesa. — Então virou para mim e disse: — Vai colocar algo mais elegante, você não está ao nível dela.

Coloquei imediatamente Petter sentadinho no chão da sala e fui vestir meu único terno, realmente melhorou muito; o conjunto do terno azul escuro ficou ótimo com a blusa azul num tom mais claro. Enquanto eu me trocava, meu pai aproveitou para tomar um banho, Gabriella já tinha deixado tudo preparado. Quando saí do quarto e ela me viu, veio em minha direção e disse no meu ouvido: "quer casar comigo?". Eu sabia que estava brincando, mas fiquei todo arrepiado.

Peguei meu sobretudo e saímos, depois de ela dar dezenas de instruções para meu pai. Estávamos a sós dentro da minha cami-nhonete novamente, como há muito tempo; assim que me sentei ao seu lado, antes de ligar o carro, eu a encarei e ela me encarou de volta, e eu a beijei com muita vontade.

— Você é a mulher mais linda que eu já vi, eu te amo… muito.

— Obrigada, eu também amo você! E saiba que, com esse terno, me apaixonei de novo, pela segunda vez em dois dias!

— Como assim? — perguntei confuso.

— A primeira foi ontem quando te vi de farda — sussurrou, e eu me arrepiei novamente.

Liguei o carro e partimos. Ela lembrou-se do caminho que estávamos percorrendo e perguntou se íamos à casa de Tim.

— Claro que não, como eu poderia levar você num jantar romântico na casa do Tim?

— Sei lá, você poderia ter feito algo romântico no meu antigo trailer, seria bem interessante se fizesse — falou meio esperançosa.

— A ideia é ótima, mas desculpa te decepcionar, não é isso.

— Tudo bem! Desde que não me leve a algum lugar que tenha que sacar uma arma, porque nesse caminho, fora o ferro velho, só tem o mirante. — Deu para perceber que ela não se esqueceu de nada que tinha vivido no Alasca.

— As coisas mudaram muito — falei. — O proprietário do mirante mudou muito aquele lugar, eu vou te levar para conhecer.

— Sério..., mas era tão lindo lá, estou triste agora e curiosa também.

— Por que triste?

— Não estou, não, deixa para lá, estou curiosa na verdade.

Seguimos conversando e ouvindo boa música, meus dedos estavam entrelaçados aos dela, e eu não largava nem para trocar a marcha enquanto ela repousava no meu braço. Assim que chegamos, ela leu a placa de "Propriedade particular, proibido caçar".

— Amor, é particular, não podemos mais entrar. — Olhei para ela e sorri.

— Calma, o proprietário gosta muito de mim, e eu tenho carta branca para entrar.

— Tem certeza? Eu não quero correr de salto ou levar um tiro na bunda. — Sorri novamente e continuamos a subir o monte. Logo desci para abrir o grande portão, ela me olhava de dentro do carro com os olhos esbugalhados. Quando voltei, falou:

— Nossa, aqui mudou mesmo, está tudo cercado. — Concordei apenas e seguimos subindo.

Mais à frente avistamos a imensa casa.

— Nossa…, que construção é essa? É a casa do proprietário?

Desliguei o carro e abri a porta para ela, que olhava admirada. Estava tudo escuro e, acima das nossas cabeças, a linda aurora boreal.

— Esse lugar é incrível, um verdadeiro sonho. Tem certeza de que podemos mesmo estar aqui?

— Tenho sim, o proprietário é gente boa, e a esposa dele me ama, venha, não se preocupe.

Peguei sua mão e a guiei até a escadaria da frente, depois até a porta; acendi as luzes, e a casa toda se iluminou com mais de cinquenta varais de pisca-pisca de luzes amareladas em todo o interior. Uma linda mesa de jantar no centro da sala com champanhe e um belo jantar preparado pela tia Dolly. Gabriella deu um grito de surpresa e, emocionada, me abraçou.

— Gostou? — Ela não respondeu.

Liguei a música e a convidei para dançar, ela derramava lágrimas suaves de alegria, dançamos olhando um para o outro, eu ainda estava muito nervoso. Antes do jantar, Gabriella percorreu a casa toda, falando o quanto gostaria de ter uma casa como aquela, que era uma pena já terem construído naquele terreno. Levei-a para mesa e servi champanhe, ela não apreciava nem um pouquinho, mas foi fofo vê-la se esforçando para me agradar, fingi não perceber.

— O que você mudaria nessa casa se fosse fazer uma?

— Você está brincando? A casa é perfeita, tem vários quartos… transformaria um em um ateliê.

— Aquele que dá acesso à varanda, o que acha?

— Seria perfeito!

Eu estava tão nervoso e não podia mais esperar, então me coloquei de joelhos na frente dela, que levou as duas mãos à boca e esboçou um som de surpresa. Coloquei a mão no bolso do meu paletó e tirei o anel de brilhantes. Gabriella, chorona como sempre, já estava em prantos, finalmente perguntei:

— Você aceita viver todos os dias da sua vida comigo nessa casa? — Ela estava confirmando com a cabeça desde o momento em que comecei a fazer a pergunta, mas quando falei "nessa casa", ela gritou:

— O quê?!!!

— Enquanto ficou hospitalizada, lutando pela vida do nosso filho, eu construí essa casa, no lugar que você queria, da maneira que queria e fiquei esperando você voltar para mim. — Ela chorava horrores e dizia repetidas vezes:

— Não acredito. Não acredito, não acredito. Noah, meu amor, você fez mesmo tudo isso?

— Minha linda, estou de joelhos, você aceita ser minha para sempre?

— Aceito, para todo sempre! — Ela me beijou e desceu até o chão comigo, me abraçando. Coloquei a aliança em seu dedo, agora ela seria minha para todo sempre, e eu faria qualquer coisa para não perdê-la nunca mais.

Tiramos nossa janta da térmica, era um lindo salmão assado com risoto de alho poró. Enquanto jantamos conversamos.

— Noah, esta casa é mesmo nossa?

— Cada centímetro, tudo nosso, do Petter e dos nossos futuros filhos. — Ela sorriu, estava mesmo feliz, e eu estava finalmente realizando todos os meus sonhos.

Entreguei-lhe as chaves da casa no chaveiro de cruz que ela me tinha dado. Durante o jantar, contei tudo sobre a casa, como fiquei depois que ela se foi, como consegui comprar o terreno, todo o processo de construção e a minha dificuldade emocional de manter minha fé.

— Então você me esperou todo esse tempo, pensou em mim todos esses dias e colocou todo o seu dinheiro e toda a sua energia nessa casa?

— Sim, mas tenho que confessar que muitas vezes quis desistir, mas não consegui; algo me dizia para continuar, e eu simplesmente seguia em frente, não sei como.

— Com fé, muita fé — Ela concluiu.

— Não, eu perdi a fé. Achei que você nunca mais voltaria.

— Isso não é verdade, Noah, você teve mais fé que medo. Seu lado medroso dizia que eu não voltaria, mas sua fé foi maior, a certeza disso é que você concluiu a casa. Quando mesmo sem ter certeza do que realmente vai acontecer, esperamos, mesmo com medo, mesmo não imaginando qual será a solução, isso é fé. Você pede para Deus algo, não conseguimos vê-lo trabalhando, então ficamos tristes e frustrados, mesmo assim ainda esperamos Ele fazer alguma coisa, isso é fé.

— Mas, depois de terminar a casa, eu vim até aqui várias vezes com vontade de colocar fogo em tudo. Ainda ontem pela manhã, meu pai quis me convencer a vendê-la, e acho que aceitaria, porque não estava mais suportando.

— E eu voltei exatamente quando você estava desistindo... é isso que Deus faz, Ele te ensina a confiar e a esperar. Nesta sua primeira experiência de fé, Deus ouviu as tuas orações, mas tinha que trabalhar no processo de eu estar grávida, eu precisava cuidar do nosso bebê dentro de mim, enquanto isso o Espírito Santo encheu teu coração para construir essa casa. Você não sabia o que estava acontecendo no Brasil, mas Ele sabia, você construiu uma casa para sua família, mesmo sem saber se teria uma, mas Ele sabia, então tocava seu coração para você não desistir, porque você não sabia se eu voltaria, mas Ele sim. O inimigo de Deus também sabia, então queria nos fazer desistir, mas não nos convenceu, mesmo sentindo medo e frustrados, sabíamos que, se houvesse alguém que poderia nos ajudar, esse alguém era Deus. Agora, quando você passar por outra situação em que precisar de fé, será mais fácil confiar em Deus. Essa espera é um método de Deus revelado várias vezes na Bíblia para as pessoas se tornarem totalmente dependentes dEle.

— Você disse que se sentiu frustrada também e teve medo?

— Claro, você acha que, só porque eu confio em Deus, eu não tenho medo? Quando me disseram que queriam fazer um aborto, briguei com Deus em pensamento, perguntei se Ele tinha se esquecido de mim, mas o espírito falava para eu ficar calma que ficaria tudo bem. Mesmo assim, cada dia naquele hospital me fazia sentir medo, mas Deus mostrou naquele sonho que eu estaria com meu bebê. Um dia depois de eu ter orado dizendo que eu não queria mais seguir em frente com aquilo, depois me arrependi e tentei manter a fé, mesmo assim ainda foi tudo bem difícil.

— Eu não imaginava, achei que era algo fácil para você, automático — falei entendendo que ela era frágil também e que fé é um exercício de experiências com Deus.

— Noah, mudando de assunto… Estamos noivos? — ela perguntou com um sorriso enorme.

— Estamos sim, minha noiva! — Tomei-a pela mão e dançamos. O quarto do casal estava trancado quando ela subiu para ver a casa, mas eu o abri e, quando ela viu, ficou encantada com as luzes e uma cabana feita com tecidos de voil brancos, um colchão de casal no centro e pétalas de rosas no chão. Era lindo e aconchegante.

— Noah, é maravilhoso! Você é incrível! — Ela caiu em meus braços, nos beijamos e tivemos uma das noites mais perfeitas de nossas vidas.

# GABRIELLA

Noah havia me convidado para um jantar a sós, eu estava ansiosa por dois motivos, primeiro deixar Petter com o avô, segundo para comer aquela pizza no restaurante da Nona's onde estivemos na segunda noite juntos. O ambiente é bem romântico, e eu estava precisando mesmo de um pouco de romance na minha vida. Finalmente pude usar meu lindo vestido diante de Noah, por baixo tive que por meia fina de pelúcida e uma blusa segunda pele também de pelúcia porque estava tão frio que achei que teria hipotermia se usasse só o vestido. Mesmo assim eu arrasei, e deu para ver isso no olhar dele. Fazia muito tempo que eu queria provocar aquela reação nele, mas quem ficou surpresa fui eu.

Quando entramos na rua do velho ferro, pensei que seria um jantarzinho básico no meu antigo trailer, achei que a roupa era demais para a ocasião, mas estava feliz só por estarmos a sós dentro daquele carro. Quando Noah disse que íamos ao mirante, me decepcionei mais ainda com minha roupa, mas, quando vi aquele casarão, pensei que um jantar com lareira era a minha cara, e a roupa era ideal. Mas quando ele abriu a porta, e as luzes se acenderam, eu não acreditei, era demais. Lembro-me de ter pensado quanto tempo ele imaginou fazer aquilo já que eu viera de surpresa e ele nem fazia ideia.

Não importavam os detalhes técnicos, eu só queria aproveitar. O jantar estava delicioso, mas a champanhe não combinava comigo, beberiquei só para agradá-lo, além disso, estava amamentando. Ele percebeu, mas não se importou, continuou nervoso, falando meio embaralhado, até descer de joelhos na minha frente e me pedir em casamento, o que foi incrível. Porém, o mais incrível foi que, quando me pediu em casamento, também me pediu para morar naquela casa com ele.

Achei por um instante que meus ouvidos estavam me pregando uma peça, então o questionei sobre o que tinha falado, e ele confirmou, a casa era mesmo nossa. Por isso, falava que era querido pelo proprietário, eu realmente não fazia ideia, ganhei um noivo e uma casa na mesma noite. E não era qualquer casa, nem qualquer noivo, ambos eram tudo e mais um pouco do que sonhei.

Fiquei tão emocionada com a casa que esqueci de responder a uma das perguntas mais importantes que já me fizeram.

Estar no Alasca com Noah, o Petter e naquela casa era tão surreal que por vários dias eu olhava para o céu e agradecia a Deus. Passamos horas conversando, e ele pôde enfim me contar como se sentiu quando fui embora e como foi o processo da compra e construção da casa, suas aflições por não saber nada de mim e suas crises de ansiedades que resultaram com idas ao hospital. Foi difícil ouvi-lo falar daquela maneira, mas chegamos à conclusão de que Romanos 8:28 é simplesmente perfeito, além de verdadeiro.

Depois de muita conversa, dançamos e namoramos. Ele me levou ao quarto principal, ou melhor, ao nosso quarto, e mais uma surpresa, havia varais de luzes ali também, além de velas perfumadas, pétalas de rosa branca no chão e voais pendurados na forma de uma barraca muito romântica. Noah me pegou em seus braços, e eu gritei de susto, meu coração disparava na velocidade da luz, foi tudo perfeito e maravilhoso. Sempre soube que Noah me amava, mas construir aquela casa para me esperar e querer garantir uma vida comigo era uma verdadeira prova de amor, nunca imaginei que seria amada por um homem assim.

Ao voltarmos para casa naquela noite, dentro da caminhonete, não dizíamos nada, apenas com os dedos entrelaçados olhávamos um para o outro e sorríamos porque sabíamos que tudo estava como sonhamos.

Quando chegamos, o silêncio reinava. A sala estava com os brinquedinhos de Petter espalhados pelo chão, a mamadeira com um restinho de leite sobre a pia e, pela primeira vez, tinha louça para lavar. Fomos até o quarto do vovô, mas eles não estavam lá; quando abrimos a porta do nosso quarto, Petter estava dormindo de bruços sobre a barriga do vô Mark, da mesma forma que dormira com o pai na noite anterior. Assim que Mark ouviu a porta abrir, acordou e fez um sinal de silêncio com a mão. Peguei Petter no colo, o deitei na cama e me deitei ao seu lado, mas ele me ignorou e continuou dormindo. Mostrei a aliança para meu sogro, e ele se mostrou muito feliz por nós dois.

Passamos boa parte do restante da noite conversando e fazendo planos da decoração da casa e planejando o casamento. Na verdade não tínhamos dinheiro para nos casar, e eu recusava me casar sem a presença da minha família, então combinamos que nos casaríamos no cartório e legalizaríamos minha documentação no país, exatamente um ano depois faríamos um casamento religioso, como sempre sonhei.

# A CASA

No dia seguinte, Noah e Mark voltaram ao trabalho, aproveitei e dei uma geral na casa. Fui ao mercado comprar frutas e verduras para começar a administrar papinhas a Petter. Eu só pensava na minha casa, queria conhecer melhor cada centímetro e me mudar naquele mesmo dia. Queria começar uma estufa e construir um forte para Petter brincar, criar pequenos animais de fazenda para tornar a nossa vida sustentável e mais orgânica. Era incrível a quantidade de enlatados que o povo do Alasca consumia, mas eu não poderia ir sozinha ao mirante, ainda não tinha superado meu medo de ursos e, como não atirava bem, morria de medo de ser devorada por um.

No domingo acordamos cedo e fomos para nossa casa, era muito maior do que me lembrava, o terreno parecia não ter fim. Daquele dia em diante, comecei a decoração, Noah me dava aula de tiros toda tarde, insistia que eu só ficaria em casa sozinha se acertasse o alvo.

Como eu não acertava de maneira nenhuma, ele me levou ao oftalmologista, que me deu uma receita para fazer óculos e enxergar melhor a distância. Noah afirmava que era o motivo por trás da minha péssima mira, o pedido dos óculos foi enviado para a cidade de Juneau, capital do Alasca, e poderia levar até trinta dias para Zac, o piloto do hidroavião, trazê-lo. Noah me deixou livre das aulas de tiro até chegar meu óculos. Ele deixava Petter e eu na nossa casa todas as manhãs, na hora do almoço vinha nos ver e, no fim da tarde, me buscava. Passávamos no Walmart Fairbanks supercenter para comprar as coisas que precisava para deixar a casa como eu queria; em apenas algumas semanas, estávamos prontos para nos mudar.

Mark ficou meio entristecido, mas sabia que isso aconteceria a qualquer momento, não acho que era por causa do Noah ou de mim, era por Petter, ele se apegara tanto ao neto que mal jantava direito. Enfim a casa estava com a minha cara. No quarto de Petter, em vez de nuvenzinhas azuis, pintei um lindo sistema solar; quando Noah viu, ficou encantado como uma criança. Levamos nossas roupas e algumas coisas que Noah tinha no seu quarto, passamos no Walmart, fizemos a compra mensal para suprir a família e finalmente começamos a morar na nossa própria casa.

Meu óculos chegou, e eu pude ver o mundo por outra perspectiva. Na mesma semana, os documentos para nosso casamento civil foram aprovados. Assim que nos casamos, começamos a frequentar a igreja cristã local. Mesmo com apenas um culto por semana, era muito gratificante fazer parte daquela comunidade cristã. Noah estava mesmo engajado em sua fé, falava com autoridade da palavra de Deus, era um homem transformado. Eu fui melhorando minha mira com os infindáveis treinos de Noah, não sei por que ele achava que um dia eu atiraria contra um animal, mas ele sempre dizia que no Alasca nunca se sabe, né!

Não demorou muito para Noah se batizar nas águas e, de tanto ele insistir, Mark e Tim foram assistir ao batismo. Mark passou o culto todo sério e frio, mas Tim volta e meia passava as mãos nos olhos enxugando uma lágrima ou outra. Quando a pregadora da noite contou sobre a morte de Jesus na cruz e que um dos ladrões do lado dele pediu para Jesus se lembrar dele no paraíso, e Jesus disse que naquele mesmo dia ele estaria no paraíso, Tim chegava a suspirar entre as lágrimas. Creio que estava pensando em Duck naquela hora. O batismo foi lindo, e eu chorava de felicidades. Quando a pregadora perguntou se mais alguém ali tinha o desejo de descer às águas e que não existiam pecado algum que pudesse nos separar da salvação, Tim se colocou de pé e, emocionado, gritou para toda a igreja ouvir:

— EU! — Um silêncio tomou conta do lugar.

— Você é Cristão? — A pregadora perguntou.

Envergonhado, Tim negou com a cabeça.

— E você gostaria de aceitá-lo como seu salvador?

Tim afirmou com a cabeça, ela o chamou à frente, eu o acompanhei aos prantos de alegria. Ele aceitou a Cristo e perguntou para todos ouvirem:

— Jesus realmente perdoa qualquer pecado, não é?

A pregadora, apontando para o tanque de água, repetiu uma frase bíblica "Vá e não peques mais, a tua fé te salvou". E ele desceu as águas. Foi o batismo mais lindo que já participei, ele e Noah se abraçaram por um longo tempo, e a congregação inteira festejou.

Quando lá da frente olhei para Mark com Petter no colo, ele enxugava as lágrimas, muitos ou quase todos ali conheciam Tim e Noah e sabiam da história do passado com Duck e sobre a prisão de Tim, muitas lágrimas rolaram de alegria naquele dia.

Eu montei uma linda estufa com alimentos orgânicos para nossa família, fazia meus trabalhos artísticos, que iam para diferentes lugares do Alasca, e estava dando aula de artes para as crianças da comunidade. Petter crescia forte e feliz, mas eu não parava de olhar para os outros quartos, sabia que Noah os tinha feito porque queria uma grande família, mas tinha muito medo de engravidar novamente. Depois do que passei, tinha muito medo de deixar Petter e Noah sozinhos. Não podia nem imaginar a vida deles sem mim, mas não conseguia sentar e conversar com ele sobre isso. Simplesmente não sabia como dizer.

# GABRIELLA

Eu andava pelas ruas do porto como se nunca tivesse vivido em nenhum outro lugar do antes, todo mundo me conhecia, e eu conhecia todo mundo, era a esposa de Noah e a nora do xerife. Eu, que cheguei ali com uma mão na frente e a outra atrás, agora era respeitada por toda a comunidade.

O Alasca me adotou, e eu simplesmente amava aquele lugar, volta e meia me sentava com Petter no banco do porto e tinha a recordação de Noah vindo até mim e encarando as minhas botas glamourosas, que estão na frente da varanda do meu ateliê com flores plantadas dentro.

Petter já estava com um ano e seis meses, e estava chegando a hora de nos casarmos no religioso. Noah e eu estávamos planejando nosso casamento cuidadosamente para não magoar ninguém, já que ele crescera na comunidade e era querido por muitos, seria uma ofensa convidar uns e outros não. Quando andávamos pelas ruas, ouvíamos: "Estou esperando o meu convite" ou "Já comprei o presente". Era difícil fazer uma lista de convidados e, mais difícil ainda, encontrar um salão de festas para abrigar tanta gente. Minha família já estava preparando os documentos no Brasil para viajar.

# O CASAMENTO

Era gostoso pensar no casamento, mas já estava ficando um pouquinho estressante, finalmente o dia do casamento chegou, e minha família já estava conosco.

Decidimos fazer a festa na casa do mirante, o que foi muito bom para nossa economia. Tia Dolly e Mark deram todo o buffet, minhas irmãs e meus pais, com a namorada do Tim, a Morgan, fizeram toda a decoração, o lugar ficou um sonho.

No dia do casamento, Noah entrou com Mark e a tia Dolly, que o criaram, eu entrei com meus pais, e Petter entrou com as gêmeas como pajem e daminhas. Noah estava lindo de smoking preto, e, quando eu entrei, senti como se estivesse caminhando para o céu. Quando toquei nas mãos de Noah, pela primeira vez estavam frias, suadas e trêmulas, ele me fitou com olhos marejados, mas eu estava tranquila. Estava relaxada e queria aproveitá-lo o máximo possível, não acho que eu poderia ser mais feliz, tudo era perfeito, principalmente Noah.

Depois da linda cerimônia, a festa teve muita dança e muitíssima comida e risadas, meus pais ficaram com Petter em nossa casa, e nós fomos para uma lua de mel de três dias no Havaí, foi demais, mas confesso que eu só pensava no Petter sem mim.

Nós dois concordamos que ficar três dias longe de nosso filho era muito. Minha família passou duas semanas com a gente, e meu pai se encantou pelo Alasca. Eu quase construí uma casa para eles ficarem, mas o frio piorava muito as dores nos ossos da minha mãe; quando foram embora, deixaram muitas saudades.

Depois de toda a loucura do casamento e da visita dos meus pais, eu e Noah estávamos deitados em nosso sofá um dia, namorando e aproveitando uma série, depois que Petter dormiu, quando ele sussurrou no meu ouvido:

— Você me deve algo. — Eu me arrepiei.

— O quê? — perguntei não sabendo do que se tratava.

— Tem mais dois quartos vazios lá em cima. O que acha de ficarmos grávidos? — Olhei para ele e sorri.

— Vamos amadurecer essa ideia, Petter é pequeno ainda.

— Mas eles vão crescer juntos; se tivermos mais uns dois logo, crescem todos juntos brincando, indo para escola, caçando, acampando, vai ser incrível. — Eu apenas sorri, mas não disse que sim nem que não.

Apenas algumas semanas após aquela conversa, eu precisava pintar um quadro para a sobrinha do prefeito, que queria dar para sua avó de presente, mas não conseguia me concentrar, só lembrava de Noah me pedindo para engravidar, aquilo me deixava preocupada. Os médicos me alertaram sobre os riscos de uma nova gravidez, que seria quase impossível eu ter um outro filho sem passar por tudo aquilo novamente ou coisa pior. Claro que eu sabia que, se Deus permitisse, me daria condições, mas o medo de passar por tudo aquilo me consumia, imaginar 38 semanas no hospital sem Petter me fazia pirar.

Noah estava feliz, não tinha como negar. Outro dia estávamos preparando o galinheiro e ele deu um grito para o céu dizendo: "Obrigado, Deus!". Eu perguntei o que tinha acontecido, e ele respondeu que estava feliz como nunca imaginaria que seria, eu sorri, pois sentia o mesmo. Petter já andava por todo nosso imenso quintal, caindo e se levantando, abraçado com seu novo amigo, um filhote de cachorro da raça São Bernardo que tinha ganhado do avô. Nós o chamamos de Duby, tinha seis meses, era quase do tamanho de Petter e seguia o menino para todo lado. Olhar os dois brincando naquele quintal verde, com a luz do sol reluzindo cada folha da grama e as flores colorindo o jardim, não tinha como não ser grato.

Meu marido era meu melhor amigo, e namorado, nós estávamos vivendo uma vida que livro algum poderia descrever, mas essa situação de ter mais filhos podia estragar toda nossa felicidade, e eu tinha medo. Noah queria falar sobre isso, e eu escapava da conversa. Não me sentia bem comigo mesma, e falar sobre o assunto me deixava ainda pior. Fui para meu quarto com Petter, fechei a porta, me ajoelhei e chorei.

Noah entrou, eu não o ouvi chegando, pois estava concentrada em Deus, mas meu choro estava alto demais, ele achou que tinha acontecido algo. Assustou a mim e ao Petter, que começou a chorar. Ele pegou o menino no colo e veio até mim, eu não podia negar que algo estava acontecendo, mas não queria falar sobre isso, não quando ele se sentia tão grato a Deus por tudo.

# NOAH

Algo estava acontecendo com Gabriella, comecei a ficar preocupado, mas ela ficava desconversando dizendo que não era nada. Nos últimos dias, ela estava mais afastada e, até quando nos deitávamos, deixava uma distância entre nós, dizendo que estava morrendo de sono, mas passava a noite toda acordada, as olheiras começaram a aparecer. Eu perguntava se queria conversar, mas ela dizia, com um sorriso amarelo, que não poderia estar melhor. Um defeito que Gabriella tem é o de não saber mentir, nem atirar. Comecei a ficar preocupado e fui conversar com nosso pastor, que me aconselhou a orar e a tentar conversar com ela, mas não estava adiantando. Conversei com meu pai, e ele me aconselhou a ir para casa num horário em que ela não esperava, assim, se algo estava incomodando-a, ficaria mais transparente quando eu não estivesse em casa.

Segundo meu pai, as mulheres escondem suas emoções, mas, quando estão sozinhas, liberam seus sentimentos. Almocei em casa naquela manhã de sexta-feira, ela conversava normalmente, mas não ficou muito perto de mim. Depois do almoço, lavou a louça, e eu fiz Petter dormir no meu colo no sofá. Ela costumava deitar-se com a gente, e nós três, coladinhos, tirávamos um cochilo, às vezes eu saía para trabalhar, e os dois ficavam ali jogados babando nas almofadas, mas nesse dia ela subiu e foi se deitar no quarto sozinha. Antes de eu voltar para trabalhar, levei Petter dormindo no colo e coloquei ao seu lado, mas ela não estava dormindo, parecia bem triste, mais uma vez tentei conversar.

— Amor, o que você tem?

— Nada, por que acha que tenho alguma coisa? — Ela não olhava nos meus olhos.

— Se você não se sentir bem, sabe que pode me contar qualquer coisa, né?

— Claro que sei, te amo, agora vai trabalhar, já está atrasado. — Ela me deu um beijo no rosto, e eu saí do quarto com muita tristeza.

Ela não era assim, nunca queria me deixar trabalhar e às vezes ia grudadinha em mim até a viatura. Sempre me dava um delicioso beijo e falava para eu não demorar que na volta tinha mais, eu amava aquilo. Entrei na viatura e não consegui ligar o carro, uma tristeza me invadiu e pedi a ajuda de Deus, estava preocupado que ela estivesse entrando num quadro de depressão. Depois de um tempo parado dentro do carro, fui trabalhar.

Fiz alguns relatórios e saí para a ronda, mas desviei e fui para casa. Faziam menos de duas horas que eu estava fora, deixei a viatura na porteira da entrada lá embaixo e segui o restante do caminho a pé.

Quando entrei na sala, consegui ouvir os soluços dela lá em cima. Corri direto para o quarto, abri a porta com mais força do que precisava, ela estava sentada aos pés da cama chorando muito. Assustei Petter com minha entrada abrupta, peguei ele no colo e fui até Gabriella, que mal olhava para mim. Ela segurava algo na mão e tentava esconder de mim, no momento achei que estava tentando se matar e fiquei apavorado e gritei com ela:

— O que você está fazendo? — Puxei sua mão em minha direção e vi um teste de gravidez. — Meu Deus, Gabriella, pensei que fosse uma arma. — Ela não diminuiu o choro, parecia desesperada. Coloquei Petter na cama e a abracei, eu olhava o teste, mas não entendia o resultado. Pelo pouco que sei, tinha dado negativo, eu achava. Deixei-a chorar o quanto quisesse, com uma mão mandei mensagem para meu pai.

"GABRIELLA NÃO ESTÁ BEM, ESTOU EM CASA, NÃO SE PREOCUPE VAMOS CONVERSAR, PODE SER QUE EU DEMORE."

— Amor, respire, por favor, não tem problema você não estar grávida, a gente tenta outra vez.

— Estou grávida, Noah. — Ela parou de chorar na hora que respondeu, estava com semblante fechado, não parecia a Gabriella que eu conhecia.

— Mas aqui tem só um risco.

— Eu sei! — ela falou, mas estou com muita dor de cabeça, dor no corpo e vontade de vomitar.

— Não entendi, então por que você está triste? — Ela rapidamente se levantou, me afastando, pegou Petter no colo, olhou para mim e sussurrou: egoísta, e desceu com o bebê.

— Estou perdendo alguma coisa, Gabi? Porque estou ficando louco tentando descobrir o que está acontecendo. Você não fica perto de mim, não me beija, não quer conversar, estou preocupado, mas não sei como ajudar. Me diz o que quer que eu faça que eu faço. — falei descendo as escadas atrás dela.

Gabriella colocou Petter no meio dos brinquedos da sala e olhou para mim com o cenho fechado, muita brava, parecia cansada.

— Se estamos grávidos, não deveria ser um momento feliz? — Eu já estava indignado com as atitudes dela.

— Humm! — Ela fez esse som e saiu, deu as costas para mim e foi para a cozinha.

— Amor, meu Deus, fala comigo por favor! — Ela voltou imediatamente, parou na minha frente com muita raiva, me lembrou a Emily, e eu não gostei.

— Quer que eu desenhe, Noah?

— O quê?! — falei confuso. Ela mudou o tom de voz, ficou calma e começou a falar.

— Eu fiz um teste que deu negativo, mas estou com dores de cabeça e dor no estômago, quero vomitar, não consigo comer, nem dormir. A gravidez, Noah, está sendo rejeitada pelo meu corpo de novo, como aconteceu quando engravidei de Petter.

— Meu Deus! — falei me sentindo um grande idiota.

— O que vai acontecer? Vou passar por tudo aquilo de novo? Meu corpo vai aguentar? E se eu morrer? E Petter? Como vou morar em um hospital se sou mãe? E você, se eu deixar você?

Fui até ela e a abracei, ela não chorou, parecia sentir muita raiva, eu estava triste, tentei consolá-la, mas não parecia estar funcionando.

— Nos Estados Unidos tem tratamentos ótimos, e podemos passar por tudo isso.

— Passar por tudo isso de novo, está brincando comigo? Construa outra casa igual a essa sozinho novamente, Noah.

— Você está com muita raiva de mim, não está?

— Não estou com raiva de você. — Ela falou e foi fatiar uma maçã para Petter.

— Está sim! Pode falar eu que fiz isso com você, eu que pedi para engravidar. Por isso está me evitando, com nojo de mim.

— Não estou com nojo de você, eu o amo com todas minhas forças, seu idiota. Estou com nojo de tudo porque estou nauseada e beijar me dá ânsia de vômito. Estou com dor no corpo e faz dias que não durmo, por isso não consigo me sentir confortável com você. Quer saber a verdade?

— Claro, por favor!

— Sinto que meu corpo está me matando.

— Gabriella!

— Não sei se tenho forças para continuar sendo forte o tempo todo, estou cansada demais.

— Você não precisa, não precisa ser forte o tempo todo, estou aqui por você e para o que precisar, você não pode me deixar Gabriella.

— Não peça isso, eu não tenho controle sobre a vida, Noah. Está tudo nas mãos de Deus, e acho que Ele se esqueceu de mim. — Ela disse as primeiras frases gritando, mas a última falou com a voz embargada.

— Não diga isso, sua fé é muito grande, vai dar tudo certo.

— Não sei mais.

Ela pediu para pararmos de falar sobre o assunto porque a cabeça dela estava explodindo. Eu quis levá-la ao médico, mas ela disse que tinha consulta marcada para o dia seguinte à tarde, falei que acompanharia, e ela concordou, eu não aceitaria o contrário.

Não quis deixá-la sozinha mesmo tendo que voltar para o trabalho, preparei uma vitamina com morangos da nossa estufa para ela tomar, sabia que ela amava aquela vitamina, mas, quando ofereci, ela não aceitou. Eu insisti, disse que ela precisava se alimentar um pouquinho por mim e por Petter, ela se esforçou para tomar um gole significativo, o que me deixou feliz, mas, em menos de três minutos, correu até o lavabo e vomitou muito mais do que tinha engolido. Fraca, caiu no chão do banheiro. Eu a levei no colo para o sofá. E foi assim que percebi o quanto minha esposa estava mal.

Uma hora depois, tive que atender a uma ocorrência na minha área, e deixá-la foi muito difícil para mim. Gabriella mal conseguia cuidar dela mesma, como cuidaria das necessidades de Petter. Atendi a ocorrência, depois fui até a delegacia contar ao meu pai o que estava acontecendo, ele ficou muito abalado e me liberou para ficar em casa.

Cheguei uma hora e meia depois que a tinha deixado sozinha, ela estava da mesma forma no sofá, na mesma posição. Petter, que graças a Deus era um bebê bonzinho, estava sentado no chão, com a fralda para trocar e parecia estar com fome. Gabriella nunca deixaria isso acontecer normalmente, fui até ela e a chamei, mas ela só dizia: me deixa aqui.

Peguei Petter e o troquei o mais rápido que pude, liguei para Tim, mas ele não atendeu, preparei uma mamadeira e deitei ele no sofá para mamar, ela nos olhou e ignorou. Minha esposa não estava bem. Liguei para Morgan, e Tim atendeu.

— Oi, Tim! É você?

— Sim, fale.

— Corre aqui para casa o mais rápido que puder.

— O que está acontecendo?

— Preciso que cuide de Petter, tenho que levar a Gabi para o hospital, agora!

— Estou indo, em dez minutos estou aí.

— Vem em cinco.

— Ok!

Enquanto Tim estava a caminho, peguei uma roupa mais quente e vesti Gabriella, ela não conseguiu caminhar então tentei levá-la no colo, mas ela não aceitou.

— Gabi, venha, por favor, temos que ir para o hospital.

— Não, não vou ficar internada sem meu filho.

— Amor, você precisa se cuidar, ser tratada para poder cuidar dele. Faça isso por nós. — Ela virou para o lado me ignorando totalmente.

Nesse momento Tim estacionou em frente de casa e me ajudou a colocar Gabriella na caminhonete. Ela relutou para entrar, mas eu a forcei.

Ela chamava pelo Petter e brigava comigo, pedindo para eu não afastá-la do filho. Depois que saímos de casa, ela parou de falar comigo, estava com o semblante fechado.

Já no hospital, levei-a no colo até uma cadeira de rodas, expliquei o que estava acontecendo, e ela foi atendida imediatamente. Foi levada para um quarto, tiraram o sangue para fazer exames, pedi um ultrassom para a médica e expliquei sobre o quadro da última gravidez. Algumas horas depois, ela recebeu um remédio para dormir e, em menos de dez minutos, apagou. Depois que as enfermeiras fizeram tudo que tinha que fazer, fiquei sozinho com ela no quarto, olhei para minha mulher tão fragilizada naquela cama e não me contive, chorei.

Olhei para o céu e pedi a Deus para não tirá-la de mim. Foi a primeira vez que ouvi uma voz que me disse que eu teria que ter fé por nós dois. Sequei as lágrimas, e meu pai entrou no quarto.

— Filho! — Foi o que ele disse, enquanto me abraçava.

— Pai, não posso perdê-la, não posso criar meu filho sozinho como você fez.

— Tenha fé, não vai precisar... Ela vai ficar bem. Creia!

Ele passou as horas seguintes ali comigo, e pediu para eu parar de pensar na minha mãe, que a situação era diferente, que eu deveria ter fé. Finalmente a levaram para o ultrassom, e eu a acompanhei, lá deu de ver a imagem de uma pequena bolinha no útero dela, o que a médica chamou de meu filho. Não deu para ouvir as batidas do coração do feto porque ainda não estava formado segunda a médica, mas Gabriella estava mesmo grávida. A médica precisava esperar os resultados dos exames para saber como proceder dali em diante. Minha sogra ficou desesperada quando contei o que estava acontecendo e pedi o PDF com o histórico médico de Gabriella que deveria ser apresentado caso ela engravidasse novamente.

Ela e a mãe conversavam todos os dias por telefone, às vezes chegavam a passar mais de uma hora no telefone, mas Gabriella não tinha contado nada do que estava acontecendo. Minha sogra me implorou para comprar uma passagem o mais rápido possível para ela vir para o Alasca, eu queria dizer para ela não se preocupar, mas não podia garantir nada, então depositei o dinheiro e pedi para ela fazer a compra. Com a mãe perto, Gabriella talvez teria mais força para passar por tudo.

Voltamos para o quarto, e meu pai ainda estava lá. Gabriella estava dopada de remédios porque parecia muito cansada e debilitada. Pedi ao meu pai para pegar Petter e levar com ele, por enquanto não tínhamos o que fazer. Ele foi fazer o que pedi e, pela segunda vez, ficamos só nós dois no quarto. Aproveitei e me ajoelhei para orar, na minha oração pedi a Deus para fazer a vontade Dele e que não se esquecesse de Petter. Eu não gostaria que ele crescesse sem a mãe como eu; se fosse preciso ser forte como o meu pai, eu seria, mas implorei para Ele pensar em Petter.

Eu estava triste, mas de um modo estranho. Não conseguia chorar, a coisa que eu mais pensava era que nunca tinha a visto perder a fé, mas ela estava com medo, medo de não poder estar com Petter, foi a primeira vez que vi seu medo ser maior que sua fé.

Eu desistia fácil da minha fé. Toda vez que encontrava dificuldades, eu murmurava e brigava com Deus. Gabriella era totalmente diferente, mas dessa vez eu precisava ter fé por nós dois. E não ia vacilar, iria pôr toda a minha fé nisso. Deus nos trouxe até aqui, depois de tudo que ela passou, creio que dará tudo certo.

Enquanto eu estava perdido em meus pensamentos, a médica entrou pela porta com uma enfermeira, elas monitoraram os sinais de Gabriella e me disseram que a saturação estava muito baixa e que ela teria que ficar até poder respirar sem aparelho. Se a Gabriella suportasse a gravidez, teriam que transferi-la para um hospital especializado. O mais correto seria induzir um aborto, porque não teria como saber os efeitos que a gravidez causaria em seu corpo. Conversamos sobre todos os detalhes, e ela se retirou.

Eu já tinha ouvido aquela história antes, mas agora estava fazendo parte de tudo aquilo e não tinha a minha parceira para me ajudar a decidir. Gabriella provavelmente diria para não abortar, ela jamais mataria uma vida. Por outro lado, essa vida estava a matando, e eu só queria que ela acordasse para eu poder lhe contar tudo e ouvi-la me dizer que Deus estava cuidando de tudo. Precisava acreditar que Deus cuidaria de tudo, me ajoelhei e orei.

Disse a Deus que Gabriella sempre fora fiel a Ele e agora estava cansada demais para pedir ajuda. Pedi para Ele ouvir o coração dela em vez das palavras de uma mãe preocupada e com medo, mas para Ele se lembrar da mãe e esposa muito dedicada que ela era. Sentado ao lado dela, acabei pegando no sono, volta e meia aparecia uma enfermeira para medicá- la. Na manhã do dia seguinte, minha sogra embarcou no Brasil, levaria uns dois dias para chegar. Tim foi ficar com Gabriella algumas horas para eu poder ver meu filho, depois meu pai o deixaria com a tia Dolly para eu poder voltar ao hospital. Depois do almoço, Morgan cuidaria dele lá em casa. Tim e Morgan ficariam com Petter lá em casa até minha sogra chegar.

Fiquei apenas meia hora com meu filho, dando o máximo de carinho e atenção que podia. Petter chamava a mãe o tempo todo e estava bem chorão. Era triste olhar para ele e contemplar a incerteza sobre sua mãe. Como meu pai conseguiu, Meu Deus?!. Assim que voltei para ficar com Gabriella, encontrei Tim do lado da cama muito triste, ele estava orando, dizia baixinho: "Meu pai, ajuda ela, ajuda por favor". Coloquei minha mão sobre seu ombro, ele se virou e me deu um forte abraço. Depois se foi, fui dar um beijo na testa dela e percebi que estava bastante quente, também percebi que uma espuma estava saindo da sua boca, corri chamar a enfermagem, apavorado.

Gabriella estava convulsionando, a febre estava em 39,8. Logo que voltamos ao quarto, seu corpo começou a se contorcer, muitos enfermeiros vieram, me tiraram dali e fecharam a porta, a cena foi horrível. Eu chorei como uma criança, implorei a Deus por misericórdia. Quase meia hora após, dois médicos foram chamados com urgência. Depois de um bom tempo, abriram a porta, mas saíram de lá com ela na maca para sala de cirurgia. A médica parou na minha frente e disse:

— Gabriella teve um aborto espontâneo, não se preocupe ela vai fazer uma curetagem e vai ficar tudo bem. Sinto muito pelo seu filho, o mais provável é que ela se recupere rápido, já que o que estava fazendo mal a ela saiu. Mais uma vez, sinto muito.

Eu caí no chão grato a Deus, Ele ouviu minha oração. Eu sempre quis que meu filho nascesse, mas pedi a Deus para deixar Petter ser criado pela mãe, e Ele fez o melhor, eu sabia disso.

Duas horas depois ela estava no quarto novamente, parecia muito fraca e mais magra também. Estava com a pele esbranquiçada, dormiu por quatro horas. Quando acordou, estava confusa.

— Noah... Amor. — A voz estava baixa.

— Gabriella. — segurei sua mão. — Você está bem, não se preocupe.

— Petter... preciso vê-lo.

— Olha, a médica vem falar com você antes, está bem.

— Não importa o que ela disser, não vou ficar aqui, tenho um filho para cuidar.

— Minha amada, você teve um aborto espontâneo. Não está mais grávida, logo vamos para casa. — Eu tinha apertado o botão que chamava a enfermagem, e logo a enfermeira entrou, a viu acordada e chamou a médica, que conversou com a gente sobre os sérios riscos de Gabriella engravidar novamente. Ela disse que deveríamos pensar muito antes de fazer isso novamente, que o corpo de Gabriella talvez não suportasse mais uma vez esse processo.

— Não poderei dar a você a família grande que sempre sonhou. — Ela disse com a voz embargada.

— Não estou preocupado com isso, estou feliz por você estar bem, isso é o que realmente importa. — Ela não disse nada, virou o rosto para o outro lado e chorou. Tentei falar com ela, mas se recusou. Eu tinha dito a Deus que faria de tudo para ajudá-la e, mesmo essa situação me destruindo por dentro, iria cumprir o que disse.

Algumas horas depois, o oxigênio normalizou, e ela tirou a sonda. Fez uma ligação para Tim e pôde ver Petter por chamada de vídeo, matou um pouquinho da saudade. Também contei a ela que sua mãe estava a caminho, e isso a deixou mais animada. Gabriella conversava o básico comigo, sentia que ainda tinha algo de errado, mas não era o momento de falar sobre isso. Ela disse que eu deveria ir para casa várias vezes, eu obviamente recusei. Sentia que ela não me queria por perto, e isso estava acabando comigo.

Na manhã seguinte, ela comeu duas fatias de melão; no almoço comeu quase que o normal, mas ainda não tinha voltado a falar normalmente comigo. Deixei-a sozinha por uma hora, fui ver Petter e buscar roupas para ela. Quando cheguei em casa, ele estava em sua cadeirinha comendo uma papinha de abóbora, eu o peguei no colo e dei um cheiro bem forte nele. É incrível a saudade que podemos sentir de um filho, o abracei e chorei, parecia que a única pessoa que ainda me amava no mundo era meu garoto. Morgan perguntou se eu estava bem, apenas acenei com a cabeça, ela sabia que havia algo errado, mas foi gentil em não insistir. Conversamos um pouco sobre o estado de Gabriella e tive que voltar para o hospital. Quando cheguei, me desculpei pela demora, mas ela me ignorou, mesmo assim prossegui falando sobre Petter, e ela disse que a saudade estava insuportável. Ainda estava me evitando, não quis questioná-la, mas aquilo me magoava muito. A noite chegou, e Gabriella foi transferida para o quarto comum, assim Petter poderia entrar para vê-la. Sua mãe chegaria também, o que seria ótimo, assim poderia nos ajudar com Petter.

No dia seguinte, meu pai foi buscar minha sogra no aeroporto e a levou direto para o hospital. Quando Gabriella a viu, a abraçou e chorou muito, tanto que chegou a soluçar. De uma maneira estranha, me senti excluído, também perdi um filho, mas Gabriella não quis chorar nos meus braços, me senti culpado por tudo. Saí do quarto e as deixei sozinhas, fui andar pelo hospital. Será que Gabriella se arrependera de vir morar no Alasca comigo? E se já estivesse combinado com a mãe de voltar com ela: O que aconteceu com o amor e a fé que ela tinha?

Andando pelo hospital, vi muitas coisas, pessoas com suas dores e seus problemas, uns tristes, outros quietos cabisbaixos, outros correndo em desespero. Então lembrei o que Gabriella disse ao pai no Brasil, "tem pessoas que sofrem mais que a gente". É verdade, perdemos nosso bebê, mas sou grato por minha esposa e Petter estarem bem. Se existe algo acontecendo entre Gabriella e eu, preciso reconquistá-la. Quando estava me aproximando do quarto, as duas conversavam e, sem querer, acabei ouvindo a conversa.

— Não posso dar a família que ele quer, estou muito arrependida.

— E o que você pretende fazer, minha filha?

— Ainda não sei, mas não estou mais suportando tudo isso.

Nesse momento meu pai apareceu com Petter no corredor.

— Petter, é o papai, olha só. — Levei um susto e corri para disfarçar.

— Filho! — falei esticando o braço e pegando-o no colo. Entramos no quarto, e elas comemoraram ao ver o pequeno Petter.

Avó e mãe disputavam a atenção do bebê, mas ele só falava, mama, mama e colocava a mão sobre os seios de Gabriella, que não podia amamentá-lo devido aos fortes remédios que tinha tomado. Por fim, tivemos que separar Petter de Gabriella, e ambos não gostaram disso.

— Você pode ir para casa com ele, Noah, e dar um pouco de atenção para seu filho, ele está precisando. Eu ficarei aqui com a minha filha — disse minha sogra.

— Olha, a senhora me desculpe, mas eu não vou a lugar nenhum, só saio daqui com a minha esposa no braço.

— Mas eu vim aqui para cuidar dela.

— Eu agradeço muito, a senhora nem imagina, mas seria maravilhoso se Petter recebesse um pouco de carinho materno vindo da avó, eu não conseguiria ficar longe da minha mulher. Da primeira vez não pude estar com ela, mas desta vez farei tudo que puder para ela ficar bem. — Eu não olhei para Gabriella, mas, com minha visão periférica, pude contemplar um sorriso no seu rosto.

— Aproveite o tempo com seu neto e venha ver Gabriella duas vezes por dia, logo estaremos bem em casa. — Elas se despediram rápido já que Petter estava em prantos no corredor, e meu pai as levou para casa.

— Meu coração está partido de ver Petter pedindo mama.-- Ela disse tristonha.

— Nem fale, me deu vontade de roubar você daqui e levá-la para casa só para ele poder mamar. — Ela sorriu.

— Tem certeza de que não está cansado de ficar aqui comigo?

— Estou cansado de ver você sofrer tanto, não vejo a hora de ficar bem e podermos ficar juntos como uma família de novo. — Me sentei no sofá do lado dela.

— Você parece exausto. — Ela afirmou.

— Estou bem, não se preocupe, só quero que se preocupe em ficar bem. Não posso viver sem você.

— Noah...

— Diga!

— Nada, deixa para lá...

— Diga, por favor!

— Não é nada mesmo. — Ela se virou para o outro lado e não disse mais nada.

— Gabriella...

— Oi! — respondeu sem olhar para mim.

— Não quero mais ter outros filhos.

— Quer sim, eu sei que quer.

— Não arriscaria a sua vida, nunca teria tentado se soubesse que poderia acontecer novamente. Posso viver sem filhos, mas não posso viver sem você. Deus ouviu minhas orações, eu pedi por você, não só por mim, mas pelo Petter. — Eu podia ouvi-la chorando, aos poucos se virou para mim, olhou nos meus olhos e me disse:

— Eu amo você. — "Finalmente", eu pensei, "ela ainda me ama.

— Eu também amo muito você.

# GABRIELLA

Não estava me sentindo bem. Mesmo com o exame de gravidez dando negativo, eu sabia que estava grávida, pois a única vez que senti aquelas dores foi durante a gestação de Petter. Sinceramente estava furiosa, essa gravidez poderia me afastar do meu filho e de Noah, como eu viveria em um hospital? E meu filho, como ficaria? Minha vida viraria do avesso caso essa gravidez fosse como a outra. E se eu não sobrevivesse? E se Noah tivesse que cuidar de dois filhos sozinhos?

Eu estava ficando louca, não sei se teria força para lidar com isso. Noah entrou no quarto desesperado e me encontrou chorando, viu o teste de gravidez na minha mão, e vi em seus olhos a decepção com o resultado negativo. Quando eu disse que sabia que estava grávida pelos sintomas, ele deu um leve sorriso, e eu não suportei ver aquilo, me afastei. Ele não entendia o que uma gravidez significava para mim, achei muito egoísta da parte dele.

Já fazia quatro dias que eu não dormia e dois que eu não conseguia me alimentar. Na verdade, estava lutando para me manter de pé. Noah queria falar sobre o assunto, mas só de falar em voz alta estava sendo um grande esforço para mim, preferi ignorá-lo e manter minhas forças em Petter. Estava muito triste porque não me sentia capaz de dar a ele a família grande que tanto queria.

Noah foi trabalhar e, assim que ele saiu, eu passei muito mal, tive uma tontura forte e dores na cabeça, acho que sei lá, tive um apagão no sofá. De repente ouvi uma voz falando comigo de longe, foi difícil identificar, mas deu para ver que era Noah, parecia que eu estava vivendo um sonho, e apaguei.

Quando finalmente acordei, descobri que já havia passado dois dias e que tive um aborto espontâneo, ou seja, meu segundo filho morreu. Eu sei que aquilo entristeceu Noah, mas ele fingiu que não foi nada. Depois que falei que não poderia dar a ele a família que sempre sonhou, Noah me disse que não se importava, mas eu sabia que não era verdade, ele não construiu aqueles quartos à toa, construiu sonhando com os filhos que viveriam e dormiriam neles. Uma grande tristeza tomava conta de mim, e eu não conseguia encará-lo, ele provavelmente iria sugerir tratamentos para gravidez, tratamentos difíceis e caríssimos os quais eu não estava disposta a encarar. Eu o amava profundamente, mas a gravidez de Petter me causou traumas que não sabia explicar. Estava satisfeita em ter apenas Petter, mas Noah não.

Eu queria dizer a ele que não queria mais filhos, que morria de medo de engravidar e, principalmente, de deixá-lo sozinho com Petter, mas não sabia como. Talvez estivesse atrapalhando a sua vida, com outra pessoa ele poderia ter a família que sempre quis.

Minha mãe atravessou as américas e foi cuidar de mim, fiquei muito feliz de vê-la. Agora que sou mãe entendo claramente a atitude dela, com certeza faria o mesmo por Petter. Noah estava afastado de mim, parecia estar com medo de conversar comigo, em parte a culpa era minha, mas, quando ele disse à minha mãe que não me deixaria sozinha de maneira alguma naquela situação, reconheci meu marido, o protetor que sempre foi, desde o primeiro dia em que eu o conheci. Deu para perceber no seu tom de voz que ele não daria escolha a ela. Achei muito másculo da parte dele. Conversamos um pouco quando ficamos sós, e senti muitas saudades do meu esposo.

Ele não estava bem, era visível isso, e a culpa era minha. Sentado, cabisbaixo, na poltrona ao meu lado, estiquei minha mão ainda com os tubos de soro, em direção a ele, Noah a encarou e depois olho para mim, eu dei um leve sorriso, ele a segurou, sua mão estava fria, o que era raro. Ele me fitou.

— Desculpa — disse.

— Desculpar você do que se está aqui por minha causa.

— Por não saber como lidar com essa situação, sempre sei o que faz... — Noah me interrompeu.

— Porque você acha que tem que saber lidar com tudo? E daí que se desequilibrou, perdeu o controle ou as forças? Isso é normal, sei que você é uma grande mulher e nada vai mudar isso. Está preocupada em me dar uma grande família, mas é só uma vontade... E daí se não tivermos mais filhos? Eu não ligo, do fundo do meu coração. — Eu apenas o encarava com os olhos lacrimejando, Noah continuou:

— Quero você, sem você eu não consigo, não quero nem pensar em filhos, nunca mais quero te ver em uma situação como esta, você é minha vida, Gabriella, e eu quase te perdi, Petter quase te perdeu. Nunca mais vamos engravidar.

— Mas existem tratamentos que talvez... — Ele me interrompeu novamente.

— Não quero arriscar sua vida por uma possibilidade, nunca mais, esquece! Seremos felizes com Petter, que vai para uma faculdade, se ele quiser, e vai ser um grande homem, um dia vai casar e, se Deus permitir, cuidaremos dos nossos netos, mas filhos estão fora de cogitação. Eu tenho tudo que pedi a Deus, não quero ser ingrato, pedindo algo que não é para nós.

— Noah... — suspirei.

— Por favor, Gabriella, só fica comigo, mas não por pena, e sim porque quer ficar. — Ele não estava bem, dava para perceber o medo que tinha de me perder.

— Eu não conseguiria viver sem você, Noah, nem se eu quisesse, e acredite eu não quero. — Ele acariciou minha mão, subiu com a mão direita acariciando meu braço, ergueu seu corpo da cadeira e veio me beijar, eu tampei a boca com a mão e falei:

— Estou o dia todo sem tomar um banho; se quiser um beijo, tem que me dar um banho primeiro.

— Sério, Gabi?! Você acabou com um momento super apaixonante e romântico. Rimos.

— Desculpa, mas eu não estou suportando esses banhos com pano, preciso de uma ducha.

Há três dias, eu não tinha forças para ficar de pé, por isso enfermeiras e Noah vinham me limpando com panos úmidos.

— Consegue ficar de pé?

— Creio que sim, minhas pernas doem de vontade de andar.

— Vou perguntar às enfermeiras se posso te dar um banho. — Noah saiu do quarto e foi a primeira vez em semanas que eu quis que ele voltasse o mais rápido possível para mim, porque já estava com saudades. Era bom me sentir assim novamente, achei que essa gravidez tinha acabado com o romance que havia entre a gente.

Noah enfim me deu um banho, e foi bem romântico, bom, o mais romântico que se pode ser em um hospital. Eu ainda não estava forte o suficiente para estar de pé, então foi um banho sentada.

Depois que estava limpa e de dentes escovados, enquanto ele penteava meus cabelos, ergui a cabeça para trás e pedi um beijo, ele sorriu e brincou comigo como se estivesse tirando a máscara do homem aranha e me deu um delicioso beijo. Depois me levou de cadeira de rodas em um tour pelo hospital.

Recebi alta no dia seguinte, graças a Deus, e voltei para casa, para meu filho e para minha vida. Minha mãe passou duas semanas comigo até eu me recuperar totalmente, e Noah aproveitou a ajuda dela para pagar as horas de trabalho que havia perdido.

# NOAH

A dor de pensar que podemos perder quem amamos tem um grande poder dentro da gente, ou ela nos fortalece completamente ou ela nos destrói por inteiro. Na primeira vez que pensei que podia perdê-la, quando Gabriella foi para o Brasil, aquela dor estava me destruindo, estava mesmo com mais vontade de morrer do que de viver, mas desta vez, eu apenas senti vontade de lutar, faria qualquer coisa para não perdê-la. Eu aprendi que não é só com a morte que se perde pessoas; quando ela se afastou de mim, ainda dentro da nossa casa, senti que a estava perdendo e foi uma sensação terrível, não podia deixar isso acontecer, me firmei na minha fé e pedi a Deus não só para deixá-la viva, mas também para trazê-la de volta para mim.

Assim que fiquei a sós com Gabriella no quarto, meu corpo tremia todo por dentro, acabei ouvindo a conversa dela com a mãe, parecia que ela estava desistindo de nós. Aquilo me deixou sem chão, precisava contar a ela como me sentia, me desculpar por colocar sua vida em risco, engravidar era algo que a matava aos poucos, e eu deveria ter compreendido isso. Sempre quis vários filhos correndo pela casa e uma foto na lareira com várias crianças ao nosso redor, sempre achei aquela criança sentada no colo da minha mãe na foto em cima da lareira da casa do meu pai, muito solitária, e não queria que Petter se sentisse assim. Eu realmente tinha um egoísmo dentro de mim, não podia negar. Pedir a Gabriella mais filhos, era pôr sua vida em risco e quase deixou o Petter sem mãe.

Começamos a conversar, e pude dizer como me sentia e pedir desculpas. Deixei bem claro que não queria mais ter outros filhos, percebi o alívio que ela sentiu. Aos poucos seu olhar foi mudando, e seu sorriso ficando mais fácil e transparente. Depois de uma boa ducha, Gabriella estava com outro aspecto, começou a se alimentar e até me disse que estava com vontade de comer um bolo de aniversário recheado com morangos.

Depois de uma noite deitado ao ladinho dela na maca do hospital, que era muito desconfortável, ela recebeu alta, e pudemos ir para casa. Ela estava fraca ainda, mas, segundo a médica, tomando as vitaminas e se alimentando bem, em poucos dias, voltaria ao normal.

Obviamente passei na padaria e comprei o desejado bolo de morango. Quando chegou em casa, pôde amamentar Petter, e tiraram uma longa soneca juntos. Enquanto isso, fui para o quarto vazio do meu filho que se foi e lamentei por ele; sei que teve apenas uns dias de vida, mas foi uma vida e pertencia a mim. Fiquei ajoelhado orando por um tempo e, quando dei por mim, Gabriella estava na porta do quarto me olhando.

— Eu lamento também, não paro de pensar nele. — Fui até ela, nos abraçamos e nos despedimos do futuro que poderíamos ter tido juntos.

— Deus sempre faz o melhor, querida.

— Sim, mesmo assim dói.

— Eu sei.

Nas semanas seguintes, Gabriella se recuperou bem e voltou às suas atividades. Primeiro a pintar, depois a cuidar da casa; volta e meia eu a pegava pensativa, e ela me perguntava se eu era mesmo feliz. Gabriella tinha um sentimento de dívida comigo, e eu sentia que precisava acabar com isso, precisava fazê-la entender de uma vez por todas que ela era suficiente, que tudo o que queria eu já tinha, ela e Petter.

# GABRIELLA

No dia em que voltamos do hospital, Noah foi para o quarto vazio e chorou, enfim pôde lamentar a morte do filho que tanto desejou. Sei bem que Petter não foi um filho planejado e que Noah não pôde se preparar para ser pai. Eu sabia que ele sentia falta desses passos, creio que, enquanto ele construía aqueles quartos, provavelmente até os nomes das crianças ele deveria ter pensado. Petter, nem o nome pode palpitar, talvez por isso nunca tenha me perguntado o porquê escolhi esse nome.

Noah tinha um vazio, e me magoava saber que eu não era capaz de completá-lo totalmente, ele sempre fazia tudo para me ver feliz, desde o dia em que nos conhecemos, todas as minhas necessidades foram atendidas, mas eu não poderia fazer o mesmo por ele, não sentia que meu amor era suficiente. Depois que Petter se tornasse um homem e fosse para faculdade, será que eu seria suficiente? E se Petter não quisesse viver no Alasca e fosse embora, eu seria suficiente? Se no Natal nós nunca tivermos uma mesa rodeada com crianças barulhentas como Noah sempre quis? Essas dúvidas enchiam meu coração e minha mente; várias vezes toquei no assunto de fazer um tratamento ou até mesmo de adotar, mas ela não queria ter esse tipo de conversa.

Eu orava a Deus para falar comigo e me dar a chance de dar um filho ao meu marido, mas a resposta nunca vinha. E mais um ano se passou.

# NOAH

Gabriella tinha voltado ao normal, dava aulas de pintura e finalmente tinha feito sua inscrição numa faculdade a distância, queria se formar em artes plásticas. Petter crescia lindamente e era bem forte; já falava tudo, contando histórias inventadas o tempo todo. Quando me chamava de papai, eu perdia o chão. Comecei a construir um forte para ele, e nos divertíamos trabalhando juntos. Eu quem mais trabalhava, Petter tinha a habilidade de sumir com as minhas ferramentas, e Duby de enterrá-las.

A única coisa que estava me incomodando era Gabriella, o tempo todo falando sobre filhos ou tratamentos ou que poderíamos adotar, que Petter ia crescer e que ficaríamos sozinhos, que poderíamos nos arrepender mais tarde...

Eu, sinceramente, já tinha virado essa página, estava mais do que satisfeito com a vida que Deus tinha me dado, Cuidava da comunidade e da família linda que tinha, estava estudando para ser pastor, tudo estava perfeito. A situação piorou quando ela soube que Morgan estava grávida, dizia que eu merecia aquela experiência também.

Meu pai estava namorando finalmente, todo mundo estava seguindo em frente, e eu queria seguir também, transformamos um dos quartos em uma sala de aulas para Petter, e o outro em quarto de visita, mas Gabriella estava estacionada naquela situação. Eu implorava a Deus que me ajudasse a encontrar um meio de fazê-la entender de uma vez por todas como eu me sentia.

Então fui chamado para um treinamento especial da polícia que aconteceria Seattle e duraria uma semana. Gabriella fez beiço ao saber que eu participaria, pois não tínhamos o costume de ficar separados. Ela fazia dengo para eu não ir, mas, além do treinamento que seria muito bom para o meu trabalho, tinha algo que eu queria fazer.

No dia em que saí de casa para ir pra Seattle, senti um vazio. Gabriella me preparou lanches e passou as minhas fardas com muito carinho; não parava de dizer que morreria de saudades de mim. Petter acenava no colo dela em frente de casa, e ela dava acenos tristes. Enquanto eu me afastava os observando pelo retrovisor da caminhonete, apenas pensava na sua voz me dizendo volta para nós.

Como eu a amava! Antes de vê-la sentada naquele banco, jamais imaginei que amaria alguém assim, ou que alguém poderia se tornar tão importante para mim, que o simples fato de saber que ela sofre por não me dar mais filhos estava me fazendo sofrer também.

# GABRIELLA

Soube de uma pessoa que não podia ter filhos, mas fez um tratamento em uma clínica em Nova York e agora tinha uma linda menina. Eu estava prestes a contar a Noah, estava ansiosa para que ele chegasse, não aceitaria não como resposta, não aguentava mais o peso de saber que, porque eu não podia ter filhos, Noah também não os teria. Mas, quando ele chegou, veio falando sobre o treinamento em Seattle e que estava feliz em poder aprender mais para ajudar a comunidade. Acabei não falando sobre o tratamento, deixei para quando voltasse de viagem.

Dois dias depois, Noah foi para Seattle. A vida era estranha sem ele em casa. Com o tempo livre, fui dar um geral na casa do xerife, que brigou comigo por jogar umas tralhas dele fora, fiz um jantar delicioso para nós três e pude aproveitar para tirar informações dele sobre a nova namorada, que soube que era mais de dez anos mais nova que ele. Eu o provocava com um bombardeio de perguntas, e ele só dizia que, se ficasse sério mesmo, nós a conheceríamos, antes disso não. Quis que ele soubesse que estávamos muito felizes por ele estar seguindo em frente.

No dia seguinte, fui com Petter à cidade. Estávamos saindo do Walmart, quando me deparei com Emily, fingi não reconhecê-la, mas ela fez questão de vir em minha direção. No último ano, cada vez que a encontrávamos, Emily sempre dava um jeito de chamar atenção. Uma vez chegou a me ligar no telefone residencial de casa e dizer que estava se encontrando com Noah às escondidas, obviamente ignorei.

— Boa tarde, Gabriella!

— Tudo bem — respondi.

— Soube que você perdeu seu bebê, que triste!

— É, infelizmente — respondi.

— Noah sempre disse que queria ter uns quatro filhos, mas acho que você não vai ter capacidade de fazer isso.

— Bem, eu já tenho um, o que é mais do que você tem.

— Minha amiga é enfermeira no hospital e me disse que você não pode ter filhos. Bem, quando Noah se cansar, eu estarei aqui esperando por ele.

— Sente e espere… — falei e saí andando. Normalmente Emily não tinha o poder de me irritar, na verdade sentia mais dó dela do que raiva, mas agora ela tinha atingido meu ponto fraco.

Os dias eram intermináveis sem Noah em casa. Petter e eu estudávamos, pitávamos, comíamos, cuidávamos da estufa, dos animais, e ainda faltavam muitas horas para o dia terminar. Quando Noah ligava, sempre por volta das oito da noite, era a melhor hora do dia. Eu não conseguiria suportar uma vida assim, com o marido a distância, era muito difícil para mim.

# NOAH

Foi um treinamento tático muito interessante, mas foi difícil ficar longe da minha família. Desde que conheci Gabriella, não havia um dia sequer que eu desejasse ficar longe dela, parecia que tínhamos nascido grudados. À noite, quando eu podia falar com ela e ouvir sua linda voz rouca, era a melhor hora do meu dia. O engraçado é que cresci ouvindo homens reclamando dos seus casamentos, mas para mim era o contrário, não estar com ela e meu filho me trazia um vazio.

Embarquei no avião em Seattle, finalmente estava indo para casa, já estava cansado do cheiro de testosterona a minha volta, precisava sentir um pouco do cheiro adocicado da pele da minha linda esposa. Não confirmei com ela o horário que chegaria, pois queria fazer surpresa. No aeroporto de Juneau, fomos informados que os voos estavam cancelados por causa do mau tempo, não tinha como avisar Gabriella, e imaginei o quanto ela ficaria preocupada. Às vezes quando a nevasca é demais no Alasca, os meios de comunicação ficavam fora de área, um dos poucos que funcionavam, para minha sorte, era o da polícia. Consegui contato com meu pai, que ficou de avisá-la, só conseguimos embarcar vinte horas depois do horário previsto, mas enfim cheguei a Fairbanks. Eram nove da manhã quando estacionei em frente de casa. Gabriella veio correndo até a entrada; quando desci do carro, ela pulou em meus braços e enroscou suas pernas na minha cintura, me senti um homem de muita sorte. Eu a amava com todas as minhas forças.

— Que saudades — sussurrou fazendo cada pelo do meu corpo arrepiar.

— Também senti muito a sua falta — sussurrei de volta, Petter apareceu na porta e gritou "papai", até o Duby pulou de alegria quando me viu. Meu filho correu em minha direção, foi bastante gratificante.

Depois dessa recepção maravilhosa, tomei um ótimo café da manhã e capotei no sofá. O dia estava frio, e ficamos todos na sala bem grudadinhos, como eu gostava, enquanto Petter subia e descia em cima de nós.

No dia seguinte, um sábado muito frio, a nevasca cobria tudo de branco, mal se enxergava um palmo diante dos olhos. Para minha sorte, estava de folga. Tirei o dia para assistir a desenhos animados, na verdade queria ver filmes com minha amada esposa, mas Petter queria ver pela milésima vez os mesmos desenhos, e foi isso que eu acabei assistindo. Eu estava distraído, montando blocos com meu garotinho, quando Gabi me chamou da cozinha.

— Amor, sente-se quero lhe mostrar algo, mas, por favor, mantenha a mente aberta. — Ela estava com alguns folhetos sobre a mesa e um caderno com coisas escritas. Conhecendo minha esposa, era uma planilha de finanças.

— O que você quer? Está planejando uma viagem? — perguntei me sentando.

— Acho que existe uma maneira de eu engravidar sem sofrer tanto.

— Onde arrumou essas coisas?

— Foi a irmã Ketty das lojas de ferragens, deu certo par... — Eu a interrompi.

— Já não falamos sobre isso?

— Mas...

— Chega, Gabriella! Quase perdi você uma vez, acha que quero correr o risco de novo, eu não suportaria.

— Mas eu sei que você...

— Sabe o quê? Aquele Noah que você conheceu não é o mesmo que está aqui. A gravidez deixa você doente, além de esse assunto te deixar frágil e insegura, e você não é assim. Um dia eu quis ter mais filhos, hoje não quero mais. Se não posso ter com você, não terei com mais ninguém.

— Você diz isso hoje...

— Acha que, depois que eu ficar velho, vou me arrepender? Não, depois que Petter crescer e cuidar da própria vida, vamos viajar por todos os lugares que você sempre quis conhecer.

— Ok! — Ela disse. — Vou guardar esses papéis, somos novos e podemos pensar nisso daqui a um tempo.

— Jogue fora. Não podemos mais ter filhos. — Firmei meus olhos nos olhos dela, enquanto organizava os papéis com intenção de guardá-los.

— Falamos isso outra hora, pode ser?

— Gabi, amor, nenhum de nós dois pode mais ter filhos.

— Do que está falando?

— O treinamento era de apenas três dias, eu fiquei mais dois para fazer uma cirurgia de vasectomia. Não posso nem vou mais ter filhos. — Ela ficou em silêncio por um instante, tentando digerir o que eu tinha dito.

— Por que fez isso sem falar comigo? — A voz dela não estava triste nem brava, parecia confusa.

— Você fica se sacrificando desde que te conheci. Primeiro, pela sua mãe, deixou de estudar; depois para salvar a vida de todas aquelas garotas, e não só a sua. Até pela vida do barqueiro ficou foragida. Voltou para o Brasil por causa da sua família porque você não queria ir. Sofreu por Petter e para voltar para mim, agora quer me dar filhos a qualquer custo, porque acha que sem eles eu não serei feliz. Chega, não vou deixar mais a mulher que eu amo colocar sua vida em perigo por mais ninguém, nem por mim. Eu fiz a vasectomia, Gabi, e estou muito feliz por essa escolha. Na verdade tirei um peso do meu ombro, porque morro de medo de você acabar engravidando e me deixar. E, sim, antes que você diga, estou sendo egoísta, porque não posso perder você, nem o pequeno Petter pode perder a mãe. Esse risco eu não quero correr nunca mais. Não se preocupe, por eu não ter escolhido o nome do bebê, ou de não ter acompanhado a gravidez, porque conheço homens que tiveram tudo isso, mas não sentem pela esposa e pelos filhos o que eu sinto por vocês — falei em prantos.

— Meu Deus, meu amor… — Minha lacrimejosa Gabriella começou a chorar. — Quero te confessar uma coisa…

— Diga — respondi envolvendo-a nos meus braços.

— Eu estava morrendo de medo de fazer o tratamento. — Ela suspirou profundamente depois que terminou a frase.

— Eu sei, você não precisa engravidar para me fazer feliz.

— E o que eu preciso fazer para te fazer feliz?

— Só precisa existir.

# GABRIELLA

Em algum momento da nossa existência, nossos olhares começaram a falar a mesma linguagem, eu via a doçura do que sentia por mim. Para Noah fazer a vasectomia não foi esforço algum, ele estava feliz relaxado, aliviado para ser mais exata, sinceramente eu também. Um fardo enorme saiu de cima dos meus ombros, e consegui voltar a ser esposa e mulher para ele, o medo quase roubou a minha fé, mas não venceu.

Noah teve fé por nós dois, assim como muitas vezes eu também tive. Quando um está fraco, o outro levanta, é disso que se trata o amor, o casamento e o cristianismo. Tentar sempre estar de pé sozinho é praticamente impossível, mas, quando você encontra alguém que te apoia mesmo sem pedir, é aí onde mora o amor. Num olhar piedoso, na saudade, na compaixão e, principalmente, no abrir mão. Coisas que deixamos para trás por amor ao outro, coisas que julgamos ser importantes, mas na verdade não são. O que importa mesmo é se somos felizes e se fazemos as pessoas felizes, no fim de tudo o que vai contar da nossa existência é o que fizemos para as outras pessoas, se damos ou tiramos delas. Eu renunciei a muitas coisas por amor a outras pessoas, principalmente a Deus. Noah renunciou ao seu sonho por mim e por Petter; de tudo que deixei para trás por amor a Cristo, fui compensada com um marido que me ama, como jamais pensei que poderia ser amada.

Porque… não é sacrifício se for por amor.

# PETTER

Já fazia algum tempo que eu passava por Fairbanks. Sempre que atracava meu pesqueiro ali, me lembrava do dia em que eu só tinha cinquenta dólares no bolso e entreguei para uma garota assustada, me despedi e a deixei sozinha. Quando ela desceu, quase a peguei pela mão e a levei para minha casa, mas não pude fazer isso, pois conhecia a esposa que tinha em casa. Vendo-a andar pelo píer enquanto eu me afastava, cabisbaixa e frágil, eu pensava se tinha feito a coisa certa.

Como eu entrei naquela boate nem sei, apenas queria tomar uma cerveja, e um guarda do porto me indicou o lugar, e a conheci. Seus olhos gritavam por socorro, e eu não consegui não ajudar, confesso que não pensei direito no que estava fazendo, só sabia que precisava fazer. Ainda vi quando ela se sentou no banco, depois não a vi mais.

Inúmeras vezes eu voltei ao porto de Fairbanks, mas não com o Genevieve, pois ele quebrou semanas depois, voltei com o Hella, meu novo barco. Dei-lhe o nome de uma heroína que salvou treze garotas. Eu me sentava no mesmo banco que a tinha visto pela última vez e ficava imaginando se um dia eu a veria de novo. Durante três anos, ao menos quatro vezes por ano, eu parava naquele porto. Andava pela cidade, mas nunca a reencontrei, não sabia se tinha sido encontrada pelos bandidos, voltado para casa ou pegado outro barco e ido para outro lugar, se tinha ficado por ali, ou morrido de frio.

Essas dúvidas não me deixavam viver em paz, a única coisa que eu sabia é que a polícia não a encontrou, porque nunca surgiu nada nos noticiários. Mesmo depois de a mídia parar de publicar sobre o caso das treze garotas brasileiras, eu ainda acompanhava tudo que podia pela internet.

Nesse dia em específico, sentado no restaurante Dolly's, pronto para ir embora, um garotinho abriu a porta, e entrou correndo, muito animado e feliz, quase me atropelou no caminho. Em seguida, um policial fardado entrou gritando: "Petter, cuidado!", correndo atrás do menino e rindo. Me chamou atenção porque ele tinha o mesmo nome que o meu, o policial retornou para perto da porta com o menino no braço e disse: "Filho, vamos esperar a mamãe".

E, quando a porta se abriu, eu a vi entrando. Era Gabriella, a quem eu disse para contar a todos que seu nome era Hella.

Ela foi em direção ao policial e pegou o garotinho, sorrindo e fazendo palhaçada para ele rir. Eu estava de pé no balcão esperando para acertar a conta, enquanto olhava para ela, e nossos olhares se cruzaram. Ela rapidamente devolveu o filho ao colo do pai.

— Petter! — gritou.

Caminhou em passos apressados em minha direção, me olhou com seus meigos olhos marejados e me abraçou.